U0133061

在场主义散文丛书

ZaiChangZhuYiSanWenCongShu

摇晃

第广龙 / 著

Y a o H u a n g

百花文艺出版社
BAIHUA LITERATURE AND
ART PUBLISHING HOUSE

图书在版编目（CIP）数据

摇晃/第广龙著. — 天津：百花文艺出版社，
2010.4

（在场主义散文丛书）

ISBN 978-7-5306-5306-7

Ⅰ.①摇… Ⅱ.①第… Ⅲ.①散文-作品集-中国-
当代 Ⅳ.①I267

中国版本图书馆 CIP 数据核字（2010）第 052672 号

百花文艺出版社出版发行

地址：天津市和平区西康路 35 号

邮编：300051

e-mail: bhpubl@public.tpt.tj.cn

http://www.bhpubl.com.cn

发行部电话:(022)23332651　　邮购部电话:(022)27695043

全国新华书店经销

永清县金鑫印刷有限公司印刷

＊

开本 880×1230 毫米　1/32　　印张 8　插页 2　字数 186 千字

2010 年 4 月第 1 版　　2010 年 4 月第 1 次印刷

印数：1-3000 册　　　　　定价：17.00 元

目　录

总　序

周闻道

这次回家发现,小侄子珠珠能够说一些简单而清晰的话了;喊妈妈时,那眸子里更有一种穿透力极强的童真。

珠珠一岁多了,与我们在场主义几乎同岁。散文是从说话开始的,于是我想到成长中的珠珠;或者说,从珠珠逐渐清晰的话语,想到了在场主义。对智慧的人,一岁也许就是一个坎。过了一岁,不仅开始产生自己独立的话语,而且那话语逐渐清晰而明亮。我相信,从童真开始,逐渐走向清晰、丰富、成熟和睿智,是一种生命的规律。

在场主义是2008年的3月8日诞生的。一群对汉语散文先锋实验葆有热情的人,公开站在民间的立场,以亮剑的姿势和自己独具的姿态,站出来替散文说话。如果还要往前追溯,追溯到"十月怀胎",就不得不提到2005年5月的"中国新散文批判"。全国二十多位活跃的新锐散文作家、评论家汇集眉山,以善意的建设性姿态,对上个世纪八九十年代以来兴起的新散文热,提出质疑与批判。那次批判的意义在于,让我们清晰地触摸到,自上个世纪二三十年代白话散文兴起以来,散文意识的再一次觉醒,并由此带来了散文的空前繁荣与躁动不安。我们的幸运在于,及时捕捉到了时代的气息,强烈地感到,该是为散文做点什么的时候了。于是,就有了后来的艰难跋涉。

走到现在,我们至少已经历了这么几个阶段。"十月怀胎"不说,那种艰难,也许女士们更有体会。在《镜像的妖娆》中,我们提出的"在场,思想,诗意,发现",更像是一种胎音,预示着一个新生命的即将发育成型。《散文:在场主义宣言》是一个标志,诞生的标志,成型的标志,"命名即是创世,说出就是照亮",在这里体现得最充分。宣言的最大贡献,在于对散文性的发现和初步探讨,让我们能够走出三千年的迷惘,沿着正确的道路,去观照散文,认识散文,让散文围绕自己说话。虽然"四个非"不一定完善,甚至不一定正确,但我们坚信找到了一条认识真理的正确道路;如果离开散文性去谈散文,不是一件滑稽的事吗?

《从天空打开缺口》和《从灵魂的方向看》,既是一种起步,又是一种昭示。从理论与创作方面,昭示在场主义已出发,沿着自己的路,证明并丰富着自己的存在。在理论上,我们以同样的热忱,同样的真诚,面对各种赞扬或者反对,证明着生命的存在和价值。对赞赏的,我们报以微笑,道一声同道快乐;对反对的,我们说一声谢谢。因为这种反对,让我们从另一个维度,面对种种质疑的挑战;可能和不可能,都必须——求证。答读者问和在《美文》杂志的对话,都是一种形式,表明一种平等的交流姿态。平等地探讨,平等地交流,平等地证明在追求本真面前人人平等。事实上,这种思想的撞击,闪耀出的火花,比我们预想的更美丽。精湛的评论,同样是一种建设,给我们提供了另一种参考,表明世界本真的存在、遮蔽和去蔽,以及对在场主义作品的解读,都具有多重性。如果说,去蔽,敞亮和本真,提出了在场主义的写作哲学及方法论基础,"四个非"揭示了散文性的文体特征;那么,"内外珠联,根性真实,介入当下,表现本真"，则反映出在场写作在散文性上一种更深层次的内在接近。

我们非常明白，任何创作主张，最终都是靠作品说话的，在场主义也不例外。因此，我们的建设，一开始就包含了两个方面：理论的探求和创作的体验，缺一不可。《镜像的妖娆》中，六十多位作者的亮相，更像是一种热身，他们以贴近本真的追求，表明真正的出发即将开始；在《从天空打开缺口》和《从灵魂的方向看》中，我们以在场写作的眼光，以散文性为核心，选入了三十多位作者的作品，进一步从创作体验上，呈现了在场主义的美学主张，散文主张。由百花文艺出版社出版的这套《在场主义散文丛书》，在我们探索与前进的道路上，无疑具有里程碑式的意义。它表明，在场主义的文本实验，开始由广泛的面上行动，走向代表作家的个体深入。

在这里，我用了"开始"这个词。事实上，我们的每一个脚印，都既是一个结果，又是一个开始。开放的在场主义建设，欢迎来自各个方向的质疑和探讨。在场写作"永在路上"，在场主义对散文性的探索，从来就没有停止过。在这篇文字里，我们在之前的有关散文性的系统论述基础上，再着重谈谈关于在场写作的精神性、介入性、当下性，以及发现性与自由性等艺术特质问题。

精神性。精神是人类独有的存在，在场写作作为最贴近自然、社会和灵魂的活动，不可能背离精神。外在、实用和功利，不是散文价值的尺度，散文更需要精神——内在的、本体的、貌似无用的、不断超越自身和功利的价值。"在艺术作品中，存在着一些构成其价值的确定的特性"（德国现象学学家Moriz Geiger语）。也有学者认为，这是一种"超越意识形态"，或曰悖逆、摆脱和超越意识形态与现实之间的距离，感受灵魂在精神之宇自由飞翔的愉悦，产生一种冲击虚假的意识形态的力量……精神是散文的骨架，是散文的内核,同时也为散文提供强大的灵魂支撑。散文在本质上是一种日常生存方式,生活态度,生活内涵,是艺术生命赖以支撑的精神。追求精神性的在场写作,反对两种倾向:一是以标榜日常写作而津津乐道于琐碎的"个人经验","个人趣味";二是企图追求所谓"宏大叙事",而图解某种政治需求。在场写作的精神,以作家"个人的立场",关注"共同的命运"为存在方式,是对生存意义的追问,对真实人性的剥露,对生命终极价值的关怀,对人类"终极家园"的精神诉求,对生存与存在根本问题的哲学思考,是作家个人生命的阅读史,而结构、语言和叙述方式等,都只是精神存在的外壳。

当下性。当下有几重含义。一是时间概念,二是空间概念,三是范围概念,四是主体概念,五是结构概念。这里无需赘述。概念是苍白的,生命之树常青。在场主义散文写作的生命,就是主体始终"在场"或游离于"场的范围",伴随时间和空间,慢慢走下去,直到世界老去。世界却总是一相情愿地背离我们而去。现代化日趋激烈地摧毁着我们的意愿。恐惧感源于我们一直"生活在别处"。后农业文明与前工业时代的差异,新旧体制的交替和碰撞,财富和权利的再分配失衡,所有这些因素的重组,必然产生边缘钝化和"场"断裂,让我们有意或无意地缺席。新的变化超越了我们"现代性"经验视界。写作的良知,敦促我们需随时保持对"物质欲"和"幸福感"的警惕,以及对未来命运的忧虑。对正在发生的一切,散文要做的事情,就是对这些零散化图景,在精神层面予以描画和投影。在场主义关注的,是今天发生的亟待解决的问题,而不是过去尘埃落定的问题;关注的是身边最感疼痛的问题,而不是流行的、华丽的、自己并不熟悉的那些元素;关注的是我们的,人类的,地球的问题,而不是悬空的,高蹈的,虚饰的问题;是躬身触摸生命的生长状态,而不是挖掘古墓,在枯尸口里拔出金牙。散文的当下性要求我们要沉潜下来,保持叙述的定力决不动摇;要安静下来,有独立判断;迎击上去,有斗志和韧劲;坚守下来,有独立的品格和良知。

介入性。在场主义的在场,是"介入——然后在场";认为散文写作"在场"的唯一路径是"介入",是"去蔽"、"揭示"和"展现"。"介入"的始作俑者萨特,将"介入性"赋予了散文。在萨特看来,散文首先是一种需要积极"介入"的公众化的艺术活动,散文的"介入"能让形式的感受与生存经验紧密联系。他甚至在"介入"时发现了"距离"的美——"距离"带给人特殊的"晕眩"和"惊恐"的经验,这可看作他对纯形式的领悟,或者对个人现实生存经验的唤醒。鲁迅和王小波是中国现当代介入散文的代表和先锋,在他们的滋养下,当下汉语散文重新彰显了"介入"的优秀品格。"介入"不是为了重建某种秩序和规范,现实原本就是"无秩序的秩序"或"天然乱"。"介入"提供考察公共审美领域与公共交往领域中"无秩序的秩序"或"天然乱"的一种视角可能。显然,"个人性经验"介入公共话语领域,会遇到很多障碍。但是,介入的使命,就是承受,就是担当,就是关怀,就是切入并打破话语体制的封闭性。它强调的是作家的使命和责任,反对把散文写成风花雪月的补白,权力意志的注解,歌功颂德的谄笑,痈疽疥癣的痒挠。它强调的是散文的身份和地位,反对把散文边缘化,让散文成为"诗余"、"小说余"、"杂文"、"玩字";反对把散文软化、轻化、边缘化,提倡散文要锋利,要有硬度,要扎入最深处的痛,要体贴底层,揭示真相,承担苦难。在场主义的叙述手段,不是纠偏和规范,更不是抹杀和提纯。叙述的力量就是尊重"场"或者"场的档案",因为它——不可"毁灭"。强调日常写作的"在场",抒写亲历和经验,为呈现生活的本来面目提供方便——将外物投射于内心,获得视觉的奇异感,揭示出"场的档案"的本真面貌和内在能量。

发现性。任何一次真正意义上的创作,都是一次发现,是对现有的否定和对新极限的挑战,是一种叙事流的探险。发现具有初始性、唯一性和价值性的特点。别人已经看见的、写过的,你去看去写不是发现;大家都看见的、表达了的,你再去看去表达,也不叫发现;发现与表达的东西,应当是有积极的审美价值的,而不是毫无意义的拉杂。米兰·昆德拉认为,文学人物都是一个"实验性的自我",代表人类不同的生存处境。文学有义务担负起敞亮"被遮蔽的存在"的使命,在"不灭的光照下守护'生活世界'",考察、发现人类具体生存的可能境遇。他把考察人类生存处境的作品视为"发现的序列","每--部作品都是对此前作品的回答,每一部作品都包含了所有先前的小说经验。"只有前赴后继,不断发现新的可能性,才能汇入整体的"发现序列"。显然,他把发现定性为叙事作品最重要的标准。

在场写作的去蔽、敞亮、本真,就是一个发现的过程,包括对自然、社会、人生、灵魂,对生命本质的独特的发现。在场主义认为,有没有发现,是散文及散文作家高下的分野,甚至是散文及散文作家存在与消亡的根本原则。发现既是一种态度,又是散文写作的起点,过程以及最终归属;发现是一种方法,用发现的眼光观照事物,用发现的刻刀解剖事物,用发现的心灵体察事物,我们才能传达出事物不为我们所熟悉的那一部分隐秘;发现是一种结果,是在场主义写作永恒的追求。生活存在于生活,生活是先验的,我们只是参与者和"发现者"。与生活相比,任何经验的写作,都不可能严格地实现"在场"。经验总是滞后。反过来,任何预设的写作也于"事"(生活)无补。在场主义散文,只是就散文写作提出了更为严肃的要求,强调写作过程的身体力行,以及对于散文所坚持的基本立场和态度。

自由性。自由是人性的最高尺度,也是写作的最高尺度。在所有的文学体裁中,散文是门槛最低的,同时其尺度也是最高的。在场写作的自由,是在对写作策略全面洞悉基础上的无策略,是遵守写作基本规则基础上的大自由,是对写作无限可能性孜孜不倦的追求,是对散文边界的突破和维护。在场写作,凭借怀疑、否定、批判、矮小、暗面、冷质、凌乱、粗砺、驳杂、反向、非判断、无秩序和拒绝集中之手段"去蔽"。"否定意识是意识的一种特殊现象,有着更深的哲学内涵。否定意识是人的理性思维为追求客体的内在必然性,对现实存在进行否定性思维的价值判断,其本质表现为对现实存在的反映。与其他社会意识现象不同,否定意识对现实存在的反映突出表现为理性通过情感判断而与价值判断相联系。"(王达敏《论新时期小说的否定意识》)在场主义散文从民间立场,以貌似"清醒的""冷峻的"的写作情感,提倡个性化的小叙事,在叙述时代和人性的复杂上,表现了很大的自由向度。反过来讲,正向的思维方式则容易陷入"公共话语体制"的泥潭——散文写作的镣铐和束缚,这是在场主义散文写作所不屑的和需要避免的。解构是自由的,构建也是自由的。自由的结果,是表现本真。在场主义散文意欲最大可能地应用本真语言,最大限度地表现根性的真实。

汉语是自由的,汉语散文也是自由的。在场写作坚持着自己的方向,自由发展,默默成长,一直在"最大限度地接近散文本质"。散文写作的姿势是渐渐向下的,向下的过程,即是汉语散文重返的过程——向民间转移。可以这样说,很多优秀的作家在民间,很多优秀的文字也在民间。他们游离于体制,与体制形成强大的对抗。《在场主义散文丛书》,集中推出周闻道的《七城书》、第广龙的《摇晃》、傅菲的《生活简史》、张生全的《变形词》、沈荣均的《斑色如陶》、黄海的《黄石手稿》共六部散文作品,可看作在场主义散文流派的又一次整体亮相。丛书的相当一部分作品,都是在场主义作家们近年来自觉思考散文的结果,体现了当下汉语散文最前瞻的追求。

无疑,在场主义散文在现代性精神和后现代叙事上,发出了振聋发聩的冲击波;而《在场主义散文丛书》则是21世纪初,汉语散文吹响的又一集结号。连同此前的三本书,在场主义廓清了三千年来汉语散文的认识,建立了一套真正属于自己的话语体系,以追求本真的在场写作姿态,不断地接近散文性,其对于中国文学史的贡献,将接受未来汉语散文写作实践的检验。

我的人生地理

第广龙

过去，中国人是很少流动的，多数人，守住一个地方，一辈子也就过去了。这大概是农耕社会的一个特性。我的祖上，种地，当财主，活动的范围，一直局限于一个村子。在我父亲这一辈，离开董志塬，来到陇东的一个县城，是为了生存，不是人不安分。我父亲学了木匠手艺，需要能够施展开的地面。实际上，两地的距离也就三百来里，语言和习俗，几乎没有差异。来到这个县城，我爸有了自在，成家立业，日子顺和，也就不可能产生迁移他处的想法了。中国人把依恋一生的一块地方，称之为故乡。这是根之所在，这是埋骨头的。后来我读书，看到历史上许多人由于战争、天灾、政府强制，在路上流离颠簸，在陌生的地域艰难生活，我的心里总是酸楚，而庆幸自己能安定在熟悉的天空下。也看到一些人，在一个地方生活一段日子，厌倦了，骑上毛驴，又向另一个地方出发，一生在一个个不同的地方停留，有丰富的见识，留下各种印记，我又滋生羡慕，对这些以天下为家的人特别敬佩。我在小县城长到十四五岁，有了对于远方的向往，目标却不确定。我只是盼望早早开始属于我的独立的生活,而理想的天地在哪里呢?我不知道,只是朦胧中有一种离家出走的冲动,只是觉得,走出去,我才能获得更大的机会。什么机会?无非一碗饭的机会,一张床的机会。从小,我就缺少远大的志向。不像一个朋友的小孩,人问他有什么理想,说坐小车上车时,有人给护着头。这可是大人物的待遇啊。

    算起来,我1980年出门,今年是2009年,马上就到三十年了。可以说,我目前为止的大部分人生,是在家乡之外度过的。我是被动地从一个地方转移到另一个地方的,我没有加以选择,为了生存,哪里能吃饱肚子,我就待在那里。可是,一旦到一个地方,我都认命地立足,并产生认同的心理,而且渐渐还有了无法割舍的情感。外面的生活,是异于故土的,没有熟人熟面,没有交错的社会关系,一切得从头来。这我不难受,甚至还喜欢这样的环境。我先后在陇东的多个地方安身,如今又来到了西安,我变化着,也苦痛和幸福着。于是,便有了我的并不辽阔的人生地理。这是和别人不一样的生活,是我的生活,我愿意记录下来,包括那些我不说就没有人说的内容,我也不回避。如果我不来这些地方,它们与我就没有关系,我来了,我住下,我延伸的不仅仅是脚印,获得的不仅仅是身体的温度,它们和我之间,似乎订立了某种契约,互相磨合着,适应着,也互相补充着,照应着。我和一个地方共同构成了整体,直到离开,都保存了一份记忆。当我再一次探入过往,我的内心是平静的,因为,许多记忆,已经沉淀了多年,是时间提取了生活,又过滤了生活,终于有了本质的呈现。这里头有我的主导,又不完全听命于我。似乎我自己也在接受某种神秘的指令。我还记录了我的当下,面对这个汹涌的时代,我不是缺席者,我也是见证者和参与者,我就写了我能写的,写了我想写的。当然,我也回忆了我的亲人和家乡。那是我的开始,我的发端,是我内心最柔软的部位,我再一次体验,再一次折返，我要扶起一杆笔，该写意了写意，该工笔了工笔，把这些——呈现出来。

这样做的时候，我没有打算树碑立传，为故乡，为亲人，为自己，没有。我从未立下过这样的宏愿，我明白，我没有必要这样去努力，那是徒劳的。只是文字的流淌，只是我的一段又一段经历。是那么细小，轻微，那么不足道，那么平常，只是对我重要，对别人来说，我觉得一点也不重要。我写出这些，我获得了安宁，这就足够了。这些内容，原来只是存在于我的记忆，现在有了另一种形态，文字的形态，似乎被我多保存了一份，似乎不再担心丢失，这也让我感到欣慰。我在写作中，在潜意识里，只是真实地写，本来地写，或者说，我取向于这样写，这就是我的选择。我的情感是自然的，爱与忧伤，是原生的，语言也是素净的，要说有追求，我就在这样追求。许多人不会这样书写的，总愿意取舍一番，把应该展露的部分，扭曲了，遮蔽了，结果，和生活隔了一张皮。如果要我粉饰过去，我做不到，我宁可不写。我明白，只有真实地真情地书写，才具备文本的意义。我一个小人物，有什么忌讳的呢？也许，只有这样，我的文章，对于读者来说，才提供了一个参照。会联系到自己的经历，联系到我们共同生活的这个时代，有那么多的相同，又有那么多的不一样。天大地大，太阳下面，每个人的影子，都是独特的，我写我的影子，写我的挣扎和希望。要是倒退上十年二十年，我不会这样写。那时，我还没有这样的意识，我觉着这些内容，是不值得进入文字的，我重视的是宏大的，正面的，甚至是纯洁的东西。我的变化是到西安之后，是岁月教会了我，是大师的作品给予我启发。我省悟了，生活自身是多样的，带着杂质的，我必须面对，我不能绕过去，我的发音器官，没有必要改造。于是，豁然洞开了一片天地，曾经沉睡的情节和细节，纷纷向我涌来。我的写作归位了，找到一把开门的钥匙了。实际上,古往今来的作家,都在这样写作啊。我现在才这样写,还不迟,还来得及。我这样写,有重新认识自己,认识人生的感觉。不由得,我要感谢生活的馈赠,感谢我的亲人和朋友,感谢明亮或者黑暗的道路,感谢一粒尘埃,一片树叶,一枚坚硬的钉子。

我平常活动的范围,并不大。这几十年,我抵达的地方,并不多。这没有什么遗憾的。人这一辈子,说漫长,真的漫长,说快,一眨眼,也就过去了。在一个地方生活的久长,或者生活的短暂,取决于命运的安排。不论在哪里,快乐遂心就好。但日子一天和一天都不一样,有晴天也会有雨天,走平路也走山路,往往也由不得自己。这同样是正常的,同样是苍天的赐予,领受,感念,化解,善待,都是我采取的方式。我在其中,呼吸,走路,说话,吃饭,这多么奇妙,这如同奇迹。生命在感受着,在存在着,哪怕落在身上的,只是一滴阳光,也值得珍惜;哪怕吃下去的,只是一碗粗粮,也能体会到经久的暖意。我在场,我是大地的一部分,季节的一部分,日出日落,我置身其间,我的肉体和灵魂,组成了这个世界小小的线头。甘肃的华池,曾是闹革命最厉害的地方,出了不少大人物,更多的人,一生不出远门,过着苦焦的日月。这里荒僻,孤绝,干旱,经常的,在山里走一天,走得脚跟冒烟,也是一个人走。在这里,我见识了两类人。一类是一出生就在这里的,放羊,种荞麦,住窑洞,知道外面有更大的世界,却不愿意走动,守着热炕头,喝着自酿的黄酒,心里有天大的满足。这叫故土难离。另一类,曾生活在这里,后来发达了,在大城市风光,属于前呼后拥的人物,皮肤也白净了,衣裳也体面了,却口音不改,爱吃家乡的搅团,老了,又回到家乡,回到小时候的水井旁,哪里都不愿意再去。这叫叶落归根。我不是这两类人中的任何一类,但他们的观念,却从反面启发着我,也教育着我,让我的非原著民的思想,得以强化。几十年来,我不断奔波,四处迁移,每到一地,我都是外来者,但我能落地生根,也能拔脚离去,我的情感,就在这样的大起大落中,而变得冲和,变得柔韧,同样,也变得沧桑,变得破败。当我书写这些地方时,我有着自己的视角,自己的判断。我觉得,这样的写作,才是有效的,独特的,创造的,而不是重复的,复制的,无病呻吟的。

这本集子收录的文章,全部完成于这三年,我是在步入中年后,一下子勤快起来的,能写这么多,连我自己都吃惊。我写一个个地名,写一个个人,写我低处的生活,写我的人生地理。我不能忽略这些,我无法视而不见,这是我拥有的,这就是我的生活。自然,这远不是我的全部,就像创作不是我的全部一样。但是,写作毕竟构成了我生活的一部分质地,随着文字行走,我的人生地理,摆脱了局限,远处的风声,在我的耳边响起。还有许多打捞的工作,我将继续进行,还有许多未知的云朵,正在降临我的头顶。我多么幸福,自己还不知道!我的这些文章,得到了一些肯定,也有人给予我很好的建议。这无疑增强了我的信心。我要感谢许许多多培养了我,帮助了我的人,你们对我的好,我铭记在心,永不忘记!岁月如梭,又是一年。当我正在写这篇自序时,农历的牛年刚刚到来,窗外,鞭炮声此起彼伏,喧闹着空旷的天空。春天的气息,正在积聚,正在发散。多么美好的春光,柳树又要绿了,杏花又能红了,我该停下笔了,要写回头再写。走,现在出去散步去!

2009年1月27日 于西安

木匠父亲

家庭成分

我刚念书不久，字还没认下几个，就得填表，其中有家庭成分一栏。我不知道咋填，回去问我爸，说填手工业者，我就记下了，填了几次。一次又填表，我妈说，别填手工业者，虽然不是剥削阶级，但算单干户，属于团结对象，以后吃亏呢，填就填贫农，你爸小时候放羊，种地，家里啥财产都没有，应该填贫农。我以后填表，就填贫农。老师问我咋改了，我说我们家就是贫农，不信可以外调，我爸老家的窑洞还在，我爸小时候睡炕，炕席都没有。这是我妈教我这么说的。后来，过了许多年，我跟我爸回老家，亲眼见，耳朵听，了解了一些我爸的过去。过去，我爸过得就是苦日子。我觉得，当年没有欺骗组织。

我这一茬人，在生长的过程中，不断填表格，家庭成分重要。填地主，填贫农，差别不光是人面前抬不起头，还不许参加学校的一些活动，至于入少先队，入团，基本上就别指望了。

实际上，我爸就是手工业者。

我爸离开农村，到平凉城里来，就不再和土地打交道，成天和木头打交道。

我爸是木匠。

那为什么不填工人呢？这可是领导阶级啊。

不能填，因为，我爸没有单位，自己在家里单干呢。

没有单位，便游离于社会的边缘。要说好，不用上班下班，不用开会学习，时间自己安排，有很大的自由。这样做，在那个年代，是很大的冒险，但我爸却愿意。为啥？我爸有手艺呢。我妈说，当初跟我爸，就是图我爸的手艺。木匠，金手银胳膊！

手工业者，中间两个字是工业，可是，做成一件东西，全靠一双手。我天天看见，晚上，我睡了，我爸还在电灯下头做木活，早上，我睁开眼，我爸已经开始工作了。腰弯着，手不闲，一下一下进行细致的雕刻；刨光木头，就得使出全身的力气。夏天热，就热着，歇一歇时，拿扇子扇几下。冬天阴冷，地上顶多笼个火盆，也只是早上笼几块炭火，烧败了不再续。晚上冻得手晓，点一把刨花烤烤就算取暖。那些年，我爸的手艺，是一家人的饭碗和全部希望。虽然辛苦，但比上班的人强。上班拿的死工资，磨时间，混日子。自己干，收入多少，看下了多少苦。我爸能下苦。

但是，这样的代价是，把儿女养大成人，我爸也熬干了自己，却没有退休金，过年也没有人来家里慰问。人老了，病就来了，看病花钱多，自然没有地方报销，得自己承担。

养儿防老，我爸只有这一条路走。可是，我还小着时，尽想着自己如何玩耍得高兴，没有认真为我爸想过。

申诉信

那阵子，我爸老了，干活干不动了。儿子个个长得老虎一样，都上学呢，只是能吃饭，没有到挣钱的年纪。一大家子人，都靠我爸一个人养活。眼看着日子越过越紧张，我爸的脸，总挂着一层霜。

我爸叫我写信，由我爸说，我写。那一年冬天，一段日子，吃过饭,天也黑了下去,点亮煤油灯,我就爬在板凳上,一个字一个字写。写得我眼睛打架了,停下,给我爸念一遍两遍,改动几个地方,我爸把信收起来,睡觉。第二天还要到校呢。第二天晚上,再接着写。写信写得我忧愁,吃下的搅团泛酸水,后来,肚子里呆了一只青蛙一样,又不住呱呱叫。我喝上一缸子凉水,压一压。结果,肚子叫唤得更响了。

写的啥信?是申诉信。给县政府,给县轻工业局写的。写的啥内容?从我爸断断续续的叙述中,我知道了个大概。不知道还好,知道了,就多了一些幻想。可是,这都是虚的,不能当蒸馍吃,这让我更加难受。

我爸是1949年前到平凉来的,一个人来。仗着刚学下的木匠手艺,到这个那时就商贸繁忙的小城谋生活。开头,给别人打下手。有眼色,能吃苦,慢慢翅膀硬了,就单干。我爸开了一间铺子,自己当掌柜的,自己当伙计。做下的木桶、木盆、木勺,还有风箱、搓板这些,都摆放在铺面里。由于做得细致,结实,来买的人多。承揽下木活,就在铺子里做,做箱子、柜子、桌椅,按商量的日子做成了,买家来取。有的是大活,比如做棺木,带上工具上门干。一天天的,影响起来了,有需要,人们都愿意来我爸的铺子。才三年多光景,铺面扩大,雇了三个能出活的,手下还带了五个学徒。生意兴旺了,我爸有了钱,夏天穿绸子,冬天穿皮袄,街面上有了名声。以我爸的为人处事,这么发展下去,成为财东已经不远了。

许多年后,我还在想,如果我爸真的成为财东,我们家会是什么样子,我会有什么将来?

肯定是不同的。

个人是被时代左右的,由着自己走路,在我爸所处的那个岁月,是不可能的。1956年,实行公私合营,平凉的一些私人企业都挂牌子,放鞭炮,完成改造。表面上看,是那么热闹,可是,多少人心里有想法。政府把另外三家木活铺子合到一起,成立了木器社。我爸有了一个职务:副社长。木器社经营了不到半年,我爸对一些做法看不惯,又年轻气盛,和社长吵了一架,赌气离开,再也没有回去。我爸离开时,啥也没拿,又成了一个单干户。

不是过不下去,我爸不会动这个心思。都过去多少年了,木器社都叫木器厂了,早已不是当初的样子了。在解放路中间,就是木器厂,以前,我没有留意过。知道我爸和它的关系后,我出于好奇,一次凑过去看。铁大门里,坐着一个看门老汉,十分警惕,看我神情异常,吼了一句找谁?我受惊赶紧跑开。

我先后照我爸说,我写,写了有五封信。写下的信,我爸拿上送,邮寄。我爸想着能得到一些补偿,咋说自己的产业在木器社里头,当初也有折股的说法。但是,信白写了,没有接到一个字的回音。

社会就是这样。我爸也明白,写信是不可能有结果的,只是没有路走了,才争取一下。

如今,木器厂倒闭了。工人都散伙了。

一天,我爸带着我去北沙石滩市场买玉米。市场一角,一个架子车支起,一个光头汉子吆喝卖苹果。"苹果——苹果——"声音像岔气了似的。我爸说,这个人,就是当年派到木器社的社长。我和我爸走过去了,我回头再看看他。他没有认出我爸是谁。

秘密作坊

那些年,我爸单干,不敢公开干,跟做贼似的,得背着人干。

平时在家里,白天,推木板,拧绳,间或敲打钉子,四下嘈杂,一般人分辨不清声音的来源。晚上，都是不出多大声音的细详活，还在电灯泡上套了纸糊的罩子，聚光，又显得隐蔽。那时，天黑了，人们就上炕睡了。那时，没有啥娱乐，没有电视看，活动着消化快，饿了没吃的。所以，早早就睡了。谁家亮着光，是容易引起注意的，而我爸每天都辛苦到后半夜才睡。有时，就传来间断有力的咳嗽声，警告呢。有时，就有人在门口大喊：不睡觉干啥呢？我爸受惊，赶紧关灯。等着没有动静了，开开灯接着做木活。

总被干扰，也怕有人再找麻烦，我爸只能外出。到山里去，上门做木工活。相对的，山里还安全。我爸走乡串户，谁家有需要，就住在谁家，吃在谁家，做木盆，木桶，做桌椅，做箱柜……山里人心善，但做了活，常常拿不出工钱，有时就装上一口袋豆子，有时就给上一串干辣椒。许多年后，日子艰难，我爸带上我，到山里去收账，都是二三十年前欠下的。地方叫土谷堆，下了班车，走很长的土路，从两山之间攀爬上去，狗被惊动了，鸡被惊动了。窑院里出来人，见我爸，认出来，嘴张老大，就叫出名字。让进去，喝水，说闲，说手里不宽展。走了四户人家，一分钱没要上，提了一筐子洋芋回来了。

我爸还走出更远，到兰州，到张掖一带做木活。有些活，也是白做了。

认识回民老高后，了解到他是生产队队长，住平凉城外的南台，地点偏僻。就说好了条件，把老高家后院养羊的一间土房子腾出来，我爸在里头做木活。老高大个子，人威武，没人给寻事。这样，我爸总算安稳了几年，天天早上到老高家去，天黑了回来。老高家我爸带我去过，我也帮着上螺丝，钉钉子，出一点力气。

由于家用的木器拿出去显眼，我爸把加工的重点放在了造瓦的瓦扎，以及造砖的砖斗上。这两样，都针对农村的需求。那时，砖瓦的生产，多数靠手工完成，机器还不普及。我爸的瓦扎和砖斗，选材,做工,耐久性,都被认可,几乎垄断了平凉周边的市场。做出来,就能卖掉。

瓦扎和砖斗,放在新民路的寄卖行卖。再严密的墙,也会有缝隙。寄卖行是那个年代的缝隙。它漏下的一丝光亮,关系到了一个家庭的生存。隔一段日子,留山羊胡的寄卖行老板来我们家,把钱给我爸。

吃的,喝的,都等着这钱呢。

临 时 工

在平凉盘旋路,一家工厂,叫红光电子管厂,从上海迁来的,是这个县最大的工厂。这个厂子的主体工房,有五层高,在全城最高。是政府盖的,盖了一半,没有资金,停下了。刚好红光厂选厂址,就一并移交了。那时的政府,没有现在的胆子大。这大楼气派,晚上也灯火通明,这在当年十分罕见。红光厂生产的东西金贵,用上好的松木加工木箱来装运。为此,厂子里专门组建了一个木工车间。

我爸在这个厂,上了十多年班,是临时工。虽然是临时工,我爸拿七级工的工资,在木工车间里最高。这有些奇怪,又很正常。因为,我爸的技术,是大家公认最好的。我爸在这里先后带了十个徒弟,也个个拔尖。红光厂答应让我爸当七级工,不然,就留不住我爸。

那为什么要做临时工呢?这是政策造成的。如果成为正式工,我爸进厂晚,只能从最低工资拿起,熬胡子,一步一步升。这我爸不愿意。这样做,为以后留下了多大的遗憾,我爸没有预料到。但那时人人都羡慕我爸,而且,在正式工里,我爸并不丢身份,还得到了普遍的尊重。要是仅仅加工木头箱子,我爸的水平体现不出来。木工

车间还生产办公桌、凳、文件柜、门窗这些，技术底子薄厚就有区分
了。而且，在这里当木工，平日里少不了自己做家具，有能力，有功
底，人面前也光彩。车间里，找我爸讨教的人很多，我爸也不保守，
总是指点一二。

我爸单干了多年，社会不断变革，遇到极大的艰难。路子越来
越窄，没有办法，才进了红光厂。回到家，我爸不闲着，还是加工瓦
扎和砖斗，虽然售卖的周期变长，但还是有一些收入。也接受别人
订做其他木活，数量不多。一个白天，一个晚上，我爸等于上了两个
班。就这，家里的日子，一点也不宽裕。我已经出去到远方的矿山工
作了，我爸还在红光厂上班。休年假回来，我到红光厂的澡堂子洗
澡，用我爸发的澡票。还去红光厂的俱乐部看电视，有个老汉把门，
问我，我就说厂里的，就让进去了。

到了八十年代中期，红光厂清退用工，我爸成了被清理对象。
找关系，送礼，都无法改变。在接近六十岁上，我爸回到了家里，再
也不用早早上班去了。我爸用更多的时间，专心单干，家里的地上，
锯末，刨花比以往落得更多了。

我们兄弟几个，那时面临找工作的难题，发愁个人将来，对我
爸多有埋怨，意思是我爸要是当初当正式工，我们都能沾光，可以
作为职工子弟招工进厂，饭碗就有了。尤其是我，多么强烈地希望
在红光厂上班啊。我上学时，班里就有家在红光厂的女同学，上海
人的后代就是不同，个个白净修长，身上散发香气。要是在红光厂，
我可能找一个这样的对象。我就不用出远门，在大山深处搬铁疙瘩
了。我该多么幸福啊。

世上的事，说不来。那么让人向往的单位，在九十年代中期，产
品卖不出去，处于半停产状态，不但工资发不出来，劳保手套也停
发了。工人闹事，包围机关大楼，还把街道堵了，人能过去，车过不

去。我爸当临时工的木工车间,厂房废弃,窗户上看不到一块完整的玻璃,随时倒塌的样子。

和机器对抗

进入九十年代,我爸做的瓦扎和砖斗,几乎没有人要了。农村造砖瓦,都用机器,大厂用大机器,小厂也有微型的机器。出砖瓦快,省人工。我爸做下的瓦扎和砖斗,放到寄卖店里,灰尘蒙一层,卖不出去。

我爸不甘心,也是多年形成的惯性,还做着瓦扎和砖斗。结果,积压太多,寄卖店的老板到家里,说东西占地方,以后别再送了。那一天,我爸把材料收拢到一起,家里的地上,一下空了许多。那一天,一家人说话少,天刚黑,就睡了。我爸也早早睡了。

人和机器抗争,人不是对手。我爸的一双手,怎么能有机器厉害呢。我爸的瓦扎和砖斗失败了,我爸失败了。我有时幻想,要是没有发明造砖瓦的机器,该多好。要是人们都不用造砖瓦的机器,该多好。

社会发展,人们手里有了钱,添置新家具有了热情。市场上还没有专门的家具店,都是一些木匠在自己家里做出来,被人买走,或者上门去做。不能一条道走到黑,我爸转过头,又开始做八仙桌,做大立柜、高低柜,做木扶手的沙发。

别说,还真受欢迎,尤其是木扶手沙发。木扶手用水曲柳,而且整体定型弧度,平凉城没有第二个人会,一下就流行开来。隔些天,我就帮我爸送沙发。这家人高兴着,邻居过来看样式,有的便动心了,当时就预订一套。家里又开始显得凌乱起来,木头的气味、墨斗里墨汁的气味,胶罐里木胶的气味,弥漫在空气里。一早一晚,得两次收拾地上的锯末和刨花。我爸的脸面,我们一家人的脸面,都舒展开了。

然而,时代变化快,好光景没有持续多长,人们选择家具的眼光,转向了新时的样式。我爸做下的家具,被冷落了。流行的是木工板组合成的家具,表面上贴一层木纹纸,再刷上清漆,亮堂,光滑,摆在家里,光线都密集起来。我爸琢磨这些家具的做法,只是摇头。这样的家具,由机器完成组件,轧制成半成品,人工的作用几乎被取消了,一夜就能成一个木匠,就能做家具。在我爸的心目中,好家具是实用的,结实的,是双手一下一下做出来的,靠技术,心思,认真,靠材料,做工,时间,才最后完成。是能用一辈子,还可以传给下一代人继续用的。可这些外表时髦的家具,只是个摆设,经不住使用,人们却狂热地喜欢,成批成批迅速进入了急于享受新生活的家庭。

我爸又一次失败了。一生都想往人前头走,却失去了一个个机会,一生和命运对抗,终于耗光了灯芯子里裹着的最后一滴灯油。我爸认输了吗?我不好判断。但是,随着儿女成人,外出工作,开始给家里有添补,我爸也不再做木工活了。家里的木工工具,各式各样的,我爸陆续拿出去,卖给人了。这可是我爸最宝贝的东西,竟然被他自己卖给人了。

木工工具

要把圆木划割成木方,把木方分解成木板,木条,木楞,再把这些简单的木头形态,深刻加工,转化成具体的木制品,必须借助工具。

我爸用的木工工具,木头的部分,都是自己做的。

有:锯子。包括大锯,可将圆木解成木板;长锯,将木板解成木条;小锯,锯铆时使用或锯细小木料。刨子。统称推刨。包括二手,初步使木料平整;长推刨,将较长木料刨的平整,一般合缝使用;凸面,将木料棱角刨成凹面状;凹面,将木料棱角刨成凸面状;拔槽,将木料边沿刨成一条槽口,用于镶嵌木板;镜面,使木料表面光滑平整,提高光洁度;弹子,是最长的推刨,长找平用。还有锛、斧头、榔头(我爸叫钉锤)、直尺、凿子(有2分、3分、4分、5分等多种,根据凿铆的宽度不同,选用不同的规格)、墨斗……

我这里说的并不完全。还有一些辅助用的,极少用的木工工具,我没有记下名字。有的我估计只有我爸拥有,因为是他的创造发明。

罗列这些木工工具的名称,是枯燥无味的,似乎是一堆抽象的符号。但是,它们在我的眼里,呈现另一种相貌。每一样,都被我爸握捏过,摩挲过,有的,还被敲打,比如推刨,用一阵,要敲打刃片,敲打边角。这些木工工具,饱含了我爸的手油、汗水,这是一天又一天,一年又一年,积累,消耗,再积累,再消耗才具有的颜色、光泽和时间感,甚至,还吸收了我爸偶尔受伤流出的血,以及脱落下来的皮肤组织。这些木工工具被用旧,却没有被用坏。经历了四季的湿热,被岁月光影反复投射,烟尘气流缭绕穿越,这些木工工具,已经被赋予了某种灵性,有呼吸,带温度,适应了主人的脾气,能领会主人的意图。

它们是我爸另外的身体,另外是灵魂。我爸珍惜它们,用自己的方式。每天都拿着,用着,对于轻重,力道,如何顺手,我爸达到了自然的境界。一家人的柴米油盐,是我爸给予的,也是它们给予的。经过我爸的手,经过它们,再加上钉子、铆、胶、漆、绳子这些辅助材料,来自山区或水乡的水曲柳、枣木、杏木、梨木、杨木、白蜡、松、椆木,都找到了应有的位置,变身成木桶、水盆、柜、箱子、炕桌、板凳、瓦扎、砖斗……木制品流动着,到了它们应该去的地方。木工工具不走,和我爸相伴,和劳动的日子在一起。我爸的苦乐,它们都知道。枣木硬实,纹路细,发散枣香味。好闻。闻着这样的味道,气息不由匀称起来。有时,我的心里,也会滋生一丝隐隐的酸楚。我知道为什么,似乎又没有确切的原因。

我爸做不动木活时,把他的木工工具一件件卖了。我爸是什么样的心情,我不知道。

又过了许多年。1997年早春,苦痛萦绕心间,在冰冷的日子里,给我爸过完头七,家里安静极了。我拿了一只我爸用过的木工工具,这是仅存的四五件中的一件。拿着它,我回到了谋生的远方,我是要给自己存个念想。一顿饭一顿饭吃着,日子就过去了。日子过得真快,我爸已经走了十年了。我头顶的天,塌了十年了。我还是经常做梦,梦见我爸,穿着一身洗得发白的卡其布中山装,一个人急急走路,一个人搬东西。我找出了这只被我爸的双手磨得发亮的工具,这是刨子里最小的一种,像一只蜂鸟那样灵巧,我爸叫它镜面,能把木头的表面,刨得跟镜子一样明亮照人。现在,这只刨子还是那么光洁,拿在我的手里,每一丝纹路中,还蕴涵着我爸的气息吗?我的手心,感觉到阵阵冰凉。十年了,我爸的热度,快散发完了。

对儿女的安排

我爸自己是木匠,但是,他的四个儿子,没有一个继承父业,没有一个木匠。

而且,我爸似乎也没有打算把他的手艺传给我们。我一直想探寻其中的缘由,我有许多不解。我们兄弟四个,都早早进学校念书,从没有中断。家里再困难，人手再紧张，我们都照常上学。平时，问我爸要零花钱，难要上，但是，如果说老师要，如果说买本子，我爸肯定会给。

难道，我爸在我们身上，寄予了大的希望？应该是这样。但是，我们都让我爸失望了。我哥高中毕业，下乡插队，返城找工作，还是我爸给人送礼，才当上工人。我高中毕业，两次参加高考，都没有考上，去了远方的矿山。三弟也没有考上大学，当兵去了。最小的弟弟，连高中都没有升上，在家里待业，外出打工，当了多年的无业游民。

我曾经想学木工手艺，我爸不让学。做木活，帮着打下手，也只是在假期，在晚上。拉锯，把粗糙的木板推平，我只干过这些。我哥比我强一些，只能做小板凳。稍微成器的家具，不会。

我爸经历了靠手艺吃饭的自信，也不断体会靠技术谋生的艰难。许多的无奈，困惑，失落和绝望，一定让我爸早早做出决定，让儿女走别的路。他一定认为，走哪条路，都比走他走的这条路要顺当。做木工活，我爸和各色人等打交道，也看出了世道的变化。明白人过得自在，富足，光依靠手艺，是办不到的。我爸在红光厂当临时工时，带的学徒中，有一个悟性差，但人稳当，有眼色，讨得领导喜欢，一步一步，先到厂部坐办公室，再当主任，七八年后，成了红光厂的党委书记。我爸办事，还多次找过他，对我爸很是客气。我爸给我举过他的例子。

但我爸认自己的命，却一心给儿女谋新的机会。木工的手艺，是我爸的一部分魂魄，也是我爸永久的伤痛。手艺能养家，但常常面临饥饿的忧虑。单干自由，干多干少，随自己愿意，却失去了大树的依靠。大树就是单位，就是组织，就是领导。某种程度，就是一个人的未来。我爸想依靠大树时，已经来不及了。

让我爸迷惘的是,他调整着看法,并把儿女指往和他不一样的方向,和社会的大多数一起走时,又回到了当初。可以单干了,叫个体户。有本事,发财也光荣。可是,我爸老了,给一块锅盔,已经啃不动了。

他的儿女,也只能在各自大小不一的天地间,挣扎一份沉重的生活。我爸想左右,也有心无力了。我回忆起一件事,我到矿区不久,矿上抽调我到机关帮忙,我待了一段日子,不习惯,又回到了野外队。回家探亲,和我爸提说起,我爸说了我,说怎么都要想办法留到机关。这是朝上走,怎么能走反,朝下走呢。回单位时,我爸给了我一条好烟,让我走动走动。我没有听我爸的,我自己把那条好烟给抽了。

对于这个社会,和我爸一样,我也有许多的不适应,和我爸不一样,我能做好就做好,做不下去,我就停下了。我要按我的方式,在这个世上过下去。但有一点,我不会给我爸丢脸。

1997年春天,我爸瘦成一把骨头,陷入深度昏迷,在热炕上挣扎了一个月,不甘心地离开了这个人世。连同他的木工手艺,一起埋进了家乡南山的黄土中。

我爸的手艺从此失传了。

发家的梦想

我爸既具有手艺人的精明,也存在眼光短带来的局限。在时代的潮涌中,他似乎置身局外,又常常身在其中。他能把握时机,却一次次失算。他心劲那么大,也使到该使的地方了,但忙乎一个春天,到头来,收获的总是一把柴草。

瓦扎和砖斗做不成了,家具做不下去了,我爸又寻找别的机会。八十年代初,淘金热刚刚兴起,我爸就敏锐地捕捉到了一丝气息。而且,不做观望,采取了实际行动。我爸和一个朋友去了一趟广州,买回来一批电子手表。这玩意儿正在流行,走街上,不时会有人问:要电子手表不?一个十五块!和广州比,差价一倍多。所以,我爸也当二道贩子,指望赚上几个。没有料想,在新民路口来回吆喝,看的人多,实心要的人少,一个月过去了,大半电子手表压在手里,出不去。我爸无奈,又折价给别人了。

我爸有经济头脑,善于做生意,五十年代的开铺子成功就是证明。但好汉不提当年勇,年纪大了,手里没有资本,成个事情难。又过了一年多,家里修门楼子,我和我弟出的钱,总共有一千多。我爸拿上,不买砖,不买沙子,却到宁县老家去,拉回来一车西瓜。正是大热天,我爸想着来个短平快,赚一笔,然后再修门楼子。老天爷似乎有意为难我爸,西瓜棚子刚搭好,雨就下开了。这是一场连阴雨,一直下了半个月。西瓜没人要,晚上还要人守着。放坏的,贼偷的,连丢带扔,到后来算账,倒贴进去不少。

六十岁上,我爸搞不起大动作了,改变策略,每天拉着架子车,到车站卖花生。这是小本经营,没有啥风险。这样卖了一年多,我爸嫌来钱慢,把摊子打折了。我回家探亲,说我爸,别再辛苦了,我爸不听。不久,又收购废铜烂铁,收一堆,挑出能用的,砸平,扳直,砂纸打亮,架子车拉上,到市场卖。直到病倒起不来,我爸天天到市场摆摊。那时,我爸都七十多了。这个年岁的老人,都在享清福,我爸歇息不下来,儿女一次次劝,我爸总说能行,有时还发火,不让管他。我爸到这个世上来,就是为劳动来的,在我爸的命里,没有休息这两个字。

我爸有太多的不甘心,付出那么大的努力,也没有收到预期的回报。我爸太想让这个家富裕起来,日子却一直清苦地过着。我爸是个要强的人,磕磕碰碰,一路走了过来。腔子里的一股子火,熄灭一次又自燃一次。虽然到头来两手空空,虽然常常白辛苦。但是,在我的心目中,我爸的这个强,胜过一斗金子。

我常常梦见我爸,醒来,就不再睡了,一个人坐着发愣。我爸要是还活着,该有多好啊。

爱 好

我爸不抽烟,不喝酒。

我爸到这个世上来,似乎天定下的,一生的义务就是劳动,全部的精力用来养家。

我回想起来,我爸还是有一些个人爱好的。

我爸爱喝茶。做木工活时,一个小炉子,熬胶用的,点着一卷刨花,摘些木头片进去,火焰就起来了。我爸有时坐一只搪瓷缸在上面,水开了,丢一撮末子茶,水的颜色变化着,味道也变化着。我爸爱喝煎茶。

这样的茶,喝了解乏。我爸后半夜还在劳作,多亏了这一缸子煎茶。

我爸喝的茶,都是便宜的茶。商店里敞开的大木箱盛装的那种。不是不愿意喝好茶,是喝不起。

我工作后,回家探亲,都要买上一包茶叶。我还买过一个保温杯,我爸用了七八年,几次夸赞说质量好。我爸有一回说起一种茶,应该是袋装的猴王牌的茶,说这茶香,价钱也不贵,只是平凉城见不上。我正好去兰州,一天下午,走了一条又一条街,也没有打听到这种茶。现在回想起来,我心里都会难受,觉得对不住我爸。

我爸爱养花。一盆夹竹桃,长一人多高,粉红的花朵,绣上去的一样。绣球,仙人掌,都不是名贵的花,窗台上摆一溜子。

花草给人长精神呢。我爸有空就拾掇,剪枝,施肥,浇水,不让我们插手。破败的家,有了这几盆花,也变得鲜亮了。

家里一块空地,我爸在上面种树,种韭菜。后来,给我哥盖结婚的新房,把地给占了。只留下两棵苹果树,已经大腿粗了。每年,都结满树苹果。

我爸过世后,养下的花缺少经管,都死了,连旺盛的夹竹桃也枯萎了,似乎随着我爸走了。

日子过得艰难,还有心情养花,说明我爸是一个乐观生活的人。还有一个原因,我分析,可能与我爸曾经务农有关。离开土地,却无法丢弃一份对于泥土的感情,养花,种树,也算对自己的一种安慰。

我爸爱听秦腔。印象里,我爸没有进过戏园子。花钱听戏,似乎是一种奢侈。八十年代初,家里才添置了一台收音机,收到秦腔,我爸听得高兴。后来,家里有了电视,我爸看得少。看电视影响干活。

我爸爱旅游。去兰州,是很多年前的事情了,是揽活才去的。去了一次广州,是卖电子手表回来贩才去的。到老,我爸也没有专门到哪里逛上一回。

我爸出去剃头,回来,也高兴得不行。吃面有韭菜或者豆腐,我爸也吃得高兴。韭菜在我爸的嘴里,也发出欢快的声音。我小时候感到奇怪,也学我爸,但怎么咀嚼,也无法让韭菜有声音。

有时候,一年就一次两次,我爸出门回来,大手帕鼓鼓的,打开,是核桃或者枣子,全家人都解一回馋。我爸不吃,看着我们吃。我爸以这种难得的方式,给全家带来欣喜。我从小就明白,生活再苦,有我爸在,天就在头顶上。就从日常的点滴中,我得出了这样的结论。

　　我刚参加工作,就立下一个愿望,挣下钱,要好好孝顺我爸。但那时收入低,给家里的贡献有限,为此我常常自责自己。如今,生活好了,我爸已经不在人世了。想起我爸,我的心口子就疼。我爸没有吃过好的,穿过好的,我欠我爸的。可是,再好吃的,我爸吃不下了,再暖和的,我爸穿不成了。

伸不直的腿

　　我爸得病突然,却一下把人放倒,再也爬不起来。成天睡在炕上,一双腿放不平,伸不直,一直支着。支着多难受啊,我给我爸把腿拉展开,我爸疼得呻唤。我赶紧丢手。我爸的一双腿,瘦得只剩下骨头,比胳膊还细,却一直支着,定型了一般。

　　我爸个子矮小,两腿弯曲,这是常年干活,老蹲着,老佝偻着脊背,慢慢成了这个样子的。冬天阴冷,我爸的腿,老觉得疼。疼了,就用拳头捶一捶。要么,就吃两片止痛片,算是看了病。

　　就是这样一双弯曲的腿,走路走得快,我要小跑着才能撵上。走平路,走山路,我爸不落人后。背着工具包,背着粮食,我爸的脚步,也没有慢下来。

　　这一回,我爸再也出不去了。从医院接回来,人已经不行了,出气多进气少。大舅到家里来,交代说,咽气时腿要拉直,不然,到阴间还得受罪。

　　我爸睡觉打呼噜,声音很响。但有时突然不打呼噜了,等许久,呼噜声才再次响起来。小时候,我听不见我爸的呼噜声,很害怕,偷偷移到我爸跟前,查看动静,再没有声音,我准备把我爸摇醒。当一声声呼噜再次突然响起,我一下子放松了。我是害怕我爸一口气上不来,闭气憋死了。我不敢想象这个家要是没有我爸,日子该怎么过。可是，打了一辈子呼噜，我爸病倒后，却再也没打过呼噜。我爸已经没有打呼噜的力气了。

我爸到死，才把腿伸直。是妹妹坐上去，硬给压直的。我爸疼吗？疼也忍着，疼就疼这一回。我希望我爸在另一个世界，别再做木匠，别一天到晚劳累。睡进县城南山上的一堆土丘，我爸才解脱了，但我知道，我爸有太多的牵挂，即使那么不容易，我爸也留恋这个人世。

在我心目中，我爸双腿弯曲，一辈子，却是直着走过来的。他经历的这个时代，忽东忽西，变幻不定，多少人失去方向，多少人跟着别人走。但是，我爸没有摇晃，走着自己的路，即使曲折，黑暗，我爸摸索着也走，即使沟壑上没有桥，我爸也想办法过去。我爸就这样走到了人生的最后。

一个十分普通，对我爸来说却是最重要的家，在大地上，在风里雨里，坚守着，顽强地坚守着，虽然常弥漫着苦涩，却总是那么温暖。这个家，是我爸支撑的，用他全部的力气和心劲。我爸走了，我要继续把每一天都承受下来，让家里时时有笑声，让炊烟升起，扩散。

我爸走了，这个家，也只有这个家，会保存对于他的记忆。过节时，走亲戚时，日子过得顺当不顺当时，我都会想起我爸。想起我爸说话的样子，吃饭的样子，走路的样子。这些天，天气渐冷，早上地上都结霜了。不用翻日历，就知道，十月一快到了。我已经备下了烧纸，到那一天，天黑了出去，给我爸送寒衣去。

11 号 院

　　11号院是过去平凉城的一个大杂院,在中山桥边上。过去有多久?算下来,差不多快四十年了。现在,11号院已经没有了。现在,11号院在我的记忆里。

　　过去的11号院,院门高而宽,架子车也能直接拉进去。院门的门框是杨木的还是松木的?我不知道,只记得裸露着木头的本色,但已经不是最初的颜色,是那种经年的灰白色,散发暗光,摸上去,能感到经络般一道一道木纹。可能原来是黑色或者红色,但油漆全都脱落了,在漫长的岁月里消失了。院门的门扇,是损坏了,还是被谁卸走了,我也不知道。我从来没有见到过院门的门扇,就认为,院门本来没有门扇。

　　院门的门框上横梁偏右,钉着一块巴掌大的铁皮牌,上面写着:果木市巷11号。11号院的名字,就是这么来的。

　　11号院里,居住着十几户人家。进了院门,头一家,便是我们家。

　　我们家的房子,土木结构,厦子样式。进去,就是灶火,泥抹的锅台,笼屉,装面粉的木箱,米坛子,酸菜坛子,水缸,拥挤在边上。再一拐,一片空间,靠一面墙盘了炕,墙上开了一扇四个格子的窗户。早上,光线呈柱形进来,像探照灯照射,光亮处动静着微尘。这个炕小,我爸睡。炕前地上摆着长条凳,堆着木头,靠另一面墙竖立着长短宽窄不一的木板,立着大小不同的锯子,至于刨子,木尺,斧子，墨斗、胶罐这些，都在随手的地方。早晚，我爸都在这里做木工活。这里，总散发着刨花的味道，也弥漫着大白菜的霉变味和搅团锅巴的焦煳味。我要说，木头的味道和食物的味道，在这里，在我们家，是一种必然的联系，那就是，一种味道向另一种味道在转化，那就是，我们家的人口，都是靠我爸的木工活养活。

还有里间，也得拐一下，带门洞，在土墙上开出来的，顶部弧形，进去，一边置放着立柜，箱子，柜上安放着闹钟、鸡毛掸子、梳子，药盒，煤油灯；一边是一方大炕，睡一家子人的大炕。我妈，我姐，我哥，我，我弟，小弟，晚上睡觉都睡在这方大炕上。大炕脚上方，是一扇八个格子的窗户，往外看，就看见了不远处的土墙围拢的厕所。大炕是板炕，炕坑是土坯砌的，外层嵌青砖，炕面镶嵌着一块一块可以拆卸的木板，冬天要煨炕，把锯末堆进去，引燃，做火引子，再往周边壅煤面，煤面缓慢燃烧，释放热量，炕就热了。地上不生炉子，冬天冷，我就想起，小时候，一床被窝，我哥，我，我弟三个盖，中间的暖和，两边的吃亏，都使劲往自己这边牵拉，把被窝都撕扯了。

刚烧上的炕，烟大。虽然有烟道连着外头，煤烟也会从木板的缝隙跑出来。早上起来，常常头痛，就说让煤烟打了。但喝上几口凉水，也就灵醒了。我想，这么多年，一直没有造成更严重的后果，不是福大命大造化大，是房子四处透风的缘故。

我们家的房子，就这么大，如果测量的话，我估计，不会超过三十平方米。

记忆里房子昏暗，潮湿，阴冷。我写作业都是趴在大炕上的窗台上写，这里亮堂，还能往外看，心不慌。冬天，要蒸白蒸馍，就得发面，我妈就把面盆放到炕上，还给盖上被窝，面团就放大了。端午节时，又把掺了酒曲的燕麦盆放炕上，只是苫一层笼布，压上锅盖，能发酵出酸甜适中的酒糟子。我爱吃酒糟子。

我还想起，我们家里照明，主要用煤油灯。街上的铺子里，有卖煤油的。家里有电灯，15瓦的灯泡，平时不让亮。煤油灯也不能亮得太久。晚上，黑着也能说话，不点煤油灯。我爸做木工活点一盏煤油灯，这必须点，煤油灯照亮的，是一家人的饭碗。

11号院的人家，都是这样子。好的，也好不到哪去。娃娃少的人家，就是住的略微宽展，就是安静些。娃娃多的人家呢，自然饭碗多，碗里汤水多，费衣裳也就费布，但大的穿过的，二的，三的，小的接茬穿，也把日子过着。

我姐是老大，我姐上小学的书包，就用到我这里，还用，我升初中，又把书包传给了弟弟。而我呢，又背我哥的书包，只是大些，结实些。算盘，铅笔盒，墨盒，也这么往下传。但算盘在我的手里给散了珠子了，是我在放学路上，拿算盘当滑轮，人站上头滑，给颠簸坏了。算盘到我这里就中断了传递。弟弟的算盘，是我爸另买的。

11号院的人家，都是这样子。谁家要是炒肉，一院子都能闻见肉香。就知道，这家在过事，属于不对外张扬的事，比如远道来了亲戚，老人的生日这类事。因为，除了过年、过端午、过中秋这些为数不多的节日，平时是没有谁家吃肉的。平时，谁家的垃圾里杂有鸡蛋皮，也会被发现，也会被奇怪一阵子的。

天快亮那阵子，11号院的人，出院子往河道里倒尿盆，往门口地上泼洗脸水，推自行车，推着往出走，声音乱，透出急切。天快黑那阵子，都回来了，不那么集中，脚步也不慌乱，但烟筒里的烟，商量好似的几乎同时冒出来，一缕缕的，软着扩散开，渗透进夜色里去，而且，大人打娃娃的声音，两口子为吃饭和花钱吵架的声音，也会不时响起。整个白天呢，是静止的，晴天，阳光是静止的，雨天，雨滴是静止的。白天，都是老人在家，不爱动弹，说话声音轻，走路像影子在走。白天，老人都喜欢坐在自家门口，手里纳着鞋垫，或者，择一把韭菜。老人都有耐心，也能坐住，坐着，一上午过去了，坐着，一下午过去了。坐着，头上添了一根白头发，坐着，脸上的皱纹多出一道，这都是很正常的。

11号院里，除了我们家居住的西房和另一家居住的北房，与房前的空地组合成长条形空间，并在北房靠东开辟水井的棚子，再往东，过了一条通道，则是土墙围拢出的厕所，另外的地盘，区分出和外院相连的三个小院子，分别在南边，南边偏西，西边。但只有南边偏西的小院子还有门楼，也有门扇，还能关住，而且，唯独这里的房子是砖木结构的。别的小院子，都成了敞口子，挡不住脚。现在想来，这么大的院子，原来应该是哪个大户人家的宅第，时光演变，世事无常，挤进来了各色人家，在这里过日子，在这里生老病死。

北房住户姓张，男主人像个粗人，女主人文静秀气；有个儿子叫船舱，大我三四岁，是抱养的，老挨打，老吃不饱，让我从家里偷馍馍吃。船舱长到十三岁上，就到农机厂上班，学会开拖拉机，住厂子里，回家极少。这家男主人留给我的印象就是说话声大，再就是一次不小心把清油倒裤子上了，糊一层干黄土，拔油，又用醋水洗了，挂铁丝上晾着，裤腿上的大油斑还是明显。

我们家的厦子房，就是租张家的。11号院多数房子都是公房，也有私房，张家，还有南边偏西院的李家，都有私房，自己住不完，租出去。那时候，租私房，比公家房便宜，我们家租私房，就是图个便宜。但后来住不下去，被暗示，明说，驱赶让搬走，提出加房租，加到比公家高也不行，真是有苦说不出。1976年，我们家在11号院再也支持不住了。我盼望我爸做个决定，把我们家搬走。记得晚上睡下，我用手在墙上抠，墙体酥软，一抠一个洞，拳头都能旋进去，我害怕哪天房子塌了，跑不及，还不被压死，捂死。所以，当我们家真的能搬走时，我高兴的没办法。

而我老是想起11号院的一些人、一些事的时候，我已经到外地谋生，到了许多年之后了，这种情景下往往回忆多，主要的成分自然是11号院提供的。

11号院的住户中，高家不可不提。因为，在我看来，高家是唯一不发愁吃穿的人家。高家住在南院，说起来和我们家的房子连体，只是隔了一道墙。高家只有夫妻两口子，极少做饭，经常下馆子。高妻头上抹头油，腰紧，总是捏一撮瓜子嗑，瓜子皮噗噗吐地上，样子好看。高掌柜身子魁势，个子也高，喜欢戴一顶蓝呢子料的帽子。经常的，手里提着一纸包细绳拴着的点心回家。还有，高掌柜的手腕子上，有时候，明晃晃地，戴着两只手表，或者三只手表，这也十分吸引眼睛。冬天穿棉衣，袖筒长，也能看见。是的，高掌柜是修表的。这在上世纪七十年代，可是了不起的职业。高掌柜为什么不要娃娃呢？这个问题，我想过，也听大人议论过，有些话，我听不明白。

西院的徐家也是故事多。徐家天津人，说话的声调，自然和我们不同。据说因为成分不好，三个儿子，都没有安排工作。但老大徐相林给徐家争了光，上山下乡，表决心要扎根农村五十年，被树为典型，大喇叭上发言，11号院的人都听到了。徐家还有两样事情给我留下了深刻印象。一是把泾河里抓下的小指头长的鱼，一条条挑开肚子，取出内脏，放到另一只盆子里，鱼还能游，却用面粉拌了，油炸了吃。在11号院，只有徐家吃这种鱼。二是徐家门口种了一株核桃树，五六年了，才长过屋檐，没见结过核桃。而这棵树，是11号院唯一的一棵树。11号院再没有别的绿色，没有。只是有的家里在方桌上摆个瓷瓶，里头插着一束花，很鲜艳，是塑料的，脏了，在水里淘洗淘洗，四季开不败。徐相林在平凉四十里铺插队，真的没回城，当上了大队长，娶了当地一个姑娘。即使政策变了许多回，徐相林现在的身份成了支书,也依然坚持在四十里铺,还兴办了预制场、砖窑、石棉瓦场,经营有序,盈余明显,在农民中保持声望。

那时候,像徐相林这样的,在我的眼里,属于大娃娃,耍不到一起的。徐相林的妹妹徐香香倒是和我年龄相当,但我不跟女娃娃耍,也就没有来往。许多年后,我听小时候的伙伴说,徐香香名气快比上她哥了,结交了不少厉害人物,得了个徐大印的外号。还有一个张家的女娃娃,我们给起的外号叫大辣子,为什么呢,原因我竟然想不起来了。只记得捉弄过她一次,就是看见大辣子上厕所,隔着土墙,仍进去了一疙瘩土块,吓得大辣子直叫。11号院和我年龄一般大的男娃娃有三五个,和我最密切的有来和建平,这让我的童年,不缺少热闹。

来家里的炕上,放着一只簸篮,里头是旱烟末,来他妈抽。来他妈的脸,嘴唇,都黑青黑青的,可能与抽烟有关。大人说,来他妈抽过大烟。有时我去,来他妈不在家,就卷一根抽,一次抽醉了,恶心,头晕,回去睡了一天。来他哥叫平安,脖子上长着一个肉瘤,我们叫瘿瓜瓜。肉色,椭圆形,饭碗那么大,把来他哥的头都挤歪了。我开始看着害怕,不敢看,后来看多了,就不害怕了。出于好奇,忍不住用手摸,肉肉的,热热的。许多人都摸过来他哥的瘿瓜瓜,来他哥让摸,来他哥不生气。来他哥挺孤独的,老是一个人蹲在墙角晒太阳。来他哥想和谁耍,就会说,跟我耍,让你摸我的瘿瓜瓜。似乎这多出来的肉瘤是个玩具。有时就有人愿意,就摸上一阵,来他哥表现出舒服的样子。现在我知道,瘿瓜瓜由碘缺乏引起,是地方性甲状腺肿,属于一种疾病。那时候,光是认为难看。来他哥除了长瘿瓜瓜,下面也异于他人,他的阴囊鼓胀如拳,尿尿时我看见过。这种情况,我们叫气卵子。就像拿气管子把气打进去了一样。来他哥不让人看他的气卵子,尿尿都是躲着人尿。我曾想,下面吊个大家伙,走路快

了，甩动起来，一定挺难受的。来没有爸，后来，来他妈找了一个，来
又有爸了，每天早出晚归，不知道干的啥营生。后来，来他哥结婚
了，娶的是北山上的媳妇，还生了个娃娃，我留意过，没有长瘿瓜
瓜，也没有长气卵子。来他哥再不让人摸他的瘿瓜瓜了。

　　建平家在西院，和徐家一个院。我和建平最要好，经常在一起。
我们家搬走后，我和建平还来往。高考复习，建平到我们在八盘磨
的家来，我俩一起背书。但建平考上大学了，我没有考上。建平在西
峰的庆阳师专上学。不久，我上技校在庆阳的驿马，离得近。我星期
天去找建平，他很吃惊。我俩买了两毛钱的葵花子，一边嗑一边走，
说了一下午话。这是后话。那时，建平他妈能干，在醋厂当厂长。建
平家，总有一股子醋味。建平曾经偷了家里的生鸡蛋，没法吃。我俩
到中山桥下面，找来烂纸，柴棍，点着了，把鸡蛋放火上烧，烧得裂
开了，半生子，也能吃。

　　那时候，我像是没有人经管，自己长着。我是没有上过幼儿园
的，11号院的娃娃，都没有。所有能到的地方，都是我的幼儿园。我
们在11号院长大，能自己走了，先是院子里，再是外头，由近而远，
东跑西跑，童年的时光，趣味和无聊夹杂，冒险和失落相伴，快乐而
忧伤，简单而多彩。远处，我到泾河滩游泳，水混浊但却干净，河流
拐弯的地方水深，一次次扑腾，上来晒太阳，皮肤上就染上了土色，
用指甲能划出线线，家里的大人，用这个办法获取惩罚的证据。还
有就是到柳湖捉鱼。工具简便，一块铁纱窗的网，四角拴绳子，中间
搁一块石头，撒一把碎馍馍渣，沉入水中，网会松开，等一会儿，猛
然上提，网收紧，如果有鱼吃食，常常被获。捉下的鱼，养到罐头瓶
子里，过一个晚上就死了。我还在一只铁罐里养过蜗牛，每天都看
几次，养了一个月，一次没把盖子盖严，蜗牛爬出去找不见了。至于
养蚕，养兔子，也持续了我的许多热情，那时我已经上学。

出11号院，向北拐，走二十步，就是中山桥，往上，是繁华的兴民路，是城门坡，往下，可以到平凉最大的菜市场。我记得最真的是卖吃的地方，一是往下走，有一家三八食堂，专门卖小笼包子。包子馅是纯大肉，只加了些葱调味，咬开，馅的形状还完整，颤颤的，油汁渗出来，染黄面皮。这是全平凉最好吃的小笼包子，我只吃过三回。我想多吃，没有那个福气。好吃的东西，不是想吃就能吃上的。第二样在兴民路转盘，专门卖清汤羊肉，汤汁淡，却鲜香，有一种像线板子的饼子，泡进汤里，一口汤，一口饼子，过瘾。这也是全平凉数头等的。三一家位于城门坡下，专门卖凉皮，我们叫酿皮子，弹性足，有韧劲，滑溜，色亮黄，调上醋，调上辣子，吃一碗还想要。这同样在全平凉排第一。

别的好吃的，得说到水果。夏天是西瓜，似乎都是锥形，破开，瓤有红，黄，白多色，红又分大红、桃红、粉红、玫瑰红几类；秋天，会有泾川过来的梨、桃；冬天是更远处的宁县过来的柿子，全熟透了，顶部覆一层霜，还带一点冰碴儿，别有滋味。这些水果，都拉在架子车上，在中山桥两边支摊子叫卖。我没有钱买，就围在旁边看，看着看着，乘不注意，偷个桃子，偷个梨，虽然做贼心虚，但偷来的东西吃着香。

还有卖烧鸡的，卖麻花的，卖大豆卖麻子的，也集中在中山桥和兴民路一带。做这些买卖的几乎全是回民。回民能吃苦，回民会做。我现在做梦还梦见的是烧鸡：两只整鸡，拆卸开的鸡的零件，一只翅膀、一条腿，都可以片成双份，鸡内脏拢在一起，鸡蛋团成一堆，全盛放在一只高腿笼屉里。晚上就出现了，看见马灯的那一团光，就知道是卖烧鸡的。不时用小刷子蘸上鸡油刷，刷得鸡皮发亮光，更激发食欲了。那时，我暗暗确立了我的人生理想：有足够的钱，哪天吃一笼屉烧鸡。

我童年的天堂,就在家门跟前,就在中山桥。中山桥原来是松木的,整个桥体,包括桥拱,桥栏,都是松木的。桥面上敷了一层沥青。多少个傍晚,我们坐在桥栏上,说着古今,直到大人喊叫着让回家。

中山桥下面更吸引我。夏天,汽车从桥上开过去,桥缝里挤下来一片片热热的沥青。收集多了,可以固定到木棍顶端,成就一个圆蛋蛋,在水里冷却,就定型了,拿手里威风,打人身上闷疼。沥青还能嚼,有嚼劲,口香糖一样。桥拱的支撑部分有许多空当,攀爬上去,过来人,看不见,咳嗽一声,吓一跳。有神秘感。也有奇坏的,见要饭的走过来,在上面往下尿尿或者拉屎。这种事,我没有干过,来干过。但我在河道里把癞蛤蟆捉住,用绳子串一串,又把每一只从后窍插入竹管吹圆肚子,再放到桥上,汽车过去,轮子碾轧,炮响声声,也十分恶劣。平凉城就这么大,过往的人认出是11号院的,有的会摇头,而我更加得意了。

河道里的水,是从纸坊沟流过来的,一路向北,汇入从西边的崆峒山流过来的泾河。泾河又流向哪里?那时我不知道,现在知道了:泾河向东,来到关中平原上,和渭河汇合,在高陵县,有一个四个字的地名,就叫泾渭分明。

春天,河道边的硬土里,能掘出早生的一种草的根,我叫辣辣根。掘一把,白生生的,吃下去,肚子咕咕叫。春天还想吃别的解馋,就只有榆钱了,这要走得远些。吃辣辣根,吃榆钱,都不花钱。我还在河道里捡过一只死刺猬,当时,我的想法是这东西值钱,虽然死了,但一定能治病,就放到路边,等买主,好几个人都好奇地过来看看,我就问,买吗?但都是只看不买。我生气了,提起死刺猬,又扔回了河道。

我曾经在去柳湖的路上,在一堵农家的墙上看过一幅漫画,名字叫越走越亮堂，画中的人物走着，开始打灯笼，然后用手电，再走路，头顶有路灯。似乎是五十年代画的，我每次路过，都停下看一阵，就觉得挺美好的。没有想到，不久，11号院外的路边，也栽上水泥的电线杆，装上了路灯。路灯下成为我们经常聚会的场所。夏天，蚊虫舞动，蝙蝠穿行，我们脸上亮着，浮了一层水一样，兴奋奔跑，在黑暗与明亮之间往返。有几天，听说有广场一带的娃娃拿弹弓打路灯，我们自发守卫，深夜也不回去，为此受到大人的责骂。

和11号院相邻的院子，我几乎都进去过。大小不太一样，格局都差不多，有的比11号院拥挤。出院门往北，一道细窄的巷道，铺大麻沙石和大青石，两边的墙基是大青石，上面是上寺台。我上学就在上面的小学上。在学校的后院，可以俯瞰城门坡下的这一片平凉城，自然也包括11号院。我多次真切地看见我妈在往门外铁丝上晾衣服，或者坐小板凳上捡韭菜。我就大声喊。声音似乎传不过去，我妈没听见。高处看11号院，倒十分方正整齐，横竖线条分明。平凉城里，过去几乎都是这样的院子，比11号院还铺张的院子，我也去过，里头的住户更多，也是院子套院子，一次我晚上走进去，转悠了半天，找不到大门出来。

如今，这些院子，凡在街面上的，全部拆了，毁了。

外人来11号院，都是有事情才来。早上来的，有送奶子的。是羊奶，三五只瓶子装在挎包里，给订奶子的人家送上门。我们家就订了一斤，天天有，小时候，我没少喝羊奶，我们兄弟姊妹几个，都没少喝。现在的羊奶，是给我爷订的。

我前面没说，我爷被我爸从宁县老家接来，跟我们过，但没有住一起，在11号院的南边偏西院，一间房子，专门给我爷住。吃的，穿的，用的，都是我爸单另给，都是好的。我爸不识字，我爷识字，还能写毛笔字，这我不明白。听我妈说，我爸小时候放羊，没念下书，十几岁出来学木工手艺,在平凉成了家,我爷就过来了,一直好吃好喝,我爸还一日三次问候,问缺啥不缺,问想吃啥。我妈说我爷还有一个儿子,是老大,但我从来没见过。我爸是个孝子,用行动教育着子女。我爸没让我们几个子女欠一天学校,家里揭不开锅,也有我们交的学费,也有我爷喝的羊奶。做木工活缺人手,从不让我们耽误写作业,丢下书包。我爷去世后,每一年的节日,我爷的忌日,生日,我爸都带我们到南山上坟,要带上专门买的酒菜,卷烟,洋火,点心。烧纸是我爸亲手用纸币印过的。祭奠完,剩下的吃食,我们在坟头分着吃了,提着空篮子下山。

世上最了不起的人是谁? 在我的心目中,永远是我爸。虽然我爸没少打过我,而且手重,我小时候记恨我爸,出门工作后,就不记恨了。我爸去世都十年了,我还常常梦见,梦见我爸在电灯下做木工活,耳朵上夹着一支木工铅笔。

拾粪的也会到11号院来。挑着担子,提着铁锨,进了院子,直接往厕所走去。厕所都是旱厕,多亏有拾粪的来。进女厕时,咳嗽两声,里头有人,会细长地嗯一声。没人,就进去。拾粪的腿脚勤快,天麻麻黑就进东院,出西院。冬天下了雪的早晨,通向厕所的脚印,就是他们留下的。一个拾粪的前脚走,另一个又来了,但也可能有收获,因为,我刚急急拉了一泡屎,还冒热气呢。有的大院子,附近的生产队把厕所包了,在旁盖一间小土房,派一个老汉看粪,定期有马车来拉粪,不让拾粪的把粪拾走。拾粪的也知道这里的粪多,有时半夜偷偷进来拾粪,就会和看粪老汉发生争吵。

要饭的也会到11号院来。对,叫要饭的。叫叫花子,乞丐,都不确切。要饭的,就是要吃的。背上搭一条破口袋,手里拿一只破碗,要些剩馍馍,要些剩汤。馍馍都不完整,老鼠啃了的,长毛的起斑的,能给些都不错了。那样的年月,啥都缺,最缺的便是吃的。有时一天来四五个要饭的,站门口不住说给些吃的,给些吃的,隔着竹门帘能看见,有的给了,有的不愿给,就不出声,装着家里人不在,觉得挺歉疚的。一次一个要饭的老汉,在我们家门口要,好话说了一堆,拿碗的手配合着上下,我妈啥都没给,只好失落地走开。我突然心软,乘我妈不注意,从笼里拿了一个黄面饼子,追出去,追上要饭的老汉,把黄面饼子给了转身就走。当时我就觉得我挺善良的。这是我做过的为数不多的善事中的一件。

货郎、卖豆腐的、卖凉粉的、磨剪子的,也到11号院来,却不进院子,只是停在院门外,一声声吆喝。院子里需要的人听到了,自然会出来,有时,生意就做成了。有时,出来看看,没看上,嫌价高,空手回去了。磨剪子便交给他,人回家里去,估摸差不多了,再出来取。

淘井的穿着紧凑,扛一根粗壮的长竹竿,也在11号院门外吆喝。算准了时间的,一般半年要淘一次井。吆喝着,有人说,来淘井,才进院子。有时没计划好,吆喝一阵,走了,到别处去吆喝:淘井——淘井——11号院的水井,有二十米深,打水时,提水桶去,桶环套到井绳的铁钩子上,下放到井里,吃上水,绞轱辘绞上来。井口是青石盘的,布满凹坑,光滑,一直湿潮。虽然有一块木头的井盖,柴草,土尘落进去,有时,谁家的水桶落进去,没捞上来,也挡水眼。慢慢井底沉积了淤泥,水面浅了,打上来的水混浊,就得淘井。院子里的人家出份子,就等着淘井的来吆喝。

常年到11号院淘井的,是一个低矮个子的人,身子却宽,大手,大脚,大脸。由院子里身体强壮的两个小伙子配合,把他下到井里,绞上来清理出来的淤泥。淘井的从井里出来,身上是干的,脚上的布鞋也是干的,就是头上,肩膀、裤腿上粘了些泥。刚淘完井,水更混浊了,得等一天,水才会清澈。

　　大约在1974年下半年的那次淘井，没料想轰动了整个中山桥一带的居民区，11号院一下子出了名。那天，两个小伙子又绞上来一桶淤泥，要往旁边倾倒时，一个看到一疙瘩泥，像是裹了个啥，就抓手里捏了一下，硬硬的，又甩了一下，看清是一个银元宝，不由呀了一声。另一个也看清了，就在淤泥堆里找寻，也发现了一个银元宝，就是刚才被甩掉的那一疙瘩泥。这下，院子里的人都围上来，手在淤泥里摸揣。消息很快传开，这下，外头的人也一群一群的，赶到11号院寻银元宝。真有许多人在淤泥里捏出了银元宝，不吱声暗自兴奋的，大呼小叫的，11号院热闹的像过年一样。11号院从来没有这么热闹过，从来没有进来这么多人。我出去到纸房沟耍去了，回来，人已渐渐散去。我不甘心，也在淤泥里捏了一阵，除了两手泥，啥都没有捏出来。人们忙着寻银元宝，把淘井的给忘了，我听见井里有喊声，就说淘井的在下面呢，这才把淘井的用轳辘绞上来。上来，淘井的埋怨了几句，拿上钱走了。事后人们说，淘井的听到上面的动静，一个人在井里，也摸银元宝，摸走了不少呢。反正，再以后，没见这个淘井的来过11号院。

　　一连几天，人们都在议论银元宝。南边偏西院的李家有人说了，银元宝是李家的爷爷，有一年闹土匪，情急之下，把一口袋银元宝丢到了井里的，后来新中国成立了，院子进来人多了，也不敢提，就把这事淡忘了。人们这才想起，11号院这么大的院子，原来是人家老李家的。而李家人几乎不和院子里的其他住户往来，一个个脸阴着，话少，李家的娃娃和我们耍，也会被喊回去。

　　但我们家还是有收获：三弟在淤泥里捏出了两只银元宝，而且，还没有让别人知道，这成了我们家为数不多的秘密之一。因为这个，父母一直疼三弟，挨打都比我少，有个糖，悄悄给三弟不给我。银元宝在家里放了一段日子，风声过了，拿银行去，换回来54元钱，买了一条毛线织的毯子，铺到炕上，四五年后，烂了几个大洞，就不再在褥子上铺了，铺到褥子下的炕席上了。银元宝长的啥样子，我记也没记下，就这么没有了。

我出来工作后，回家的次数越往后越少。曾在1987年回去时，去了一回11号院，住的人都不认识。老住户几乎全搬走了。1998年再回去，路过中山桥，11号院已经看不到了。原地是一栋大楼。我竟然发现，当年立的电线杆还在，顶端的路灯，灯泡早没有了，灯罩还是原来的，看上去，布满弹弓打出来的麻点。

11号院和我耍大的娃娃里，只有建平和我有交往。我每次回去，都找他，一起喝酒，说话。建平现在是平凉一中的高级教师，是11号院出来的最有出息的，比我，比来都强。听说来曾在平凉皮革厂上班，后来下岗了。目前在干啥，我不知道，建平也不知道。

八 盘 磨

一

那天,我爸带着我哥和我到八盘磨看地方,我心里兴奋,充满新奇。那天下着小雨,是毛毛雨,我爸戴了一顶草帽,我哥和我没有遮挡,让雨水落到头上,头发都湿了。

这块地方,有三畦地,种着一畦韭菜,两畦菠菜。是赵家种的。赵家的院子,正房在高台子上,坐北朝南,有西厢房,东厢房,有后院。我都转悠着看了。我发现,后院比前院还大,长着一棵腰粗的梨树。种菜的地方,和西厢房挨着,是伙房。东厢房里,住着另一户人家,姓王。过来,是空地,堆着碎砖烂瓦,有一棵一搂粗的核桃树,树皮灰白,绷得紧。相距不远,还有一棵枣树,树干粗糙,鼓凸一个个黑疙瘩。

就在这块菜地上,我们家要盖房。是平凉县城建局批的地方,房子我们自己盖,钱由城建局出。盖成了,我们住,给城建局交房租。

我们家原来的房子,冬天透风,夏天漏雨,住着危险,由于是私房,主家不停催促,欲收回另建,实在住不下去了。所以,能有个安家处,我们家老的少的都换了精神面貌。

我从赵家人的眼神里觉察到一丝冷意,虽然笑着打招呼,还端来了开水。

因为，照后来了解到的说法，这里是赵家的庄院，包括这块地方，应该是前院延伸出来的一部分。甚至，八盘磨的磨子，大片大片的田地，连成一条街的铺面，过去都是赵家的产业。

过去是什么时候，是旧社会。现在呢，是新社会。在新社会，赵家失去了许多，现在，又要失去种着韭菜和菠菜的地畔。赵家人心里一定不好受。

要不是新社会，我们就不会在八盘磨动土。

盖房那一年，是1976年。那一年，我13岁，已经在平凉二中上初中了。

水桥沟生产队队长张万良带着工队盖房。在我的印象里，张万良说话带回声。站近了说话，也像离很远说话，声音似乎是从别处传过来的。

挖地基，拉来石头，沙子，水泥；砌墙，拉来胡基，红砖；上顶，拉来木椽，红瓦。自然少不了麦草和白灰。

用了三个月，三间土木结构的大瓦房就立起来了。

在房子完工前的一段日子，我爸让我晚上看房，那时瞌睡多，睡得死，就在地上铺一张木板，身上盖一件棉衣，也能一觉大天亮。几次在半夜，我爸过来，我竟然未醒。说我靠不住事，我蒙眬眼睛不语。好在没有遗失物品，人身也安全。

二

新房子没有完全干透，我们家就搬过来了。

东西不多，无非坛坛罐罐，生了裂纹，落了瓷面；被窝和床上铺的，又脏又烂，乌黑，散发着尿臊味；箱柜，都很破旧，缺腿少锁的；铁锅的一只耳朵不见了，瓷碗有的带豁豁，杏木案板粘合的缝隙开了口子……都是过日子的家当，都不能扔，都有用。

我爸做木活的工具；木板，木橡，木方，分别是枣木的，水曲柳的，核桃木的，松木的；一架纺麻绳的纺车。这些都是宝贝，吃饭靠的就是这些。

架子车拉了两天，一车一车，全拉到新家了。

新家里，散发着土腥味，白灰味，甚至，还有房梁的味，砖瓦的味，都是好闻的味道。

搬到新家前，我姐我哥已经参加工作，在厂里住宿舍。妹妹还没有出生。外间的一张大炕，我，我的两个弟弟睡。宽展了，睡着就是不一样，胳膊腿能伸开，翻身也任意。身上的虱子都少了。

我慢慢熟悉着我们的新家。

房前屋后，我都要熟悉，包括和我们家右边窗户正对的这棵枣树。铁丝一般的枝杈，结满淡青色的枣子，正一点一点变大。影子随日光月辉移动变化，也常常剪纸般落在我的肩上。

三

叫八盘磨，应该有磨子。起码，和磨子有什么联系。

八盘磨这块地面，算是城乡结合地带。住户有居民，更多的是泾滩二队的菜农。盘旋路向北，一条土路，一直通到泾河滩。走进去，土路两边，是红光电子管厂的高墙，两边都是厂区，分别开着大门。走到一座过水桥跟前，厂区就到边了，东西拐一下，连接出后墙。后墙下，是细窄的土路。过了过水桥，两边也是细窄的土路，土路一边是一条水渠，一边是一户一户人家。从东边往里头走，经过五户人家，就到我们家了。首先看见的，是枣树的半个树冠。

那么，八盘磨的磨子在哪里呢？过了过水桥，走十几步，也是往东拐,是一座院墙溃败的大院子,这就到了。院中间有一眼机井,家里吃水,得到这里挑。都是我挑,一天三次。我的右肩膀比左肩膀低,就是扁担压的。正东方,一座木头房子,这就是传说中的八盘磨。木头房子的边上,还有低矮的两间土房子。

我奇怪的是,八盘磨里头,装着电磨子,整天轰隆隆磨面。原来的水磨子,早不见影子了。我还绕到下头看,看到木头房子被条石支撑在半空,水槽杂草丛生,看不到水渠。水流的痕迹,只是残留在条石纹路间。电磨子磨面,快,省工。一个女的,满头满身的面粉,守着电磨子。以后,每个月,我都扛着口袋来磨面,常常是一口袋玉米,有时是一口袋麦子。我一遍遍弯腰,直腰,铲起饱满的颗粒,倾倒进铁漏斗里,一阵咬牙切齿,一头出粉,一头出麸皮,但还不干净,要再次倾倒进铁漏斗里,再磨……须反复几次,才能分离出一堆面粉。

我更加奇怪的是,两间土房子,是豆腐房,边上一间,中间一盘石磨,一头毛驴,被蒙上眼睛,不停转圈圈。还得有个人,一边骂驴,一边给磨眼里填黄豆。这个人和我年龄相当,叫从学。另一间,支着架子,挂着蚊帐般的布斗子,过滤磨子上磨下的豆汁。自然还有大铁锅,水缸,木框。木框用来压豆腐。靠外墙,有一张土炕,睡人的。我和从学认识后,经常过来,还有兵娃、蛋蛋,坐在土炕上玩纸牌。玩的"三五反",只记得五最大,其他都忘记了。那时,我玩得多开心啊。

下雨天,路上全是烂泥。能不出门,尽量待在家里。我待不住,出来,在泥里跳着,走到过水桥的桥头,正好是第一户人家的后墙屋檐,站着,遇见和我一样心慌的,看过去过来的人。一次不觉说到了女人,可能是过去了一个女人的缘故吧。存学说,他见过一个女人,沟子是方的。他的意思是,方沟子好。我猜想,是裤子的裤楞折得太明显吧。

　　顺我们家再往东走，水渠也一直延伸着。还可以经过三户人家，就出现一道地坎，连着大片的菜地，果园。赵家的后墙院外，也是大片的菜地，果园。菜地里种着黄瓜、西红柿、豆角，这都要搭架子。还有白菜、萝卜、菠菜等各种应季的蔬菜。收下的菜，傍晚，都由生产队组织人用架子车拉着，送到城里的菜市部去，卖给城里人吃。虽然赵家大人心思重，娃娃那时还瓜着呢，就知道耍。有时大人不在，赵家大儿子叫上我，拿竹竿打落后院梨树上没有熟到的梨吃。也翻过后墙，到菜地深处藏着，把西红柿吃饱了，还把背心捅进腰，拴紧裤带，往里头装，腰间鼓鼓装满一圈西红柿，跑到没人处，吃完了才回去。

　　挨着地坎，还有一个住户，六十多岁了，小个子，言语少，独身，我听存学说叫肥羊，许多人都这么叫。肥羊是他的外号。他成过家吗，有儿女吗？都不清楚。三间土房子，低低的，门前院子里，一棵海红树，也低低的，张开伞状的树冠，几条树枝都覆盖到了屋顶上。到了秋天，挂满红彤彤的果子，看着也好看。我每次经过，都停下看，眼馋。但碰上肥羊的目光，赶紧走远。肥羊总低着头，抬眼看过来，光线是冷的。肥羊名气大，周边的人议论，说他晚上不睡觉，到泾河滩玉米地捉奸。年轻男女正呻唤呢，埋伏在暗处的肥羊突然出现，手电晃着照，手里一把铁铲，衣服不整的偷情者极慌恐，任把手表、钱收走。但肥羊劫财不劫色，拿了钱财，就回家睡觉，睡到中午才起来。一年夏天，肥羊瘸着腿走路，早上在院子也能见到他。有传言说他捉奸失手，遇到一魁梧男子，挨了顿痛打。据说这是肥羊捉奸唯一失手的一次。就这一次后，肥羊再也不去捉奸了。接着就害了一场大病，死了。肥羊的院子荒废了，海红树也枯死了。我有时经过，还奇怪：海红树怎么会死呢？

居住环境的改变,使我感知的范围自然向周边延伸,多就近走动,也去了许多脚都走疼的陌生地带。

我喜欢八盘磨的乡野气息。

四

从我们家出来,朝左右看,门前是空地的,住着居民,而菜农家大门外都修建了猪圈。

猪粪的味道,猪食的味道,在晴天浓烈,雨天也弥漫不散。猪圈低矮土墙,地上泥泞。猪身子懒,总在地上躺着。我来回经过,经常使坏,拣一块土疙瘩打猪。猪只是动弹一下,哼哼两声,就又躺下不动了。要是没吃食,只要站在猪圈外,猪都会跑过来,长嘴不停抽搐,还从铁栏门的缝隙伸出来,我借机踢上一脚,猪疼地叫着躲开。转眼忘了,又把长嘴伸出来,我又踢。

菜农用酒糟喂猪,酒糟是从柳湖春酒厂拉回来的,黑中透红,潮湿粗糙,菜农不直接拿酒糟喂猪,可能担心猪吃了醉倒,影响长膘。酒糟拉回来,选晴天摊开在路边晾晒,直到把酒气挥发完,才用麻袋收起来。喂猪时,要在大铁锅加上水煮,掺进去菜叶、麸子,搅匀了,再倒进猪槽里让猪吞食。猪也吃热乎的。猪挑嘴,有时吃呢吃呢就不好好吃了,主人骂着,抓一把玉米面扔进猪槽里,猪甩着头又吃得欢实。主人笑着说,看又吃开了。

我们家住的院子里,正房里的赵家,是居民,男的在商贸公司上班,女的在食品厂上班。东厢房的王家是两半,男的在燃料公司上班,女的出工,到菜地里劳动。右隔壁一家姓刘,院子大,种满苹果树和梨树,砌着院墙,墙角还有一株花椒树。在墙角下站一会儿,闻到的空气都麻麻的。我感觉,刘家自成天地,似乎不愿和外人来往。左隔壁是乔家，两兄弟长得像，走路脚沉，咚咚响，出门不是拉着架子车，就是肩上扛一把铁锨。我感觉，乔家不轻易惹人，但谁也不怕。

人的天性中，对于外来者，都会有好感和排斥的反应。

我们家是新来的，见谁，都给个笑脸。

见了赵家的人，也自己觉得欠了对方什么一样。

实际上，赵家人也是这么想的。当然，隐隐地，也能觉得不光是针对我们家。一个荣耀过的家庭，一定不会放弃念想，而且，也一定还想努力生活。

谁不想把日子过得兴旺呢？当下是最主要的，眼前的是最牢靠的。这一点，我爸最明白。

五

第二年春上，我爸把我们家对面靠近土路的那块地，种上了韭菜，还栽了两棵梨树。

我爸爱树，爱花。

在困苦的生活中，我爸依然爱树，爱花。河渠那边，长着一排楸树，大叶子油绿油绿，秋天，垂吊下一挂挂蒜薹样的果实，我爸常站在水渠这边看。一次带上我到市场买玉米，价高，没谈成，捏着空口袋回家。走到过水桥了，却一直走，到泾滩二队队部边一户人家去，去看花。结果搬回来一盆夹竹桃，放在门前台阶上。后来在台阶上又陆续增添了仙人掌，绣球，玻璃翠几种花卉。

但是，在任何年代，物质生活都是最重要的，都是第一位的。当我爸种下的韭菜割了三道的时候，家门口捡回来的破砖头、大石头也越堆越高。没有地方放置，就把韭菜地占了。这都是我爸带我，带我哥,发现哪里拆房,就拉上架子车赶紧去守着。石头有料匠石,有麻砂石,有青石,都是泾河滩发过大水后在河床上抱的。我爸还让我在假期打胡基,黄土也是八盘磨边上的野地里挖的。

开始我不会打胡基,打下的胡基,搬不起来,或者,掉一个边角。打过十多块胡基,我就掌握技巧了。先调土,要酥软,含水分,干燥的话,就淋水,还要翻搅匀称。石板上,模子镶嵌住,给里头撒一把灰,铲一锨土进去,少了再添些,要高出模子,然后人上去,两手扶着石锤把,脚踩着黄土,抬起再踩下去,反复两下,还要用鞋底来回蹭一蹭,把模子里多余的黄土蹭掉,这时两只脚向两边让,石锤随即击打,部位,力道要适中,就感觉胡基已经在模子里定型了,人下来,弯腰,拆开模子,两手按住胡基的两边往起扶,扶起来了,再端着到平地上竖着码整齐。

那个夏天,我打了一千多块胡基。胡基里的水分被太阳晒干了。我滴落进胡基里的汗珠,也被太阳晒干了。但是,我汗珠里的盐,却永远留存在了一块块胡基里。

我爸的打算,终于变成现实。那就是,盖一间伙房。这对一个家庭来说,是重要的基建工程。尤其我们这一大家子人,更需要一间伙房。我妈已经嚷嚷了几回了。就在离枣树一米远的位置,用石灰撒上了白线。自然是能节省的开销尽量节省,能自己出力的自己出力。请匠人,买砖瓦,这得花钱,我爸都计划上了。那些天,我负责和泥,负责抱砖,抱胡基,一锨锨翻搅,一趟趟来回,手心起了一排水泡,脸上脱了一层皮。我忍住不叫苦,不叫累。我知道,我叫了也得干,我爸还会说我指不住事。

这之后,又准备钢管,焊接龙头,在伙房门口打了一口压水井。我再也不用到八盘磨的机井上去挑水了。

一家人吃的喝的,靠我爸的一双手。盖房修院,开支加大,电灯下头,一晚上一晚上,我爸不睡觉做着木活。都是细致的对榫接铆,也少不了敲敲打打,后半夜了,还叮咣响,邻居就嫌吵,找人假冒治安巡逻队在外头吆喝:干啥呢?!我爸赶紧降低声音,以后晚上就不再使唤斧头和钉子。天亮了,还要出去联系买卖,跑一晌午,回来坐炕上等着吃面,却坐着丢盹,头勾着,低一下,又低一下,落空了,下意识猛得一抬,又醒来。

我哥到结婚年龄,自己没有能力,还得我爸张罗。于是,又开始新一轮材料准备,在外头见啥有用,都拾上回来,到砖瓦窑预订砖瓦,打听哪里有便宜的木椽,耙子,收集工地上处理的散装水泥,半年下来,走路走得两条腿都弯曲成了弧形。等到伙房旁又盖起一间房,墙抹了,顶棚糊了,窗玻璃安上了,我爸高兴,出去剃了个头。我爸一直剃光头,事情多顾不上,头发就杂乱着。

给我哥把媳妇娶回来不久,我爸闲不住,又乘着心劲,挪东挪西,在最先的三间房南边,盖起一间专门做木活的房子。

至此,公家的三间,自己盖的三间,我们家有了六间房子。

这是我爸创造的最重的一份家业。

自己安稳了,别人难受呢。赵家人来回家门前走,看着我们家发展,有意大声往地上吐痰,打骂娃娃捎带话,我们都装作没看见,没听见。一次借故我们家伙房的烟道出烟熏了他们家枣树,找社会上的二流子喝了酒,过来拿镢头把我们家伙房的侧墙挖了个洞。我哥和我要动手,被我爸厉声止住,硬忍了一口气。

六

我的身体,有一天,开始散发苦味,我不知道原因,只是心里慌乱。

在八盘磨，我长大了。

我是那么盼望离开，渴望出走，我幻想另一片属于我的陌生的天空。

但我哪里都还去不了，我才升到高中，还没毕业呢。

夏天，我和同学关宏伟在泾河滩的一排大柳树下背书，看见班上的两个女生也在不远处背书。我就说过去打个招呼，关宏伟胆子小，不敢过去，我竟然跑着走向两个女生，说了大意是你们啊也到这里复习功课啊，今天天气好啊之类的话。觉得没啥说上了，我给她们摆摆手，又折返回来了。就这几句话，让我心跳加剧，平静不下来，关宏伟还指责了我，说我太冲动。回去后，我想起来这件事，一会儿觉得得意，一会儿觉得可耻。我变得有些神经质，常常愣神，又会突然笑。我甚至觉得，我对我自己还有许多的不了解。

在我上学那阵子，男生和女生是不来往的。小学还说话，三年级以后，就不说话了。上中学，坐座位，排队，放学回家，都是女生和女生，男生和男生。但也发生过哪个男生给哪个女生书包里放求爱信的事，女生会哭着把信交给老师，老师一定会在班上不点名念这封信，大家也会知道是谁。这是很丢人的，这是出丑。也有个别男生女生，或者说就那么唯一的一对，一起到电影院看电影，被班上谁看见，绝对会传开，被人瞧不起，被指指点点，导致长时间抬不起头。这样的氛围下，哪怕有一丝朦胧的想法，也会压抑，克制，不去触碰这个被无形的线画出来的禁区。

这也是关宏伟指责我的原因。

过了一个礼拜，这天下午，天下雨，我出门倒水，无意抬头，看见水渠对面往肥羊家方向的土路上，站着两个人，是班上我打过招呼的女生，两人打了一把粉色的雨伞。一瞬间，我脑子轰的一声，看了一眼没敢看第二眼，就紧忙回房。我有些害怕，有些不知所措。一直到天黑,我都没有出门。

显然的,她们是在等我。

我已经没有足够的勇气走过去,和她们再打一次招呼,说上几句话了。

为什么?

那个时候,那样的年纪,我没有答案。

但是,仅仅过了半年,一次从过水桥往盘旋路走的路上,我竟然追着一个女的说:交个朋友!交个朋友!女的惊异地看了我一眼,没有理我,快步走远了。我站住不追了,倍觉挫折,备感自卑,处于极度焦躁和不安状态。这次打击使我很久以后在和女性交往中始终消除不了心理障碍。

这个女的在皮件厂上班。有八盘磨磨子那个院子对面,就是皮件厂。我在过水桥头一次又一次见到她,就记住了。她中等个子,面容白净,大眼睛,走路不紧不慢。我曾经幻想:我要是娶上这么个媳妇,就把我有福死了。可是,这要等到啥时候呢。我就想先认识她,熟悉她。办法只有一个,就是在路上和她搭话。

我等这么一个合适的机会多不容易啊。前后没有人,就她一个走,我跟在她后面,跟了一段路,都快到盘旋路了,犹豫着,害怕着,担忧着,再不撵上去说就来不及了,我才终于下了决心,说出要说的话。

她竟然不理睬我。实际上,这样的结果我应该想到。

以后,我羞于到过水桥头站一站了,我怕遇见她。估计在她下班的时间,我也尽量避开走同一线路。假如我远远看见她的身影,我一定要躲起来。

我在苦闷中把日子度过,对未来更加茫然。到远方去,到一个没有人认识我的地方去谋生的想法更加急切。

七

我爸一辈子单干,到老了也歇息不下来。儿女长大,要成家的,要找工作的,饭量也跟着涨,日子愈加紧巴。

我爸做木活,主要做瓦扎和砖斗,手工作坊需要。由于选材精,做工细,多少年,不愁没有买主,做出来,就能变成钱。记得一次一个白庙公社的农民,打听着来到我们八盘磨的家里,手脚不自在,说了一会儿,从口袋里摸出三颗水果糖,放到柜面上,算是没有空手上门。这人连说我爸做的瓦扎用着顺手,也经用,要订做,找到我们家老地方,没找见,一路问人,终于寻着了。我爸也客气,留他在家里吃饭,吃的连锅面。

但随着造砖机、造瓦机的普及,买瓦扎、买砖斗的人越来越少,放到寄卖行半年没有人问,我们家一下子陷入困境。城建局来收房租的老周,一般一月来一次,一月的房租也就九块钱。有一次来,我爸说欠一月,老周走了。二次来,我爸在家,忙藏到门背后,老周进来,发现了,话说的难听。当时我在家,只恨自己没有挣钱,让我爸受这么大的难看。

我爸叹息一阵,又为一家人有饭吃想办法。1981年前后,我已经到董志塬上的驿马上技校,放假回去,两次陪我爸到乡下讨要十多年前的旧债。那是我爸很久前给做木盆、木桶,还有风箱、棺材,当时对方没钱给,就欠下了。我知道,不是日子过不下去,我爸不会走这一步。一次是坐班车,到土谷堆的山上,转了三家,空手而归。一次是到四十里铺,我骑自行车带我爸,只是喝了一顿黄酒,也把啥都没要上。

我爸是个倔人,更是个不愿认输的人。很快,就开始学习外面的流行样式,开始做沙发,桌椅。沙发的扶手是木头的,而且用整块木方弯出弧度,实现造型。外观新颖,线条流畅,又结实耐坐,一下子有了销路。我爸还做过音箱。做出壳子,配上电子管的收音机,放家里是个摆设,也有不少娶媳妇的人家买。

岁月不饶人,木活做不动了,我爸又拉上架子车,到盘旋路卖花生。这中间,我已经工作,由于干重体力活,又正能吃,一个月挣的钱,大多进了肚子。但给家里每月寄钱,是我必须做到的。家里来信,说已经和赵家说好,让出我们家后房檐,成为通道,让赵家走路,前面则以北侧墙为线,我们砌墙,这样各自都有了院子。我们和东厢房的王家是一个院子。盖门楼子得花钱,我一看,把五百块寄回去。后来回家,没有看见门楼子,才知道我爸拿上我和三弟寄回去的钱,想变多,雇车到宁县拉回来一车西瓜,在盘旋路卖。没料想连阴雨下了一个月,西瓜卖不出去,篷上帆布,盼太阳出来。天晴了,西瓜烂了一大半,本钱倒贴进去了。我和我弟又出了一回钱,也埋怨了我爸几句。

就在这样的艰难中,平凉房改,我们家的房子,可以买下成为私房。这机会不可放过,又是兄弟几个凑份子,终于办了个房产证。

八

也就在上世纪八十年代末期开始,社会急剧变化,平凉也不例外,八盘磨竟然成了最早开发的区域。

传说的都变成了现实,拆迁开始了,过水桥拆了,水渠平了,一家一家搬走了。皮件厂也搬走了。连八盘磨的木头房也拆了。独独到我们家后墙根跟前,不再拆迁了。但一条宽阔的马路,从盘旋路一直修到泾河滩的山根下。在泾河滩,一座火车站也完工了。原来的菜地、果园,变成了马路、铺面,高楼。

甚至,通向火车站这段路,出现了一溜灯光暗红的洗头房。

八盘磨原来的清静,再也没有了。外头尽跑着一块钱就拉的招手停,路上来回走着赶火车下火车的人。

虽说没有住上楼房,但由于靠路边,我们家的地方,似乎增值了。我几次回去,都见各种人坐家里,和我爸说房子的事,有人出价出到三万,我爸要四万,没说成。

我爸就说,要是有钱,把房子重新盖一下,间口能增加,多出来的,可以租出去。

可是,没有钱,我们都拿不出一大笔钱。

那时候,姐姐和哥所在的工厂已处于半停工状态,年初的工资,到年尾了,还发不到手里。三弟在部队,正为转业问题焦虑。我在一个矿区的井队,每天糊一身油污,裹一身脏土。小弟和小妹,都在家,没有工作。

眼看着赵家自己拆了房,在原地盖起三层楼。站我们家门口看过去,觉得把半个天都挡住了。赵家的楼,上下租出去,坐收租金。一年一疙瘩,都是现过现,又自己在城里买了商品房住。一家人穿金戴银,腰又粗了,脸又油了。

一次在家里暗淡的电灯下,我爸说,咱们只要有房在,迟早还能改善。我知道,我爸不甘心。不是想往人前头走,只是想把自己的日子过顺当。眼皮子底下呢,比较和气堵是难免的。我就说,人家赵家命里头有富贵,磨子转来转去,又把风水转到炕头上了。不给别人操心,咱们没有金光道,还有独木桥呢。

如今,我们家至今还在那几间平房里住着。这地方,已经不叫八盘磨了。八盘磨的名字,改了。如今,叫陇翠路。

这是一个新的名字。还有多少人知道,这里原来叫八盘磨呢?

这已经不重要了。对于不了解的人来说，八盘磨，仅仅是一个名字，一个名字而已。

纸 坊 沟

　　在这个小县城，新民路最热闹，路口两边，像样的店铺有四五家。一家商店，号称十三间，窗户镶装明亮的大玻璃。货架上，立着彩色铁皮壳的暖瓶，柜台里，展开装点大花朵的被面，鲜净，亮堂，美，结婚才买。平日里，看多少回，只看不买，图个看着喜欢。一家供应羊肉汤的饭馆，从里头出来的人嘴上油油的。我进去过，一毛钱买个线板子一样的饼子，一块块掰着吃，也好吃。直到我出去工作，有一年回家，叫上我爸我妈，才吃了一回羊肉汤，算是了了一个心思。还有一家照相馆，过节，有喜庆，人们来照相。照相机架子支着，是个大方盒子。坐好了，照相师把头埋进照相机后头的布帘子里，看上一阵，头取出来，眼睛注意着照相的人，手里一只椭圆形的皮囊，拿得高过头顶，说看这里！看这里！使劲捏一下皮囊，皮囊叫唤一声，照相就完成了。一张全家照，我妈交给我保管，就是在这里照的，有时我还取出来看。照相时，我才九岁，我的脸上怎么那么惆怅？是正在长大的烦恼，还是对于未来的茫然，我自己也回答不了。可是，新民路这么景致的地方，就在跟前，就在东北方向，走二十米三十米，一个豁口，两边用半截子砖头砌起来，护住土墙，出去，天空变大，看得远，这就是纸坊沟，就成了另外一个天地了。

　　过去，城里城外，似乎没有界线。生活简单，心思也简单。日子也就这么过着，日子都难，却也滋味深长，一天天就过来了。就像新民路热闹，纸坊沟冷清，走动的人，对这样的差异，感觉到了，但不怎么放到心上。夏天，纸坊沟发大水，沟口挤满人，胆大的还用钩子钩冲下来的木椽、树根，这叫发洪财。成功了，那人会兴奋地说，吃羊肉汤去！

在纸坊沟口的面前，是一条弯曲的河道，多数日子，水流细小，突出了一排大小不一的石头。跳跃着过去，就可以顺着河沿走了。是结实的土路。晴天走，路硬，雨天走，有的路面硬，有的路面，脚陷进去，粘一脚泥。河道里，水流上涨，发出哗哗声。无论晴天雨天，纸坊沟里的路，走的人都少。经常的，我走半天，还是我一个人走。也会过去过来一个骑自行车的，一个拉架子车的。我曾经遇见两个打锤的，争执一个羊蹄归属，在土路上你一拳我一脚，尘土从身子下飞扬到头顶，人都被尘土包围了。

纸坊沟怎么能没有纸坊呢？有的，有四五家呢。纸坊沟的名字就这么来的。天晴的日子，土路的一侧，一些土房子的墙上，白花花的，贴满了纸。纸是麻纸，凑近看，纸没有那么白净。一些空着的白灰墙下，会站着一个人，脚底下是一摞湿漉漉的麻纸，瓷实的方形，像是一个整体，那人用一只手在上面一角揭，一张麻纸就揭起来，要用另一只拿刷子的手护着，乘势贴到墙上，刷子刷几下，刷平，刷紧，就长到墙上了。这样一张一张揭，一张一张把墙贴满。我每次经过，都停下，看上一阵，看得没意思了，才走。麻纸贴在墙上，太阳晒，风吹，慢慢就干了。这要把握时间，刚刚干，就收，一张一张取下来，变成两摞，三摞，变多了。正取着，起一阵风，一些麻纸自己从墙上跑下来，在路上跑，取纸的人就追，把散落的麻纸捉住。我遇见，也帮着追。有的没有捉住，跑河道里去了，跟着水流走了。

麻纸有用。分成一刀一刀的，送进城，摆放在日杂门市铺里。一是成为包装纸。包点心，包住，一个塔形，用纸绳子拴起来，就是礼当。点心用纸盒子装，就庄重了，一般都拿麻纸包装。还包糖果，包整棵的酱菜，包猪头肉。再一个用途，是烧纸，送先人的。谁家刚没了人，一年的清明，十月一，特定的日子，有亲人故去的人家，买回烧纸，一张张用真钱印过，到路口烧，到坟上烧。所以，麻纸的消耗很大，纸坊沟里的纸坊，不断生产着这种粗糙的纸张。

纸坊沟离我们家住的地方近，我常常去，一个人，或者和小伙伴一起，玩耍得高兴。沟里头一个村口，长两株大槐树，五月六月，槐花开放，白银般绚烂，我不是图好看，上到树上，把槐花连树枝折下来，我吃槐花。槐花吃着有甜味，有淡淡的香。我去纸坊沟，多数都有事情，不是闲逛。虽然是十多岁的娃娃，但也能当个人使唤了。

是我爸带我去。走到纸坊沟一半，东头一条岔路，进去，变得窄细，出现一个嘴子，坑洼里跳，半坡上爬，上去，靠南，是一大片台地，叫南台。这里聚居着许多人。巷子深，土墙高，一户一户，都是大院子，杏子树的树冠浮现出来。我爸走到一个院子前，拍打木门，出来一个大个子，长圈脸胡，说来了。叫一声老高，不再客气，进去。从前院来到后院，靠墙，一间低矮的土屋，里头放着木工的家当，堆放着杂乱的木头。这里是我爸的工房。我爸是木匠。

我爸加工的东西，有一样，叫砖斗，木板铆合成槽子样式，隔出四个方框，乡下的砖厂造砖用。砖斗上部的边棱，要贴上铁皮条，用木螺丝上上。我来就是干这个活。砖斗见泥见水，棱边上有了铁皮条，用的时间长。铁皮条是给箱子打包的那一种，有些是拾的，多数是买的，不规整，弯曲，生了锈。我先一根一根理出来，用榔头砸，用砂纸打，让其光亮如新。用的时候，再用剪子剪，长短正合适，这才进入下一道工序。砖斗的棱边是枣木，特别硬，使劲拧，才能把木螺丝上上。起子把我的手心都磨破了。

隔上一段日子，我和我爸就到纸坊沟去，去老高家。平日，是我爸一个人去。学校放假，我去的次数多。早上去，天黑了回。中午吃带来的黄面饼子。老高家娃娃多，我只记住一个叫山娃的，比我小一岁，鼻子上总挂着清濞。每天早上，他背着挎包，给我们家送瓶子装的羊奶。羊奶是给我爷订的。到吃饭时间，老高也叫，客气一下，吃自己的。日子都难过，吃的最金贵，不会随意让人。在老高家只吃过一次饭，是汤面片，里头和了些洋芋疙瘩，连个油星星都找不见，不是舍不得，就是没有，我却吃得满足，埋头吃下去两碗。老高一家人，也是一人端个碗，呼噜呼噜吃。老高有时来我们家，我妈把铁锅洗几遍，做的饭，素菜，粗粮，老高也吃。

我爸在老高家后院做木工活，持续了三年光景。纸坊沟里通往老高家的路，都被踏熟了。去了，就闷在后院的小房子里。干活累了，我爸哪也不去，就坐坐，喝口水，让我歇会儿，有时，我就跑到前院，东转一转，西看一看。看老高提一只铜壶，把水倒进窝着的手心，一把一把洗脸。看老高的女人打骂孩子，追得孩子满院子跑。我也到院子外头去。出门再往东，走到土崖边，下面是一个大场子，砌起高大围墙，里头一排排全码着砖头的半成品，一些穿着一样的人，拉架子车的，往下卸的，都耷拉着头，相互也不说话，显得很投入，动作却机械。原来，这里是一所监狱，犯人在劳动改造呢。他们生产砖头，是用机器，还是砖斗？我看不见。如果用砖斗，是我爸制作的砖斗吗？我也不清楚。

如果走到一半路，不向东拐，而是接着往纸坊沟深处走，土路会渐渐抬高，越来越高，沟头上，起来一个巨大的高台。高台两侧，紧靠着陡峭的山体，西半山坡度缓，高低散落着人家。上头弯曲着小路，看见一团一团的树木，就有一户人家掩映其中。这里我也来过多次，来走亲戚。亲戚是干亲，姓啥叫啥，我完全回忆不起来了。

通常是过年去。不会走路那阵子，我妈抱上去。长大一些，跟大人后头，走上去。再大，我哥，我，我弟，相伴上去。去了，叫干大，叫干妈,把提来的白馍馍放下。干大摸一下我们的头,一人给两毛钱。干亲家是窑洞,院子也很大,两棵树中间,拴一个秋千架,我胆小,荡过一回,再不敢坐上去。到外头,放一个又一个鞭炮,听声音在孤寂的山里炸响,也是挺刺激的。还要吃饭,过年的饭。吃了,就回家。我总觉得,在干亲的家里,生分,不自在。有一年,我从干亲家抱回来一只小狗,黄色,肚皮上一块白,是农村那种土狗。一路上,我多么高兴啊。可是,我爸给了我一个白眼,不让喂狗。我爸说,看家护院才喂狗,家里要啥没啥,人都没吃的,咋能再添一张狗嘴。结果,小狗送人了。我上学回来,看不见小狗,伤心了一阵子。

干亲家的窑洞上头,是一片平地,挨着土崖,也有人家,我也上去走,向西南一头走,能看见一根粗大的烟囱。实际上,从纸坊沟口往这里看,也能看见。烟囱下,院子有学校操场那么大,修了砖头房子。肯定的,这是单位,是公家的地方。我走到离大铁门不远,就不敢再朝前走了。这里阴森森的,很安静,门口的两棵柏树,也沉默不语。这里是火葬场。我留意过,一次也没有看见大烟囱冒出黑烟或者白烟。这说明,火葬场没有火化死人,起码在我近距离观察烟囱的时候,没有火化死人。我还是害怕,努力把脑子里这方面的印记清除掉。可是,越是这样,越不由朝火葬场的大烟囱看,恐惧更加强烈。

火葬场没有多繁忙,我听说,一年里,这里火化不了几个死人。小县城里的人,特别注重入土为安,谁家没了人,都土葬,棺材都是人过六十就预备好的。虽然政府要求火化,但执行不下去。只有在秋冬两季,火葬场才难得把炉子点着,让设备派上用场。秋天,一般都要枪毙犯人,杀人犯,强奸犯,抢劫犯,总会有两个三个吃子弹。往往,尸体就送到这里火化。宣判犯人的大会我参加过许多次,是学校组织去的。广场上挤满了人,犯人在卡车的车槽子里蹲着,念一个名字,提起来一个,五花大绑了,勾着头,挂上大纸牌子。如果判死刑,大纸牌子上的名字打红叉叉,脖后根还要插一个顶端三角形的长条纸牌,也写着名字,名字上也打红叉叉。死刑犯不允许土葬,可以完成火化的指标,就只能送到火葬场来了。冬天送来火化的,多是没人认领,冻死街头的叫花子。

在纸坊沟里头,左右的山地上,一些梯田的地畔,分布着一个一个坟堆,有新坟,有老坟。老坟多。新坟土潮湿,坟头插着丧棒,土块压着麻纸。坟前的纸灰,在风里旋舞。乌鸦盘旋着,等着上坟的人离开,叼吃上供的祭品。肉、点心、水果,都是好吃的。活着的人,可以凑合,对待死,却认真。这个小县城许多人家的祖坟,都在纸坊沟里头。纸坊沟造的麻纸,一车一车从纸坊沟运出去,又被人们一刀一刀拿着,在纸坊沟烧成纸灰。这没有浪费,麻纸变成到阴间去的财物,被地下的人继续使用着。

在坟地走,没有害怕的感觉。有时,还看看墓碑上的字,有的字不认识。我的碎舅是农民,他到地里劳动,常把坟头前的大苹果拿回去,给我奶奶吃。我倒是在坟地里捉过蚂蚱,极肥大,腿劲充足。为什么不敢走近火葬场呢?现在想,可能那里面火化的死人,都死的不正常,阴魂不散吧。

纸坊沟里,还有一个水库,听说水面极大,出没彩色的水鸟。我想去,脚力跟不上,走了一小半路,又折回来了。到现在,我也没有去,主要是不想去了。也不知道水库还在不在。而且,经过这么多年,纸坊沟已经变得没样子了。纸坊一家都没有留下,全倒闭了。这种手工造纸的工艺,估计也失传了。四十里铺的麻纸,数量大,便宜,是机器造的,人们都用这种麻纸。好几座山都被削平了,铺油路,盖上了楼房。真是奇怪,火葬场的大烟囱还立在原地方。可能阴气重,没有谁有胆子占,竟然成了那个岁月仅存的物证之一。我今年到纸坊沟里去了一次,意外地发现了一座寺庙,门楼子应该是老的,里头正在返修。我进去看了看,地上堆着砖瓦,木料,还有从别处征集来的香炉。过去我是否来过,或者路过过,我竟然没有了印象。

我的第一次打工经历

1979年，16岁的我，高中毕业参加高考，报的文科。考完后，吃了睡，睡了吃，既充满期待，又缺少信心。一天说发榜了，在城门坡上头的东广场照壁上贴着大红纸，墙皮都盖严了。我急忙过去看，看有没有我。经过盘旋路时，遇见一个卖香瓜的摊子，我掏出平时舍不得花的五毛钱，买了一个大香瓜，边吃边走，一路心神不宁。广场上人挤人，我眼睛好，站在远处就能看清楚，我连着看了三遍，第一遍快，后两遍慢，都没有找着我的名字，就勾着头蔫蔫地回家了。

我不愿在家闲待着，就想找个零活干干，来证明一下，证明我能养活住自己。父母高兴，托我二姨给留心。

从进校门到长这么大，我从事过的有报酬的体力劳动，能记住的就两回，时间都短，都在假期。一次是撕棕皮。家门旁不远有一家皮件厂，生产马拥脖，里头要填充棕丝，但棕皮都是整片的，就花钱雇外头的人撕开，撕一斤五毛。我去领了十斤，从早到晚，哪里都不去，就蹲到屋檐下撕棕皮，拿手撕。撕棕皮不用出多大力气，却是个慢工，要把棕片紧密粘连的部分用榔头砸软，然后一根一根撕下来，撕得像散开的头发一样。我撕了十天，手都撕肿了，指甲都裂开了，才撕了四斤。实在撕不完，就把剩下的交回皮件厂了。一次是砸杏胡。我看中了一本书，问我爸要不来钱，我就把家里的杏胡收集起来，还放了学到街上卖杏子的摊子边捡杏胡，陆续捡回了一大堆。找一块砖头，把杏胡横着竖起来，一只手的手指捏着杏胡，一只手抡起榔头用巧劲砸,不能伤了里头的杏仁。这样砸了一个礼拜,砸了有半盆子杏仁,端着到收购站换成钱,买回了那本书。

但这一回,不是撕棕皮,也不是砸杏胡。这一回,我要当一个挣钱的人,就像我爸一样。等了两天,二姨过来,说找下了,在县商贸公司仓库,就是做些搬运的活,先干着,只要把力出下了,别人挣多少,我也多少。我的心里一阵紧张,又一阵兴奋。我知道,我将要面对的,不再是教室,不再是上课铃下课铃,而是另外一种全新的场景,是我从未经历过的,是我人生的又一次开始。

说好第二天早上就去,要赶七点钟以前到。天还没亮,我妈就起来给我做饭,热的白蒸馍,烧的油茶,凉拌的黄瓜,摆到炕桌上,我妈我爸看着我吃,我妈不停说,多吃些,吃饱。多吃些,吃饱。就这么两句,说来说去,把我都说烦了。我爸笑眯眯的,只是说,去了有眼色着些! 长这么大,我突然觉得自己挺重要的。我就说,你们也吃! 我爸我妈都不吃,我妈说你走了我们再吃,你先吃,多吃些,吃饱!

我着急着走,出门时,我妈把一只铝饭盒放进布口袋里让我拿上。我知道这是我的午饭,二姨说了,中午不回来,吃了饭就接着干活。我爸给了我一块钱。以前过年时我爸才给年钱,平时要钱要不来。我心里酸了一下,把钱接住了。我爸说送我去,我说不用,我自己能去,我就走了。商贸公司仓库在宝塔梁,最早是一片荒坟野地,后来砌了围墙,盖了房子,后来就成了商贸公司的仓库。宝塔梁上有一尊宝塔,孤零零地指向半天空。正是大清早,一群燕子身形敏捷地围绕宝塔高低飞舞,发出阵阵尖利的鸣叫。这里本来就显得空旷,在燕子的衬托下,这里更空旷了。

我找到一个姓刘的工头,他看看我,说来了。我说来了。他说,已经说好了,跟我走。我就跟着他,进了一间窄小的砖房。他说,在这里歇着,一会儿就开始干活。我眼睛适应了一下,看清里头站着蹲着七八个人,都面目模糊,头发糟乱,嘴里叼着纸烟。头顶那么高的位置,浮动着一层烟缕。见我进来,这些人几乎没有反应,一个似乎在说笑话,中断了片刻,又继续说着,有人大笑,也有人脸上什么表情都没有。我有些别扭和难堪,也想缓和一下气氛。赶紧从兜里掏出纸烟,这是我来的路上用我爸给我的一块钱花了三毛钱买的,我已经抽了一根。我给这些人一人敬了一根,他们都接住了,已经抽着的夹到了耳朵上,没有抽的我给划火柴点着。空气似乎松弛了一些,我也点着一根,使劲抽了一大口。我早就偷着抽烟了,看露天电影抽,蹲到厕所里抽,我都有烟瘾了。抽了一阵纸烟,我就觉得,我也是其中一员,而不再是外人了。

我被分派和另一个瘦子一起运送和晾晒杏干。把架子车推到熏蒸房门口,我走了进去,又咳嗽着退了出来——浓烈的硫磺味刺鼻子,呛嗓子,熏眼睛,我实在忍受不了。我在门口犹豫了一阵子,又调整了一下呼吸,还是进去了。里头青烟缭绕,雾气弥漫,一盘锅灶上架着三层大竹筛,盛满了杏干,一个人戴着把眉眼都遮住的口罩,拿着棍子在翻搅,热气不断从杏干中间升腾起来。杏干为啥要熏蒸呢?我猜是防止生虫,硫磺把人都能熏晕过去,何况虫子。我强闭着气,和瘦子抬下竹筛,抬出去,倒进车槽里。长长吸一口气,又闭紧嘴,进去抬竹筛。进出三来回,架子车装满了,我拉,瘦子推,拉到一间大库房的前面,抽掉挡板,举高车沿,把杏干倾倒到地上。地是水泥地,已被七月天的太阳晒热。水泥地上已经晾晒了一片杏干,我们把刚卸下的杏干用木锨拨拉匀称,又把原先已有的杏干翻动了一遍,然后折返回去,拉第二趟杏干。就这样一折一返,一折一返,就到了中午,就该休息吃饭了。

又回到早上的那间砖房,其他人也进来了,都拿上吃的,蹲着吃。我从布袋取出饭盒，打开，里头满满的，拥挤着两颗煮鸡蛋，两个白蒸馍，还有一根黄瓜，一个西红柿。我的喉咙就热了一下。我刚拿起一颗鸡蛋要剥皮，感觉大伙儿似乎在看我，抬起头，就是在看我。我才发现，别人有的就咸菜吃蒸馍，有的拿蒸馍在干啃，有的蒸馍还是黑面的。黑面就是麦子在磨子上磨出了头道面、二道面，剩下的几乎全成麸皮了，还在磨子上继续磨，也能磨出面。这种面颗粒粗，硬实，蒸出的蒸馍，颜色黑，吃下去不容易消化。姓刘的工头也在看我，我下意识把一颗鸡蛋递了过去。我不敢再看别人，低头吃着，吃的有些难受。但肚子饥饿，我还是很快就把饭盒吃空了。

下午我又到库房倒库。一间和学校礼堂一样大的库房里，一头堆着山包那么高的麻袋，一头空着。麻袋里头装的全是茶叶，库房里充满了茶叶的气味。一起干的有四个人，两个上到顶顶上，把麻袋往下推，两个在下面，一人抓住麻袋的两个角角，抬起来，抬着走过去，码放到另一头的空地上。这也不是乱折腾，茶叶容易霉变，重新倒放一遍，下面的麻袋到了上边，就能通上风，就不那么受压了，这样保存的时间长。一只麻袋少说也有二百斤重，开始我还可以，能跟上步调，就是有些喘气。连着五个来回后，我的腿开始打弯，腰里似乎填的是棉花，头上的汗水下起了雨。见我慢下来，跟我一起抬麻袋的这个丢了一句：鼓劲！鸡蛋吃到哪去了？我听了这话，感到不好意思，牙咬住，提着气又抬了三个来回。再抬，手把麻袋的角角都抓不住了，我一屁股坐到了地上。这几个人里头的一个说话了，说别把娃给挣坏了，去，去到顶顶上去。我爬上去，上面下来一个，我又往下推麻袋。我一下感到轻省了许多，推下去一只麻袋，又推下去一只麻袋。我还能抽空坐一阵。看到下面的麻袋少了，又连着推下去五六只麻袋，我又可以坐下了。我们水不喝一口，烟没抽一根，几乎没有停歇，麻袋山才转过了一小半。一个戴手表的说到五点钟了,明天继续! 都应和着:明天继续! 五点可以收工,可以停下了,我的身子当时就软了一下,但我却把腰挺了挺。我觉得,这一天,过得真快。

我走回去,脚刚迈进门,我妈就喊叫,回来了,快洗脸,洗了吃饭! 我爸也下了炕,想问我啥,嘴动了动,没问出来。面端上来了,我妈先把一碗放到我跟前,才给我爸跟前放了一碗。是干捞机器面,上头堆了一堆肉臊子。我的和我爸的一样。我妈说,你爸跟你沾光呢,也吃好的。我知道,这是我爸关心我,我妈这么说着让我高兴呢。家里平时没有肉吃,只有过年过节有肉吃。平时想吃肉,我就盼着过岁,过岁有肉吃。家里平时吃面,都是我妈擀的面,而且我只能吃汤面,只有我爸才有资格吃干捞面。要是吃机器面,就是吃好吃的面。这和如今人们对面食的要求不一样。我吃了两大碗干捞机器面,就觉得乏劲上来了。但我还不想睡,我的脑子里,还新鲜着这一天的经历。出了那么多汗,我的衣服似乎变脆了,穿着不舒服。我妈给我找来换洗的换上,掏口袋,掏出一盒子纸烟。我妈看看我,给我扔了过来。平时,要是发现我的口袋里有纸烟,我妈就告诉我爸,我爸就会打我一顿。

拉着电灯,一家人坐着说话,我爸问我,干的啥活,我就说倒腾装茶叶的麻袋。我就说大库房里装茶叶的麻袋堆得像山那么高一堆。我妈听了,就感叹,你爸就爱喝茶,要有那么一麻袋,喝到七老八十也喝不完啊。我爸瞪了我妈一眼,赶紧给我安顿说,不敢拿公家的茶叶,一个片片都别拿! 我就说,我不拿,我挣下钱了给你买,买一麻袋! 我爸我妈都大声笑了。然后,我想起什么似的给我妈叮咛,明天带饭,就装两个蒸馍和咸韭菜就行了。然后,我就想抽纸烟,但我还不敢当着我爸的面抽,就说上厕所,出去蹲到大门外的厕所里抽了一根纸烟,就回来睡了。

第二天，是我爸把我叫醒来的，我爸叫着我的小名把我叫醒了。我一骨碌爬起来，透过窗子看出去，外头，天已放亮。我妈说我，说睡得死死的，晚上还说胡话。我肩膀疼，手腕子疼，腰也疼，但我像没事一样吃着早饭。我爸又给了我一块钱，出门时，我妈也把一块钱塞给我，说别光知道抽烟，买些吃的！我走在路上，想着我爸我妈对我的好，就暗暗决定，我在商贸公司挣下的钱，我要全部交给我爸我妈，我自己一分都不留，我要让我爸我妈花我挣下的钱。

可是，当我来到商贸公司仓库，进大门时，姓刘的工头从门岗房出来了。他好像就在等我，脸上表情怪怪的。他对我说，不进去了，你回吧，今天没有活了，这里不缺人手了，你回吧，有活了，再通知你。说完扭身就走了。我愣在原地，脑子乱乱的，理不清头绪。什么原因？我在回忆，我想到了我嫌熏蒸房硫磺味太重，似乎说了句太难闻了。我还想到了我抬不动麻袋，一屁股坐倒在了地上。也许，还有别的。让我回，会不会与这些有关？我不愿再想了，我的胸口堵堵的难受。我想哭上一鼻子，甚至想大哭一场，但我没有，我在脸上挤出了一丝笑纹，也扭头往回走，拳头攥得紧紧的，好像要打人似的。走了一阵，宝塔梁的宝塔都在我的身子后头了，我才松开攥紧的拳头，又再次攥紧，朝我自己的胸膛上猛捶了两下，我的胸口立刻疼痛起来。这时，我觉得我的呼吸通畅了一些。这时，太阳刚刚升高，光线刺得我眯起了眼睛。

我没有直接回家，但又不知道到哪里去。随着脚，我到泾河滩来了。这里我经常来，高考前复习，我在泾河滩的一排大柳树下面度过了许多早上，许多下午。我又来到了大柳树下，一屁股坐下，嘴里哼哼着一首歌，是一首儿歌："小羊乖乖，把门开开……"多么好听的歌啊，我哼哼着，眼泪，却止也止不住地奔流了出来。我有些恨自己，明明是要高兴的，而且，这首儿歌这么欢快，怎么就伤心呢！

不能伤心！我这么提醒自己，掏出纸烟点着，一会儿，就把一根抽完了，我又接上一根，再抽。多半盒子纸烟，被我抽完了。嘴麻麻的，头晕晕的。我揪了一撮青草，放嘴里嚼了一阵。我觉得轻松多了。

我中午才进的家门。走到门口时，隐约听见二姨在说话，我听清了一句：咋能跟得上呢，骨头都没长开呢。我已经进来了。我妈看见我，就嚷起来，跑哪去了，到处寻你呢！我爸稳稳坐在炕上，只是不停挠头。二姨说，回来了？说完这句，停顿了一会儿，说，回来就回来，再不去了！我啥话都没有说，进到里间，上炕躺下了。开始还想问题，还听见二姨说话，还听见我妈留二姨吃饭，二姨说要走，后来我就睡着了。睡了半下午，我才醒来。我觉得无聊，就翻出一本子书看。但我无法集中注意力，我闻见了我身上的硫磺味和茶叶味，我想起老师说过的一句话，说以后，你们是做葱胡子蒜皮子牛的犄角驴蹄子，还是当文艺家科学家马克思列宁主义家，全在你们是不是好好学习。前面几样，都是没用的废物，后面几项，都是成功的标志。我真的成废物了吗？我没考上大学，当不了家，我干零工，也干不下去。我心里空空的，感到前头没有路走。这时我爸过来，递给我一卷子钱，说，这是你二姨去给你拿来的，是你的工钱。我接了过来，数了数，两张一块，一张五毛，两张一毛，总共两块七毛钱。这就是我干了一天零工挣下的报酬。本来我还能挣更多，但只干了一天，人家商贸公司的人就不要我了。

这之后不久，我带着一口破木箱，独自一人出了家门，到五百多公里外的一座矿山去谋生。多少年过去了，繁重的体力活从来没有压垮我，再苦再累，我也扛着，牙咬碎也不呻唤，我坚持了下来，成了一个靠力气吃饭的劳动者。

我　爷

一

　　我对我爷的记忆,更多的,是上坟。跟着我爸,出平凉城,一路走,朝东走,快到宝塔梁了,再一拐,进水桥沟,上北山,到我爷的坟上去。

　　上坟前一天,就开始准备了。烧纸一张一张,拿十块的真钱,先正面再反面,在上面拓印过,这我爸亲自做。买回来烧酒,卷烟,这通常指派我去。肉菜也是在馆子里订的。

　　我爷的坟,在半山腰的地塄下。这里一溜子分布着十多个坟头。找到我爷的坟,跪下,点烧纸,点香,还倒下一小瓶子散酒,引着两盒子卷烟、两盒子火柴,把篮子里的肉菜,挑出来几筷子,蒸馍,撕下来几块,点心,掰下来几块,也扔到坟头边上。

　　磕三个头,蹲在我爷的坟头前,我哥、我、我弟,把剩下的肉菜、蒸馍、点心,都大口吃光。平日里,是吃不上这些的。我爸一口都不吃,看着我们吃。

　　每一次给我爷上坟,都是我爸带我们去,都是这么隆重。一年里,我爷的生日、忌日,要上坟;过节,要上坟。春节和清明,上坟的人多,遇见认识的,问句上坟去了?说上坟去了。脸上凝结着一种共同的神色。

　　每一年里,我们家生活中,上坟,是最重要的内容。

平日,家里吃的喝的,都简单。难得一回吃肉,吃臊子面,我爸会说,给你爷泼散一下!我哥或者我,就端着第一碗面,到房门口挑出一根,肉菜也拨出一点,都泼散到地上。这也是一种祭奠故去亲人的方式,简单的方式。

我爸在七十四岁上病倒,下不了炕,还叮嘱:清明快到了,记着给你爷上坟!

二

我爷活着时,我们家住在中山桥边的一个大杂院里。我爸给我爷单另租的房,也在这个大杂院里,我爷一个人住。冬天,我爷的房生火炉子。我们只有热炕,没有火炉子。

吃饭也单另给我爷做。干的稀的,蒸馍炒菜,依我爷的口味,按我爷的胃口做。粮是细粮,菜是精菜,我妈给做好,端过去我爷一个人吃。

每天早上,我爸都要过去,看我爷要啥不,吃啥不。

我爸给我爷订了一份羊奶。每天,有一个回民小伙子,背挎包,羊奶在瓶子里装着,一家一家送,专门送过来。我哥,我,我弟,只是在一岁两岁时,喝过这样的羊奶。

这些待遇,都是我爷应得的。因为,他是我爷。因为,我爷是老人。

老人是天。

我的印象里,我爷的房子非常安静,也很清洁。我去的次数似乎不多。我爷领着我到大门外走,走到上寺台一带。我看到的房子都很高大,路也很长,似乎走不到尽头。那时,我大概刚会走路。许多年后,我再走,很高大的房子,竟然缩小了,很长的路,一会儿就走完了。

在我零碎而短暂的记忆里,我爷清瘦的个子,留山羊胡子,走路拄拐棍。似乎说话少,不大声说话。再就是,我爷会写毛笔字。再就是,我爷收集了许多纸烟盒,都是在外面捡的,一张张,很整齐地叠在一起。

我本来还可以把对于我爷的记忆延续下去,但是,由于一场意外,我对于我爷的记忆中断了,在1967年的冬天。那一年,我四岁。

三

那一年冬天,天冷,夜里更冷。

我爷房里的炕,烧得热热的。人老了,炕一定要暖和。

可就在这一天夜里,我爷的房子失火了。后来,我断断续续听说,是炕上着了火,又把房子烧着了。

我爷没能出来。

埋我爷,是一个清冷的早上。我小,没去。似乎被亲戚抱着,蜷在家里的炕上。听见外头一阵阵哭号和脚步的走动。

后来,我看到了坍塌了的我爷的房子。墙体焦黑,地上散乱着焦煳的杂物。

记得和伙伴玩耍,恼了,互相骂,骂难听的。对方骂:你爷烧成了个焦蛋蛋!我就愤怒了,心里塌方一样难受。

四

每个人,都有血脉的出处。追问身世,是人的天性。在我十多岁时,我爸总爱说他的不易。比如,到土谷堆去,给山里人做木盆,一天走几架山呀；比如，大冷的冬天，坐敞篷卡车上兰州，饿肚子，没水喝，天快亮才安顿下呀……我爸说这些，是教育我呢，我几乎没有认真听过。但是，我爸从来没有述说过他的出身，述说过他儿时的经历。我只是偶尔从我妈嘴里听到一些，渐渐才知道，我爸小时候，在宁县老家放羊。长大些，学木匠手艺。又到平凉来，一个人闯。开了铺子，有了体面。成家后，把我爷从宁县老家接来一起过。

我就有许多疑问，却没有得到答案。比如，为啥我爷识字，会写毛笔字，我爸却是文盲？比如，我爷除了我爸，还有其他儿女吗？印象里似乎问过我爸，但我爸生气了，就没敢再问。我只能从我爸说话的口音和一些用词上，来推测老家的神秘。比如，我爸说拿来什么时，不说拿来，说撼来，说关门不说关门，说闭门……

大杂院里的娃娃，要去上一趟老家，回来能学说半年，是一件很自豪的事。我却没有回过老家，小时候，我多么想回一趟老家啊。在我的想象里，老家就是出远门，到一个完全陌生的地方去。那里充满了新鲜，也有吃不完的好吃的……我爷是从老家来的，我爸是从老家来的。老家的泥土里，有根，有水，有没见过的亲戚。

终于，有一年，家里来了个生人。这个人，就是从老家来的。他在北京的什么地方上班，只是路过平凉，就来看看，提了一盒子饼干、二斤苹果。他说的，我听不来。好像对我哥，我，我弟，给予了许多赞誉的词，大概是以后都有出息之类。我爸自然听得高兴。吃了饭，这个人就走了。似乎，他和我爸是一个村的人。

五

大约在1975年秋天，由于生产队平田整地，北山的半山腰，动土动的大，我爷的坟，要迁，迁到高处的一块地塄下。

　　我跟着我爸,上北山,下北山,陪阴阳先生看坟地,给挖坟坑的人送水,送烟酒,到砖场拉砖。天黑了,星星的光,是暗淡的。山下面的川地,就是平凉城,隐约着一片又一片黄色的朦胧光团。我爷的棺材,被抬到了地面上,潮湿,凝重,是那种略微发黄的黑色,轮廓不明显。

　　快十年了,我爷的棺材在地下,竟然没有朽腐,还保持着完整。我不敢多看,更不敢想象我爷在棺材里的样子。

　　迁坟的仪式,也很隆重。

　　关于我爷的话题,就多了起来。我又听到我妈说,我爷原来是财主,有上百亩水浇地,骡子、马这些牲口拴了半院子,但我爷抽上大烟后,这些都倒找光了。由于家境衰败,我爸没有念书。后来,我渐渐清楚的是,我爸是文盲,只会写自己的名字。我还清楚的是,我爸不怪我爷,从来没有说过我爷的不是,但是,对我们几个,对他的儿女,总反反复复提醒,要好好上学。我趴在窗台上写作业,我爸在做木工活,总会不时看过来一眼。我记得,我妈还说,我爷还有个儿子,是老大,在新疆,也可能在台湾。总之,是当官的。但几十年都失去了联系,可能活着,可能死了。

　　我多么希望我这个大爸活着,并出现在我们家啊。来上一封信也行,里头夹上些钱。那时候,我们家日子艰难,一月两月吃不了一回肉,也只是给面里调一点。我两年才能穿一身新衣裳。有这么个大爸,他能不帮上一帮吗?

　　但这个愿望,估计实现不了了。又是几十年过去了,我怀疑就没有这么一个大爸在世上。

六

　　我终于回了一次老家,也就这么一次,让我感到,以后,我再也不会回老家去了。

回老家的原因,却是为了打官司。

那是1987年的4月,我爸离开平凉,回到了宁县,从邮局打电话,打到我的单位,叫我回老家。那时,我在一个矿山上班,那时,我出门快十年了,已经在外地成家了。

我装了些钱,坐上班车,早上走,下午到,去宁县县城和我爸会和。

我哥,我弟,也在,是跟我爸一起来的。

听我哥讲,老家来了个人,找到平凉家里来,摆说了一阵,意思是我们的窑院让别人占了,不能白占,要么要回来,要么赔钱。我爸就心动了,就决定了。

窑院是我爷的窑院,是我爸的窑院。虽然,我爸1949年离开,只在1958年接我爷到平凉,回去住了两天,这以后,就没有回去过。但是,窑院的确是我们的窑院,我爷,我爸,从来没有放弃这一份家产。

那又怎么样呢?自己不住,只是个废窑院,又没有交代给谁。交代给谁呢?到了宁县,我才知道,在老家,我爷我爸,一个直系亲属都没有。

我爸在街上,买了散酒,用医院输液的那种玻璃瓶子,装了三瓶子。还买了盒子装的饼干。那时候,给人送礼,就送这些。

在县城的旅社过了一夜,第二天,就要去一个叫良平的村子去了,那里,是我爷生活过的地方,是我爸长大的地方。

我竟然睡得很死,我竟然如此平静。

七

还是坐班车,是下午出发的。

走在乡一级公路上，两旁的田野，麦苗新鲜，零星的杏树、桃树，枝头的杏花、桃花，都已开败。苹果花却茂盛在果园里。间隔一阵，就会经过一个围墙破落，果树却丰盈生动的苹果园。还有农家的土坯房，也会间隔一阵，密集出现，各自成院，大多都错落着。

我爸似乎很有兴致地张望着外头。但我知道，我爸是心事重重的。

这辽阔而平坦的田野，就是董志塬，自古而今，就出粮食，出人物。

一个多钟头后，我们在路边下车。我爸似乎熟悉路径，领着我们，下了一道沟坎，穿过一大片潮湿的麦地，经过一所村小学，再走，就看到了一片庄子。在浮动的水汽里，似乎在慢慢蒸发一样。

离开老家这么多年了，路咋走，我爸没忘。

就在村长家的窑里安顿下，说话，说事情。

村长的窑院，是地坑院。就是从地面掏挖下去，挖出一个四方的深坑，正面、侧面，靠着土墙再挖进去，挖出一眼一眼窑洞，窑洞的对面，修筑一条通道，通向高处的地面，供人进出，架子车，牲口也走。住在地坑院里，冬暖夏凉，是很舒适的。那时候，董志塬上的村落里，尽是这种地坑院。现在都在地面上盖瓦房了。

来了一些村里的人，都向着我们，指责占据我们家窑院的那一家人，并且出了许多主意。我爸微笑着听他们说，也不插话。我突然感觉到，我爸似乎不是特别在意自己的窑院。

来的人，无不对我哥、我、我弟夸赞一番。这个，我爸在意，从我爸的神情上，我看得出来。

我惊异地发现，这个村子里，包括村长，包括占了我们窑院的那一家，几乎所有人家，都是一个姓，和我爷的姓，我爸的姓，是一个姓。

八

去看窑院。

我爸前面走,我们跟着。路上,遇见年长的人,我爸都停下,打个招呼,还发一根纸烟。多少年了,还能相互认出来。自然的,对方会看我们,眼睛亮一下,会问:你的娃? 这么大了! 自然的,我爸就说,这是老大,这是老二,这是老三,都在哪里工作。自然的,对方啧啧着,又不住往我们身上看。

跟着我爸走,我们话少,听见的,是脚踏在泥地上的声音。

我爸为老家的窑院打官司,我是不赞成的。我哥,我弟,也不赞成。

我爸似乎也感觉到了几个儿子的不情愿,却说,这段日子,身子不舒服,跑了跑,一下子轻省多了!

一会儿,就到了一处漫坡顶顶上,下面,是一个地坑院。

这是我爷住过我爸住过的地方吗? 已经破旧不堪了,窑面,窑背上,土层开裂,似乎随时就会坍塌,中间是一眼最大的窑洞,拱门顶端,泥土的缝隙里,竟然摇曳着几丛青草,绿,刺眼的绿。院子里凌乱着干草、木柴、鸡粪,一只老母鸡,正在地上啄食。一株杏树,高出了地表,树冠在轻轻摆动,有一些叶子翻转过来,又翻转回去。

恍惚间,我似乎看到,我爷坐在窑门前晒太阳,我爸挎了个工具包,才从外面回来……我在想,假如我爸不到平凉去,就一直在老家,和我爷一起生活,在老家成家,那么,我就可能出生在这个地坑院里,我的人生,也会以另一种形式展开。可是,那个我,还是我吗,是现在的我吗?

我爸也在往下看。我不知道,我爸在想什么。我爸的心里,一定翻腾着一些什么,很久远,有轻微的痛,也许还有一丝丝甜。

这时,从窑洞里出来一个男人,低着头,似乎随意地捡拾起一把倒地的铁锨,靠墙摆正。而且,似乎随意地抬起目光,往上面我们站着的位置扫了扫。我爸的身子,竟然略略斜了一下。

曾经属于自己的窑院,现在被别人住着,我爸,我哥,我,我弟,像外人一样,在外头看着这个窑院,甚至不能走进去,看看过去的岁月,在里头留下的印记。

待了不到十分钟,就离开了。离开了我爷我爸住过的窑院,离开了和我们一个姓氏的村子。回到宁县县城,我单位上有事,就先回去了,我爸他们又登记旅社住下。

后来,我哥来信说,第二天,到法庭上,把这个案子审了,判决结果,是让占我们窑院的那一家,赔了两根木椽,不值啥钱,弄回平凉,倒费了不少力气。

九

回不去了,老家的根,断了,再也回不去了。

我爷的坟在异乡,我爸身在异乡。但是,对我来说,这异乡却是家乡,我在这里出生,在这里长大,从这里远行,我的记忆和这里紧密地连接着。

父母在,家就在。父母在哪里,家乡就在哪里。

1997年,我爸过世,埋在北山上。2005年,我妈过世,埋在北山上。

我哥,我,我弟,每一次到北山上去,都是先到我爷的坟上烧纸,再到我爸我妈的坟上烧纸。我、我弟都身在外地,回去的次数越来越少,上坟的次数,也越来越少。我哥说,回不来,可以找个庙,每年的清明、十月一,在庙里烧纸。

　　我跟前,有我爸的老相,我妈的老相,都是我给照的。我装了相框,摆放在家里。我爷的老相,我跟前没有。我还能记起我爷的模样,是我三四岁时在脑子里留下的,一直没有消失。

　　人都是一代一代往下传的,每个人的头顶,都顶着一个天。

　　我的头顶,已经没有天了,我头顶的天,一重一重,揭瓦一样,揭完了。

女儿成长点滴

女儿出生,在甘肃庆阳的一家医院,时间是中午。我大清早就一直在妇产科门口守着,想在第一时间获得女儿降生的消息。实在守不住了,我就回旅社了。等我睡了一觉再去,一位护士说,你老婆生了,是个女儿。我听了挺高兴。

从医院回家,用我母亲给缝制的小被子把女儿像包粽子一样包好,走路上,我突然感到分量轻了,从被头开口处看不见女儿的小脑袋,忙说"娃呢,娃呢"。实际女儿在被子里睡得正香,但由于身子太小,缩到下面去了。

听到女儿出生的消息,我的母亲从老家赶来,给女儿洗了第一次头,把头上的一层垢甲都洗掉了。女儿穿的衣服,单的棉的,还有布鞋,也是单的棉的,从此全是母亲给做的,一直到女儿上小学。许多年后,女儿写了一篇《平凉奶奶》的作文,写奶奶对她的喜欢。

女儿的名字是奶奶给起的,叫"换换",我明白意思。我兄弟四个,我哥的孩子是女儿,我也是女儿,我两个弟弟还没孩子,母亲是希望他们能生个儿子,但我把这名字取了个谐音,叫成了"欢欢"。

女儿学会说话不久,在家吃桃子,两只小手,还没有一只桃子大,用力扶住桃子,嘴也小,吃力啃咬,模样可爱。小孩子吃东西,都让人喜欢,但自己的娃最动人。

女儿断奶后,送到外婆那里,每周我和妻子去看望,带去奶粉和小吃。一次去,女儿正玩得高兴。人小,却吃力搬动一只高腿方

凳,搬不动。待了一会儿,我说要走,女儿着急,竟然把搬不动的方凳搬起,和方凳一起往我跟前跑。实际应该丢下方凳过来拉我才对。但情急之下,竟做出了这种反应。

星期天,我和妻子把女儿从外婆那里接回来。女儿说话,把我逗笑了,一句是我手杆痛,一句是我要厨屎。一听,都是重庆一带的表述方式,一听,就是跟外婆学说的。外婆是长寿人。

十月天,妻子在厨房做咸鸡蛋,烧了一盆子搁了花椒和别的调料的滚汤,在地上晾着。女儿走进来,好奇说这是啥呀?还用手指指,结果一下子受烫,把半只胳膊伸进去。我听到女儿哭声,快步跑过来,抱起女儿,用冷水冲洗,一层皮就脱落了。送卫生所,做了包扎处理,每天去换药。但迟迟不愈。又进城治疗,医院一年长女大夫用镊子挑破起泡肉皮,女儿疼痛,直说坏奶奶,坏奶奶。但就是这位坏奶奶,教我们不要给女儿捂着烫伤创面,要裸露,要拿电灯泡烤。也真见效,烤坏了五只电灯泡后,女儿的胳膊就好了,而且,没有留下瘢痕。这一次,女儿受了疼痛,我和妻子的心,随女儿疼痛,随女儿痊愈。

送女儿去幼儿园,未受多大周折。别的小朋友刚送去,会搂紧自己装零食的小包包,一个人坐一边,谁也不理,谁也不让碰,哭着等妈妈来接,要连着哭好几天,有的一个星期了还在哭。女儿只在第一天上午哭了一会儿,就没再哭过。还拿自己的吃的哄哭个不停的小朋友。

我在庆阳董家滩时,厂子里建了个游泳池,成了稀奇,把城里人也吸引来了。我一个朋友,提前打电话,要星期天来,我在家里准备了饭菜。朋友来后,我们说着话,也说到女儿,但她爱理不理,忙着组装积木。朋友也就和我说些别的。没料想突然飞过来一只鞋,差点打到朋友脸上。朋友说,别看你的娃不言喘,这一出手还怪吓人的。

我在门后钉了一张拼音表，让女儿学拼音。女儿从幼儿园回来，拿起竹棍，对我说，来，跟我念，我一听就是老师语气，不由大笑，妻子也大笑，还抱住女儿狠狠亲了两口。女儿擦着脸蛋，只是感到奇怪。

女儿在幼儿园，性子孤僻，老是一个人玩，尤其喜欢玩水。中午要午休，她没瞌睡，乘老师离开，遛到水房玩水，老师不高兴，罚她蹲黑房子。妻子从小朋友那里知道后，晚上问她，她说没有，再问，还是说没有。奇怪了，难到是小朋友瞎编的？过了一会儿，妻子换了个方式，问女儿，幼儿园的黑房子有啥呀？女儿说，里面可黑了，有一只笤帚，一个簸箕，还有一个电灯，不亮。嘿，姜还是老的辣，终于证实了女儿被关过黑房子，这教育起来就有针对性了。

女儿不到四岁时，有过一次壮举，和一位小伙伴结伴出行，坐公共汽车去了一趟四十公里外的庆阳。那天中午我到幼儿园接她，老师说自己回家，走了。我回去，家里没有，急出一身冷汗。赶紧四处打问，找到平日常在一起玩的小伙伴家里，也不在。一起在院子的每一个可能的地方找，还是没有。正紧张呢，却回来了，是被庆阳派出所送回来的，说看到两个小孩街上走，跟前没有大人，就问，才明白是私自离家出走，就问到了家长名字和单位，就送回来了。自然，我受到了批评，说对娃不负责任。自然，娃挨了一顿打，是我打的，娃她妈还心疼地哭了，但没有拦挡。

女儿四岁时，我的工作调动，从庆阳董家滩调到庆阳，也头回有了楼房住。房间多了，我和妻子决定让女儿单独睡，她开始不愿意，但还是接受了。

刚睡小床，女儿晚上睡觉脱了衣服，必定要叠得整整齐齐，置于床头方睡。但此好习惯到上初中后丢弃，衣服是随地丢弃，散乱胡塞,换洗时常找不见要穿的。

一天晚上,女儿忙乎半天,用彩纸剪了一条鱼,拿线线拴上,挂在一根竹竿上,说要钓鱼。便找了家里的一处高地:沙发,装模作样说起竿！把竹竿往上抬一下,似乎就把鱼钓上了。还真的钓上了,就是那条纸鱼。我就说,每次都不失手啊。

女儿在幼儿园学画画,画的最多的是向日葵。用彩笔画的,很鲜艳。她外婆喜欢,拿去贴了一墙。我就说,现在贴一墙,将来就得朝废纸篓里扔。现在扔废纸篓,才能激励孩子提高画画水平,将来才能贴墙上,而且是展览馆的墙上。妻子说,孩子画得高兴,外婆喜欢贴就贴,将来又不当画家。但有的事说不准,女儿高考,报的便是美术专业,还在西安美术学院边的一个画廊学了一年绘画。而且幸运的是最终考上了一家名牌大学的艺术系。

女儿第一次登山,四岁,是和我登华山,是晚上11点多出发,开头劲还足,但走了十来分钟,就不走了,坐下休息,在我怀里睡着。我只好抱着女儿上山,到回心石,需腾出双手攀爬,又租了一根行军背带,把女儿固定于我的后背才得以艰难上到北峰。好在下山时一路都是女儿自己走下来的,这也大不易。中午回到招待所,女儿倒头便睡,第二天中午才醒来。

女儿要上学了,对她是个考验,对我和她妈也是。我们要上班,女儿能一个人走到学校,而不会走到别的地方去吗？上学第一天,我不放心,不让她发现,她在前面走,我悄悄跟在后面,女儿过马路时,左右看看,没汽车过了,才小跑着过去,我也手里捏一把汗,一直看着她拐进一个胡同,进了学校的大门,我才折返回去。我这样连着跟了三天,看着女儿能独自上学,便停止了跟踪。我还挺得意的,因为,女儿没发现我在跟踪她。

女儿上学的名字,是我给起的,叫第艺。我这个姓少,不担心和别人重了，名艺，有两层意思，一是希望女儿有艺术气质，二是艺一谐音，希望女儿能朝前走，学习，今后的事业，都做到最好。但愿这个名字不要给女儿带来太大的压力。

女儿上小学期间，学校组织体检，两次都说她营养不良。不知道的人，还以为我们虐待女儿。但女儿吃饭似乎总是没有热情，吃得少，还挑食。女儿不吃葱、蒜、蒜薹、韭菜、韭黄。吃茄子只吃皮，吃辣椒里头不能有一粒籽儿。我矫正多次，都以失败告终，只好作罢。直到女儿上大学后，我才在妻子炒的菜里见到葱这种农作物。

女儿六七岁，老缠着她妈妈，让说她小时候的事情，就给说她刚出满月就乱踢腿，一次在幼儿园的床上拉屎这些，女儿听了直笑。我说，你现在就是小时候，等长大了，连你上学迟到，不按时睡觉这些，让你妈妈一起给你说。

第一次听女儿说粗话，我吃了一惊。我制止加训斥，没有效果，我想起一本书上说，孩子说粗话，大人也说，孩子听了，就不说了，但我没有试验。女儿经常干咳，妻子给买了一种喉片含。那时女儿上学早，有啥事，写张纸条，粘在门把手上，我们出门就能看见。这天写的是：老娘，含片吃完了，记的再买些。这药真他妈的好。

妻子常为一句话说不对，为学习差打女儿，而且下手重。一次和我在外头走，说起挨打，我问你恨妈妈吗？她说我不恨，这是为我好，我不恨。这我没有想到。

女儿高中毕业后，理了个爆炸头，我看着别扭，说她她不听，我也没脾气。我希望她理个妹妹头或者扎个马尾辫，但女儿嗤之以鼻，直到上大学还是爆炸头，乱蓬蓬的，我看着不习惯。我称之为麦草垛，我还听了个说法，叫拖把头。

女儿喜欢的歌星是孙燕姿，嘴里唱的歌曲，也必然是孙燕姿。我从女儿这里，真正理解了什么叫爱屋及乌。孙燕姿代言的衣服，要穿,孙燕姿代言的饮料,要喝。把孙燕姿的贴片照,贴到手机上,铅笔盒上,背包上,还贴到家里的墙上,凳子上,镜子上。我最奇怪的是在马桶盖上也贴了一张,就说她,别把孙燕姿熏着了。女儿说,才不会呢,又不是真人。

女儿喜欢网上购物,主要是图书,也曾收到一只塑料的一次性照相机,估计上当了。上大学后,热情更高,隔一段时间,家里就有人按门铃让下去取东西,还得我交钱。女儿说,多数是帮同学买的。一次竟送来一张折叠桌。当然最多的依然是图书。

我过生日,女儿给我买礼物,一直保密,直到我生日那天才拿出来给我,用盒子装着,装饰了彩纸和丝带,我要打开才知道是啥。有两样我现在还放在书桌上,一件是一个偶人,穿着军装,脖子上连着弹簧,撮一下头,头就摇摆;一件是一个鱼形的烧瓷的罐子,带盖子,取下盖子,里面可以弹烟灰。女儿送的,无论啥我都喜欢。

女儿跟我回老家,见许多亲戚,都是长辈,要称呼,不知咋叫,每见一个,都问我:这个咋叫?我就说叫舅爷,叫姨奶奶,叫姑父,叫大妈……在中国,随着独生子女长大,以后,这样的称呼会让许多人陌生。

为了给女儿矫正牙齿,装了一副牙套。隔一段日子,就得去医院调整。牙套要两年才能取。女儿跟我们回老家,我弟的儿子三岁多,老盯着她的牙齿看,看了多次,突然问:啥牙?我在旁边说,是钢牙,能把铁咬烂。

我上班要经过女儿的学校,往往是跑操的时间,我往往停下一会儿,在穿校服的学生队列里找女儿,每次都能找见。我看着女儿吃力跑步,看上一阵,才急忙去上班。女儿不知道我在看她。

女儿十八岁时,遵妻子嘱,我给女儿写了一封长信,信里我语重心长,回顾了女儿的成长,表达了对女儿的珍爱和感谢,更重要的,我对女儿提出了希望:考上大学。这一部分我说得详细,从如何加深记忆,增强理解,巩固知识,解疑难点等多个方面提出了意见。女儿读完信,插到她抬头能看到的窗格子上,面色沉重了两天,对我说,信的前半部分挺感人的。

我一直想用我的过去来教育女儿,比如讲难得吃一回白面馒头,没有零花钱买书,一年才有一身新衣服,但基本上都没有收到预期的效果,这让我感到失望,又无可奈何。女儿说,你无非要我珍惜现在的好生活,我珍惜着呢,难道你要我和你过去一样吗?倒把我给问住了。

为了让女儿早点睡觉,每天11点多,我和妻子就一遍遍说,欢欢,早点睡! 一遍一遍,欢欢,早点睡! 但女儿从来没听过。上高中,作业多,压力大,晚上复习功课常常到12点以后,早上还得早早起来,心疼又无奈。可能养成了习惯,放假了,晚上还是不睡,早上倒不起来了。晚上说几遍,说了不起作用,还说,但似乎是一种迁就,女儿只是应两声,就是不睡。已经多次出现我都睡了一觉,都凌晨3点多了,醒来发现女儿房间的灯还亮着。说得次数多了,纯粹成了形式主义,我和妻子依然一遍一遍说,欢欢,早点睡! 女儿依然按她的习惯很晚很晚才睡。

女儿小时候胆子还算大,敢抓毛毛虫。长大了,倒胆子小了,有时床上爬上来一只木板虫,也大呼小叫的。我怀疑是假装的。一次电视上播放一部鬼片,出现恐怖镜头,她在我们身边,还要把头藏进被窝里,根本就不敢用眼睛看屏幕,只是不断问,恐怖吗? 恐怖吗? 逗得我直笑。

我有一天收到女儿从学校发来的短信,说:"今天是感恩节,我要感谢爸爸、龙声、虫声、北郊、了了居士、妈妈,还有我自己。"龙声、虫声、北郊、了了居士是我玩游戏起的名字,上泡泡起的名字,发表作品起的名字,有的我都忘了,女儿还记着。

女儿上大学走了,家里一下空了。我下班回家,看到女儿房间门口的那双拖鞋,静静的,我心里便又空那么一下。找个理由给女儿打电话,而女儿每次都显得很忙,应付几句,就把电话挂了。再想打,又不好意思,就忍住不打。

女儿上学的大学,就在我们生活的城市,离家也近,所以每周回来。回来后,第一件事就问这一周国内国际,以及本城的大事,害得我周五便上网检索,列出一二三,给她通报。

女儿说,这个学期,她每周一次,给学生宿舍送学校办的报纸,收入了七元钱。在我的印象里,这是她通过自己的劳动得到的第一笔报酬。我就夸她,这七元钱看起来不多,但比老爹一千元的稿费还有价值。女儿说,那咱俩交换。我没有同意。

女儿说,周末回来,要吃大餐,我同意了,到饭馆,女儿点了一份干锅鸡杂,吃得津津有味,我说,这就是你的大餐?女儿说是啊,光这一份菜花的钱,她在学校要吃三天呢。我就说,你在学校吃饭别节省,没有钱,问你爸要。女儿说,那不行,你们挣钱也不容易。

上街遇见一个女的,长得漂亮,我不由多看了两眼,女儿说,养眼吧。这女的和我妈有一比。我突然对儿不嫌母丑这句话有了新的理解。

女儿过生日,要在歌厅唱歌,老婆奋勇包办,订包厢,采买零食,并像侍应生一般守于门前,不时听从召唤,女儿和一帮朋友在里头引吭高歌,有需要只在门缝给她妈安排,而不让进去。老婆依然愿意,说年轻人热闹,大人进去不好。我也就不说啥了。

国庆长假,女儿回到家里,吃饭时,着急说,快动一下筷子,动了我好吃呀。以前不是这样。记得女儿五岁时,跟她妈回了一趟老家,人坐满了,一桌子菜,都没动,等长辈发话,女儿自顾自吃了起来,反而逗得大人们高兴。如今长大了,知道让人了。此其一。我吃坏了肚子,这天傍晚,蹲厕所时间长了,女儿在外面叫爸爸,我应答了一声,女儿似乎才放心。她是担心我出个意外。女儿知道牵挂人了。此其二。

女儿要测一下我的握力,我还是第一次听到这个词。女儿说,学校组织体检,就有这一项。班里最低的握力只有二十,最高的达到了五十。然后她补充说,最低的就是我自己。我就说,多锻炼,好好吃饭,握力自然就提高了。但我估计,女儿做不到。在吃饭和锻炼这两个方面,女儿都提不起兴趣。

学校组织学生假期去安徽写生,女儿去了,几天后给我发短信,问我要不要猴魁,我听这名字,以为是面具之类的纪念品,就说不要,女儿回复,说已经买了。回来,我才知道是一种茶。叶子细长,如柳叶,冲了一杯,味道还真好。我感叹,女儿知道心疼人了。

女儿在陇东出生,长到十一岁离开,再也没有回去过。近来反复说要回去一趟,我问干啥,她说看看,看看原来上学的地方,原来住的房子谁在住。我奇怪,女儿怎么也跟我学,开始怀旧了。也太早了吧。

女儿说学校里的食堂每天吃饭人多,有座位时,饭没有买上,排队买上饭,却没有了座位。可是,人不能分身,有的学生就想出了好办法,先用东西占座位,买上饭,拿开东西,就有座位了。但常常是,人买饭回来了,座位坐着别人,东西却不见了。为什么?他们是用手机和钱包占座位。说完就笑。笑话人家呢,她自己也傻了一回,用背包占座位,以为背包大,一般人不敢拿。结果给丢了。包里有图书卡、家里的钥匙,害得我花钱换了锁头。

女儿上大一时,我鼓励她学开车,拿个驾照,毕业后求职也算多一项本领。不料女儿说,我连自行车都不会骑,你还让我学开车。

开始我没反应过来，觉得在理，又一想，难道必须会骑自行车才能学开车吗？

女儿长大，似乎有了自己的秘密，回到家里，接听电话，躲到另一间房子，不让我听到。会不会谈了对象呢？女儿不说，我也不知道咋问。

女儿的手机里，全是自己的自拍照，回到家，拿起我的手机，也是对着自己一顿狂拍。我就说，长得这么丑，还自恋的不行。女儿说，这是宝贵的记录，一年拍五十张，十年下来，就是个人的历史。

女儿中午起打嗝不止，对她妈说，你快吓我一下，我就不打嗝了。她妈说，那我得找个恐怖面具。女儿说等不及了，你乘我不留神学一声鬼叫唤吧。

西安地震，人们都睡到外头去了。女儿问我和她妈在哪里睡，我说在家里睡，外头睡不着。女儿说，那要是地震，跑不及。我说不要紧，跑不及你就回来挖我们出来。我问女儿，你在哪里睡，女儿说，老师让在操场睡，半夜她们宿舍的几个都回房子睡了，我说你难道不怕吗？女儿说，怕呀，可我瞌睡的不行，就顾不上了。多亏没有地震。

女儿上大二，得了优秀班干部奖，三好学生，两张奖状，看得我高兴。女儿还拿回了四百元奖学金。我也高兴。女儿从小学到初中、高中，一直受批评，从来没得过什么奖。家长会上，总是被点名的落后。我为此伤感又无奈，现在，女儿证明了自己，也证明了我啊。

长 庆 桥

　　泾河流淌下来，到这里，转一个大弯，冲积出了一片肥沃的川地。这里叫长庆桥。听着十分吉祥，似乎是刻意起的。实际没劳神。这里是甘陕两省的交界，南边一头是长武，北边一头叫庆阳，各取头一个字，名字就有了。这里给人起名字，给地方起名字，都简单。人名字，女的叫改改，叫杏花，男的叫寄存，叫山娃。地名呢，就在长庆桥，在河的南岸，山脚下一个村子，叫山底下村；往山顶顶上再走，下面的一个叫下庄，上面的一个，自然就叫上庄。实际上，这里还分界了陇东的两个地区，西边，是平凉，是我的家乡所在。当我的嘴唇刚刚生出一层茸毛，我就经过县第二医院的体检，被听诊器听了心音，被拿手挤压了肝脏，我就合格了，然后，带着一只小木箱，一床被卧，在长途班车上摇晃，经过长庆桥，从此开始了一段有苦有乐的人生。

　　也真的有一座桥呢。一座老桥，如今还在、还用的老桥。这是我看到的最漂亮的桥。我必须用漂亮这个词。有二十个桥孔，桥墩挡板一样，一截一截插入河床深处，也像一堵又一堵墙，挺立在河道上，笔直，结实，稳当，每两个桥墩之间，在上部，形成一个桥拱，和当地土窑洞的顶部极为一致，是舒缓的、恰到好处的一道弯弧。桥面上铺着条石，桥栏简单，简洁，没有复杂的装饰。整个桥身整齐，平直，结构统一，浑然一体。这是一座看不出创意，也缺少匠气的桥。实用是第一目的，但又服从了关于美的最初的定义。远处观望，长庆桥在泾河上，没有拦挡感，似乎在匀称地呼吸，而且是通畅的，是天然的，与河流一起生成的，是必然出现在这里的现实。

长庆桥标志了地理，把不同名称的区划连接，又起到区别的作用。对于我来说，它还在情感上提示我，桥的这一边，和桥的那一边，具有不同的意味。而这，只有我能够体会。从不同方向过来，我的感受有着极大的不同。是的，很多年，一直这样，现在也如此。在我的眼里，长庆桥不仅仅是一座桥，一座建筑，还是一个符号，一个按钮。我的一些喜悦和疼痛，都和这座桥关联着，都被这座桥知道。我不能对它隐瞒什么，在它的跟前，我可以承受，可以卸下，但是，我没有秘密。

我是在1980年，才第一次经过长庆桥的。我人生的许多第一次，都在这一年发生。我第一次出远门，离开父母，离开家乡，做一个独立生活的人。我对自己的未来是茫然的，甚至，还有点恐惧。我也有一丝新鲜，一丝期待。毕竟，我看到了从来没有看到的，它们早就存在，我却没有去亲历，用目光一一触摸，我多么闭塞啊。一路上，我默默数着经过的大大小小的桥，带着好奇心理，也是因为无聊。记得数下来有三十多座。每一座桥，都不一样。每一座桥，都跨越时空，在不同的河流的上空支撑着身子。河流有名字还是没名字，都流淌着，喧哗着。桥梁有名字还是没名字，都有一段自己的故事。其中的许多内容，一定关乎人心和生死。只是，我不知道。长庆桥是我数过来的桥中最大的一座，也是我在泾河上见到过的最大的一座。这么长的跨度，也能连接起来，让遥远的岸，不再阻隔，一座桥，尤其是一座充分舒展身姿的桥，永远有被人们记取的公德，关于桥，关于修桥的人。

我生活的家乡，也是流淌着泾河的，童年的许多时光，我都在泾河滩疯跑而不知疲倦。我熟悉泾河，快乐的游泳，打泥仗，都发生在泾河。泾河岸边的槐花,在五月,云朵般繁茂,我常常用槐花充饥。一肚子槐花的我,忘记了回家。直到月亮上来,照彻泾河滩,大的小的石头,似乎都透明了。那时,我知道泾河的流淌不会停止,但我不知道会流向哪里。淋湿我瘦小身子的泾河水,在下游,又会映照谁的面庞。这我并不怎么关心。现在,没有预设,我顺着泾河的方向,一路过来,一路来到了长庆桥,我觉得是泾河在陪伴我,一个幼稚的少年,终于走向远方,泾河送我一程,送到长庆桥,才和我分手。在这里,泾河向着东北方继续奔涌,我却调转车轮,向西北方深入。这是另一个方向,是我的方向。在长庆桥镇,车子停留,有上车的,有下车的,我的行程,还要继续。我走进路边的商店,是大通间的砖瓦房,房顶高,没有顶棚,显得空,大。阴黑的柜台前,我买了一盒纸烟,一盒火柴。到门口,点了一根,大口大口吸,一下子有一种压抑情绪得到释放的快感。这之前,我以一种方式存在,这之后,我要在另一片陌生的天空下,让身体延续骨骼,血,皮肤。我的脑子,将记载下原来没有的内容。我准备好了吗? 我不知道。毕竟,我走出了我的一步,跌跤罢,顺坦罢,我都得走。当长庆桥和我的过去一起变成我身后的影子,我已经随着长途班车的颠簸,攀上了董志塬。天下的黄土,似乎都沉积在这里了。地下掩埋着什么,天空又如此深邃。在驿马,在这个给路上人短暂停留,补充养分而得名的镇子边,一所技术学校容纳了我,开始了一年的求学。一年后,我将从这里向着更远的远方,向着庆阳,向着大山的深处,交付我未知的命运。

驿马的冰凉和寒冷被我记住。我还要记住,学校西北角每一棵都一搂粗的白杨树林。记住学校周边的无际的麦子地。记住夏天田塍上一行一行的黄花。记住上学四个月后回家,坐的是一辆卡车。但是,我的心理,已经和董志塬不再碰撞,安顿我的,就是这片土地。我在这里，已经属于这里。司机的妻子，就在学校的机关当干事，皮肤白净，略胖。司机一路都在打哈欠，在车槽子上，我也看得真切。十七岁的我，懵懵感觉到，他有过一个晚上的辛劳。感谢他，为了自己的甜蜜，给我带来了回家的机会。车过长庆桥，大片的油菜花，远近展开，高低起伏，是含有水分的黄，是绚丽的黄，和我此时的心情，多么一致。在家里，我不自在了，虽然一碗连锅面，端在手里，让我感到亲情的温暖，多么具体和可靠。可是，父母的关心中，更多的是希望，要我咬牙坚持，不要想家。我怎么能不明白呢。长大了，就得自己扑腾，适应外面的风雨，学会自己决定，学会失败和成功来临，都要承接。我还要记住的我的痛苦，属于这个年龄，属于成长，有些苦涩，有些无奈。也许，这还算不上，这只是一个过程，一道光闪，一个梦。但我怎么会失眠，会忧伤呢。我喜欢上了别的班的一位姑娘，却没有当面表达的勇气。近处、远处看见她，我都会心慌，又特别幸福。我给她写了一封信，不长，表达是清晰的，也是胆怯的。很快，她回信了，只是说，她不交男朋友。这是拒绝，这是对我的伤害。但是，我不记恨她。我在心里，保存下她走路的样子，微笑的样子，我会一直记住她的长相。这算我的初恋吗？突然开启的本能，刚刚萌生的冲动，在这个我出门在外的第一个冬天，被一场雪覆盖。这样的挫折，对我来说，更像一片阴影。我明白了在这个人世上，有一些人，和我无缘，有一些东西，我永远也无法得到。

　　不久，我就来到了一片广大的天地下，我更加渺小了，也更加敏感。离长庆桥更远了，离家更远了。我成了一只忙碌的黑蚂蚁，停下来，触须也在摆动，身上背负着的东西，大过了自己的体重。是的，蚂蚁。我和黑暗在一起，和大山在一起，和井架在一起。黑石油里扎根的井架，还有吊环。卡瓦。钢丝绳。油管。通井机。它们，和我在一起，互相取暖，安慰，挺住。

　　一个人进入黄土连绵的山塬，就被吸收了，似乎自己从此就是其中的一部分。事实也是如此。我身上的颜色在说明，更大的改变，我不可抗拒。在庆阳，我在矿区的野外队上班。山里奔波，土尘满脸。幽深的沟壑，尖利的星光。每天，都在体验孤独，无助，冷酷这些词汇的本义和引申义。繁重的体力劳动，也不能化解，消耗，遮蔽。我没有归宿感，我成了游魂。曾有许多人不解和不信，但这确实是我，是许许多多人每天的亲历。或者说，这就是我的职业。无法想象，的确如此，油水混合的液体，在油井施工时，喷向高空，又礼花一般落下来，落在我的头上，流进我的脖颈，一直流到身体最隐秘处。而我，已经没有知觉。冬天棉衣是铁硬的，剧烈的劳动，软化了棉衣，甚至，使棉衣冒出阵阵热气。短暂的歇息，只是把机械的头颅，搁在土坡的草窠里，胸口的起伏，还平息不下来，如果是夜晚，一天的星斗，倾倒在我的脸上，身上，星空浩大，星星冰凉，我的位置在大山里，在世界的外面。

　　那些年，我回家是多么频繁啊。我即使适应了安身的水土，依然候鸟一样，一次次回到故乡。我的心，只有摇晃着，摇晃着，接近家乡，才能渐渐安定下来。漆黑的屋檐，有裂纹的水缸，破旧的火炉，都是我的牵挂，都是我温暖的源头。面容愁苦的父母，见了面，跟梦里一样。我似乎变得脆弱了，也许我本来就不坚强。回到家，我解脱出来了，可以暂时忘却，可以四处转悠，我害怕假期临近的那一天，但我又必须折返，远方的井队，活动房围成的院子，一根高高的烟囱，一张张模糊的面孔，我属于这里，这里有我的履历表，有我一张蜷曲身子的床。

　　漂泊的过程，是一个背叛的过程。与自己的过去诀别，与家乡疏远，把对父母的感念，埋进心田。做不到这一点，我就没有脱胎换骨，我就无法在陌生的天空下生存。可是，我怎么能生生揪断我的根呢，十七年的泥土，十七年的光合作用，我有我的难舍与不舍。一年里，只有脱下油污的工衣，换上我唯一的一身涤卡布的中山装，我才有卸下磨盘的轻松。转三次车，先是搭乘到野外队送水、送菜的便车；再挡土路上跑运输的三轮车；再坐进城的面包车；然后，才能到客运站，坐上长途客车。漫长的路上时光，我一分钟一分钟度过，树影在车窗上摇晃，是变换着的，不同的；屋舍错落的村庄，缓慢地在视野里模糊，缩小；路上挡车的人，急切的眼神，上举着的弯曲的手……

董志塬是黄土高原上的平原，两头长长的漫坡下，山套山，山挤山，反复起伏黄土的波涛，不断挣扎黄土的浪潮。我从庆阳上漫坡，再下漫坡到长庆桥，这正好走了一半路。看见笼罩在烟岚里的长庆桥，心里的水分开始增多，我知道，离家是越来越近了。班车过长庆桥，照例要停歇，似乎和车管所还有什么交接。我小心着，四下走走，赶紧回到车上。挣下的钱，卷成卷，缝在裤腰上，小心着别丢了。我刚工作那些年，父亲年事渐高，体力衰减，木工活做不动了，家里再没有别的经济来源，母亲多病不离药锅子，两个弟弟一个妹妹正上学，又正能吃，常常有断粮的担忧。我就恨自己，在野外队食堂吃饭吃了肉菜，还吃烟，不然可以多节约些补贴家里。自己在野外吃苦，责任变得天大，为最亲近的人。到了盘旋路，就到家门口了。我到商店里，给爱吃糖的母亲买二斤牛奶糖，给爱喝茶的父亲买上一斤茶叶，大包小包回家。

春节，一家人团聚，是世上最大的幸福。但我不是回回都能请上探亲假，山里劳累一天，我躺在板房的床上，幻想我把事情干大了，买了一扇子猪肉，一筐子鸡蛋，大米、细面都是成袋子的，车拉着，回家过年，让父母高兴，让弟弟妹妹吃好。这样想着，把我自己也安慰了。

时间长了，熟悉了一个地方，慢慢的，也有了感情。我在故乡长大，脉息是延续的；我在他乡成人，一个属于我的世界，正由我添加着内容。庆阳的大山再深再荒凉，毕竟，有我的饭碗在。我得流着汗，把力气转换成餐票和路费。每年的秋天，杨树飘落一树金黄的景象，让我的身心，都淘换了一次。我一个人往回走，走了五六年，父母一天天苍老下去，这不可阻挡。这是儿女命定的忧伤。生命的传承，就在遵循这铁定的规律。我的天地变大，才是父母的愿望。是的，我也有我的生活，我的未来。在我离开家乡，越过长庆桥五年后，在矿区偏僻的一角，也成了家，在另一个方位，置办了锅灶，升起了 缕青涩的炊烟。和妻子一起回平凉，一路新鲜，原来所见的，有了不一样的颜色。在长庆桥，我捡了一捧石子，往河面上甩，打起朵朵水花。泾河里的水，是从上游下来的，是从平凉下来的，但是，已经不是我小时候玩耍的水了。就是现在的水，一会儿，也不是现在的水了。泾河，片刻不停的流淌，带走了时间，还有闪耀的光斑。这不可阻挡，河流必须向前。但是，我的记忆，没有带走。人不是流水，心里的岸，是静止的。血脉是一株玉米，金黄的颗粒，总要播撒出去。守在父母身边，我能尽心，可是，也会更让父母操心。世上哪有两全的事呢。也有，只是，没有落到我头上。我出门在外，心想故乡，坐在家里的枣树下，如果是夏天，细密的枣花一枚一枚打在肩上，掉进怀里，包围在一缕缕芬芳里，我的神情，多么淡定啊。可是，我只能做一个路上的人，几次努力失败后，我已经失去了调动工作的热情。家里有你弟照应呢。外头也有外头的好。多少人出门呢。看你自己咋对待。这样的话，父亲说了又说，我就渴望成就一番事业。我在外头的一点点收成，父母都高兴。带回家一个女人，意味着家庭的繁衍和生命的希望，自然更高兴。当我拍响木门的门环，开门的是满脸堆笑的妹妹，响亮地传递消息，实际不用那么大声。进去,母亲慌着从炕上下来了,一开口,说的是我给你们擀面去。正做木工活的父亲,紧张地整理着粘着锯末的灰尘的衣衫……

我的女儿,也有了长庆桥的记忆。对于我来说,长庆桥的这边,是出生地,那边,是居住地。我的女儿,因为承接了我的呼吸,我的远方,也必然成为她的延伸。头一回过长庆桥,女儿可能没有印象,但每年一次的往返,一岁,两岁,三岁,女儿记住了长庆桥,知道长庆桥的另一边,生活着疼她的人。隔代的爱,更像孩子和孩子的交往。是的,当父母一天天衰老,情感的流露,似乎回到了童年。这更让儿女伤感,而珍惜每一寸和亲人相处的光阴。父母盼望儿女长大,女儿愿意代替父母的伤病,人生的无奈,潜伏在日子的深处,总会露头,都是上天安排和调度,不可扭转。女儿能明白这些吗?当她也有了自己的天地,她会有我这样的焦虑吗?我只是希望,女儿拥有的幸福,在源头,就丰沛不息。

我却由于在庆阳生活时间的久长,情感上出现了微妙的变化。往平凉走,过了长庆桥,我的心跳会加速,一片树林,一方屋舍,一脉流水,都让我亲切。我有回家的感觉,我的身子,是热的。往庆阳走,我同样急切,过长庆桥,盼着快一点看见那根醒目的烟筒。三层楼的二层,靠外面,突兀的烟筒,是我装上去的,成了一个标志。烟筒后面,小小的居室,是我的家。冬天,煤炭燃烧,浓郁的烟缕,被烟筒吸走,化解进高远的天空。我的快乐,平常,烦恼,忧伤,都在其中聚散。

我有两个家,一个是我长大的家,父母在上,把我牵挂,盼我有出息,我也本能的愿意回报绵延不断的温暖;一个是我自己的家,妻子,女儿,构成了我平常的幸福,我奋斗的动力,同样来之于看我和看别人不一样的目光。

记得在1995年,我到长庆桥的一所学校,参加矿区组织的培训。下午，吃过饭，总要走走。顺着泾河北岸的校区公路，一直走到长庆桥，看平凉过来的车，就想，这车的轮子，也许粘着我们家门口的泥土；看见庆阳过来的车，就想，这车的玻璃，也许停留过妻子和女儿的目光。长庆桥不言语，泾河水说着什么，我似乎能听懂，似乎又听不懂。自然，课余也到长庆桥镇闲逛，遇上赶集，路两边摆满摊点，路上拥挤着人，还有自行车，架子车。秋天，大地的出产，似乎都集中到这里了。宁县过来的黄干桃，瓷实，紧，带血丝；马牙枣沉甸甸的，外形鼓凸疙瘩，肉饱满，脆甜。还有泾川过来的青皮的水梨，彬县过来的黄皮的水梨，都是有名声的。长庆桥的辣子，串成了长串，一串有两臂伸开那么长，火红在市场上。我回平凉买过，回庆阳也买过。辣子叫线线辣子，深红，细长，略呈扭曲状，是当地特产。只有这里的水土，才有这样的辣子。切段炒肉，整根腌制，或者，晒干碾成面，热油泼了调面，都颜色好看，辣的彻底，提味发汗，调动食欲，易上瘾，吃饭离不开。我计划好了，学习结束，回一趟平凉，就带些线线辣子回去。

在长庆桥镇上，还有一家机械厂，也是矿区办的。我在驿马技校的同学，就有人分配到这里的车间开机床。我没有想到，当年单相思的人，也在这个厂子里，而且，在无意中我们竟然还见了一面。那天，我又一次对于命运的魔法，有了深刻的领会。那天天黑了，一起培训的朋友约上我，到机械厂的家属区，看望他的老乡。进门，坐下，吃烟。屋子亮堂，放置了三五个人造革的座墩，红色的，看来家里经常来客人。女主人端水出来，我抬头一看，是她。可以肯定是她。虽然十多年未见，相貌轮廓我记得分明，尤其是眼睛，还有嘴角的细细的纹路。但是，她不知道我是谁。当年，学校两千多人，有一个人给她写信，她一定记得，但是这个人是谁，她不知道。因为，我和她没有说过一句话，也从来没有单独在一起过。我脑子里刀刻一般有她,但她没有我的印象,或者,模模糊糊有个影子,但对不上号。看样子,她的日子,既不热烈,也不平淡,她和多数人一样,过着,一天又一天,过下去。知足于一日三餐,早晚的出门回家,都有不经意的叹息,也有眉梢上隐隐的喜悦。我发现,她变化很大,不是我当年敬仰的女神了。那时的她,纯洁,清丽,稚嫩,如今的她,应付着生活的可能,周全着日月的水火,成熟,节制,大方,只是,面容显出老相。我默默喝水,心思跑远了,却与眼跟前招呼人的这个女人相关。她依然是美好的,在我的记忆里,在现在。只是,她的美好到今天也是虚幻的,我无法接触到她的真实。我们都有自己的秘密,但没有交换,也就是说,我们没有对方的秘密。也许比这更糟糕,只有我这样想,而她早已剔除了往昔那淡淡的痕迹。我祝福她。也为我曾经的心动以及震颤,而轻轻一叹。已经走向中年的我,轻易不会激动,也懂得面对过去了。每个人,都有自己的路,有的人能和另一个人结伴走到同一条路上,有的人自能独自上路,这都强求不得,要顺应直路,要学会拐弯,也许,一个路口,就有等待你的同行者。

以后,再过长庆桥,我就会想起她。再以后,有时想起,有时呢,就没有想。

我回家的次数,也没有原来那么频繁了。在矿区,有不少平凉人。经常的,在春节前,约上一起走,或者在长途班车上就碰上了。平时见面,问最近回家了吗?这是一个必然的话题。现在呢,见面,问娃学习好吗?是的,都有娃了,娃也长大了。由自己对娃的一份感情,想想父母对我的挂牵,明白人一辈子,春夏秋冬都要经历,内心还是会浮出一丝惆怅。

可是,随着父母年事渐高,我回家的次数,又变多了。还是这条路,却开始苦涩。还是长庆桥,却有些摇晃。母亲两次在院子里跌倒,腿骨骨折,我回去,一直守到做完手术。母亲身子好些了,一直没有害过大病的父亲,却在1997年的冬天突然昏迷,持续一个月,躺床上起不来。我回家,车停长庆桥,想着快见到父亲了,我有些害怕,不敢想象父亲的样子。回去,到炕头,抓住父亲的手,软,虚的一样,却有一层湿汗。印象里,长大后,就没有抓过父亲的手。父亲没有睁眼,却叫着我的小名,还说:我打你呢。我就说,吃啥喝啥,我买去,父亲说不要。我说买好药吃,父亲说:对。我悄声叹气。妹妹说,大夫说了,不行了,熬天天呢。我觉得没尽到心,出去,找关系,找来大夫,拿手在父亲头上、胳膊上轻轻按,出现深窝,就摇头,但还是被我要求着,开了口服的药,输液的药。父亲躺床上,姿势都不换,一定难受,几天里,我和弟弟,一天四五次,给父亲翻身,用清水洗身上,我要父亲睡着舒服一些。我还能做什么呢。

快两个月里,我五次奔走在回家的路上,一次次经过长庆桥。我表面平静,长途班车上的人,说笑着,昏睡着,没有人知道,我内心的波澜。后一次,我接到电话,父亲走了。苦了一生的父亲,走的也苦。那天,是晴天,格外晴。我的心阴着。我一路回去,只能给不说话的父亲磕头。母亲倒安慰我,不要伤心。家里的房子,一下子安静了。

也就在父亲去世一年后,我离开庆阳,到西安谋生。过长庆桥,顺着泾河的方向,在北郊一个叫尤家庄的地方安顿下。离尤家庄十公里处,泾河和渭河汇合,竟然有一个地名,叫泾渭分明。在这里,泾河有了更大更宽的河床。我再次对于命运的安排稀奇,泾河来到了西安,我也来到了西安。泾河和渭河相融,并进入一个更大的名称:黄河。泾和渭,并不分明。混浊也好,清澈也好,只是泥沙俱下的大潮,冲荡着远方,向大海奔涌。我在西安的日子,会过好吗? 有不安,有向往。但再难再不易,我也坦然面对,即使我的身上,布满伤口,我可以不强悍,但不做后退的弱者。

唯有对家乡的情感,烧酒般的,更加浓烈了。这一定与年龄增长有关,也是因为父母的衰老和离去,更感到亲情不会永远在握,团聚一次就减少一次,但同时也多了一份温暖,这样的爱,这样的依恋,是可以经久不息的,是能够长到肉上,长到心上的。

家乡更远了,我回家却回得勤。我回去,陪母亲说话,世上最珍贵的,是亲人。失去亲人,心里,空出一大片地方,永远空着,没有什么能填充。春天,我过咸阳,穿乾县,上永寿,下彬县,再越长武,又看见长庆桥了。坡顶上看长庆桥,还是老样子。我多么希望,母亲还是老样子,家里是老样子。时间要是能停住,该多好。但我知道,这是不可能的。

我已经接近着知天命的年纪,我的女儿,也长大了。我高兴,有女初长成,怎么能不高兴呢。我忧伤,只有一个孩子,不可能一直在身边,迟早,也会离开我,也会出门远去。女儿的人生路上,也会有一座又一座桥。只是,不一定是长庆桥了。女儿遇到的桥,也是人生的分割线,也是一个边界。我希望,假如有一天,女儿一个人走在路上,走过长庆桥,会记起她的父亲,对于这座桥,多么记挂,多么在意,也一定不要忘记,这座桥,对于她,同样是重要的。

驿 马 关

　　董志塬上的驿马，在镇子的东边，一片开阔的空地上，有一座两人高的土丘，上头支着一个四棱空心木塔，下头粗，上头细，在最顶上收成一个尖角。木塔是木头椽子结合成的，没有上色，十分老旧，显得平常。由于高于镇子上的所有房屋，才容易被发现。我1980年头一回来驿马，就留意到了这个木塔。

　　我看不出木塔有什么实际用途，或者能担负其他方面的什么功能，奇怪却一直立在土丘上，一年四季，风吹雨打，总保持着一个样子。我看到之前立了多少年，我不知道，二十年后，木塔还在老地方，还没有腐朽，倒塌，我路过驿马，还能看见。在我看来，这如同一个奇迹。因为记住了木塔，远远的，木塔进入眼界，就知道，驿马快到了。我在心目中，把木塔当成了驿马的一个识别标志。

　　木塔的消失发生在2003年，那一年，修建高速公路，驿马镇走向依然，布局改变，随着周围房舍的拆除和重建，木塔终于和土丘一起被清除，原地成了一家旅社的后院。

　　有木塔在，我经过时，联想起过去的事情多一些，没有木塔了，我也没有什么遗憾的。世上没有了的东西多了，少一个木塔不算什么。何况它仅仅是一个木塔。何况我近年已经很少再走这条路，自然也不经过驿马了。

　　过去，我对于驿马，不仅仅是熟悉。由北向南，驿马的北面的镇子是彭原，南边的镇子是白马，驿马最大。驿马镇东南方，大约五里地远,还有一处比驿马小的地名,叫后官寨,在这里,有一所占地五六百亩的技校。我来到驿马的土地上,与这里发生关联,还记住一个木塔,都是因为这所技校。的确,只有我这样的人,才对木塔给予关注。本地人,偶尔路过的人,怎么会在意废物一般的木塔呢。也许在有的人眼里,木塔的价值,便是冬天天冷的不行了,可以当柴火烧。当年,十七岁的我,内心烦乱,觉得自己也是社会的多余人,更不明了今后的路咋走。我来到驿马时,正是收获的秋天,许多日子,天空的蓝看不到边际,空气里蕴涵着苹果成熟的味道,我的心情应该明亮如阳光,敞开胸腔呼吸,可是,我的正在生长的身体,却脆弱而敏感,对于驿马有太多的不适应。既有生理上的,也有心理上的。我的扁桃体发炎,反反复复多日,喉头间似乎卡了一粒着火的煤球。

以前,我没有出过远门,也从没有离开父母。来到驿马,我的人生不一样了。未知的内容,不管我是否情愿,都一一出现,而这些我又必须承受。记得当时时间紧迫,赶路匆忙,没有带上粮户关系。在技校报名处,一个额头上有一片红色胎记的要我回去取。几百公里路,哪有这么随意。我口笨,一着急说不完整话,脸都涨红了,又想不出办法。旁边一位瘦小个子,看模样也是学生,注意到了我的困窘,过来问我是新来的,我说是,说跟我走,就带我直接找我的班主任。班主任姓李,听了情况,给我安排了住的地方。我说我得给家里拍份电报,瘦小个又借来自行车,带上我去驿马镇。邮局就在木塔对面的街边,拿来电报纸,我填了四个字:速送户口。折腾到下午,才回到宿舍。帮助我的瘦小个姓马,我后来离开技校,专门到他宿舍去,送他一本影集留念。

宿舍就在马路边,是一排青砖箍窑。一间住六个人,支了三张分上下的铁架子床。就剩下最靠外的一张了,我急忙安顿,一边铺褥子,叠被窝,一边留意他们,都不认识。一会儿,互相扔纸烟,才知道四个都来自平凉,两个来自平凉郊县,都和我一样,是从地方上招来的。刘波,父母上海人,支边西北,在平凉生下他,红脸,那种风吹下的红,看相貌看不出有南方血统。但刚接触,我就感到了他的自负,也感到了他的聪明。还有话少的张小明,脸上挂着冷笑。戴眼镜的王庆民,似乎怀有心事。另两个,杨宁生说话女声女气,刘振辉眼泡凸出,总用手揉眼窝。董志塬早晚气温低,房子里已经安装了火炉子,堆了一堆煤炭。我们生着火,围着烤了一阵,就钻进了被窝。头一回,没有在家里的炕上睡,我应该失眠才对,可是,我竟然早早睡了,睡得很死。早上,刘波说我磨牙,还说胡话。我难为情,没有接他的话。

第二天上课,教室像仓库,又动手生炉子,清冷的空气里,青烟弥漫,呛得你一声我一声咳嗽。同学来了三十多个,多数是矿区子弟,和地方上来的不太一样,都说普通话。后来我才领教了他们的厉害。现在个个客气,本相还没有暴露。不欺负地方上来的矿区子弟,仅有潘万庐等很少几个。九点多,李老师来了,发书,发餐票,讲注意事项。同学乱糟糟坐下头,有几个,还点上烟抽,李老师的眼光看过去,没有制止,继续说他的。我就觉得,虽然是技校,和中学到底不同。大学是不是也这样,我不知道。我以为李老师讲完,就要学课文,却没有,让我们回宿舍。临走,李老师叮咛我抓紧把粮户关系办来,我点着头,心想还不见来,再去镇上发电报。

吃饭要过马路,对面还有一个校区,比这边大。食堂里挤满了人,有许多女学生,漂亮的起码占一多半,让我有些走神。我的这个班没有女生,全是男生。听别的同学讲,毕业后,干的都是出大力气的活,女生干不了。我当时没在意,后来,成天搬铁疙瘩,一身土,一身油,我只能认命,没有别的路走,累死我也得受着。排队快到我跟前了，前面是一个女生，刚洗过头，头发散发清香。我明明听她要一份两毛钱的素菜，打饭的却给打了一勺肉菜，收进去两毛的菜票，找回来成了五毛，女生奇怪呢，打饭的使个眼色，嚷嚷说下一个，女生就转身走开了。我就没有这么好的福气了。食堂里没有餐桌，我们走回去吃，可肚子饿，边走边吃，走回去，铝饭盒吃得空空的，感觉像没有吃一样。

晚上，我们的宿舍里，先来了一个大家都叫赵鬼子的同学，闲说了一阵，见我箱子上放罐头瓶，问是啥，我说是从家里带来的肉臊子，他说尝一口，我就让他尝，他连说好吃，走的时候，就拿上走了，似乎很随意的样子。我脑子转不过弯，直发愣。一会儿，又来了一个叫何全的，他细长腿，眯眯眼，从他的言语中，听来是说有事找他，不要跟谁来往，有些表明老大身份的意思。洗脚睡下，杨宁生小声说，这技校是啥技校啊。王庆民在铺上坐起来，高声说，都把身放正！这里不是白区！话音未落，木门咚一声，不知外头谁扔了什么。王庆民赶紧趴下，再不说话了。

这一夜，我没有睡好。

中午吃完饭，我正要睡觉，我哥找来了。我和我哥出去，到路边的一片玉米地畔说话。我哥办妥了我的粮户关系，也带来一个消息，说开始征兵了，家里给我把名报上了，我如果不想上技校，就一起回，回去当兵去。由我定。这我没有想到，思想一下就斗争上了。玉米地里的玉米已经收了，只残留下凌乱的短茬。我拿脚踢着，一口一口抽烟。我那时候，除了上大学，出路还是挺多的。像我虽然没有考上大学，但可以选择的技校就有五六所，煤炭、林业的都要我。到驿马来，是我自己选的。什么原因？有，似乎没有。当时就这么选了。人也是怪，走出一步，轻易不愿收回来。我犹豫了一阵，给我哥说，不回去了，就在这里，瞎好都在这里。这也说不出原因，反正我下定决心了。

平凉招的那一批全分到了四川江油,驾驶兵。我有时想,如果要是当兵,我的人生,会是什么样子呢。复员回老家,开班车,开货车,开出租车?和现在不一样,这是肯定的。但是,人生没有假设。

渐渐了解到了技校的一些情况。这个矿区,下面分了许多单位,每个单位,都开办技校,主要是解决职工子弟就业。驿马技校规格最高,由矿区直接管理。相应的,学生的层次也就高一些。驿马技校分了各类班,压裂班,水电班,机械班,以后的工作环境好,高分才能进去。我待的这个班,是井下作业班,最差,子弟参加矿区考试,平均分数二十分的分到这个班。地方上招来的,没有组织考试,是用高考落榜的分数报名,二百分以上就可以。我就是这样来的。也正是地方上来的,便只能进最差的班。和这些没有正经念过书的子弟在一起,我有些憋屈,一个宿舍的也常在晚上发牢骚。还没有完全步入社会,就遇到了不公,我们的力气是微弱的。改变不了已经形成的事实,只是私下说说。

王庆民被宣布为班上的团支部书记,却也说明,在严酷的冬天,动脑筋的人,不会让手冻僵了,能寻着火塘,烤上炭火。据说,有个身份,分配时,对自己有利。记起一次老师了解谁是团员,结果地方来的都是,王庆民说他在中学是团总支书记,自然就被考虑上了。王庆民除了上课,常出出进进,手里有时拿着档案袋,有时拿着报纸,我在路上还遇见他和另一个班的女团支部书记一起走,说说笑笑的,显得和我们有了区别。在隐隐的感觉中,我们似乎还在黑路上走,而有的人手里拿着地图。然而,不久刘波有事请假回家,回来说,王庆民根本就没有当过中学的团总支书记。说着说着来了气,恰好王庆民到校团委汇报去了,狠狠地用小刀在王庆民的褥子背后划了几道口子。刘振辉似乎不甘心这样的命运,他每天晚上睡觉前,都抱个小收音机收听英语广播,一句一句跟着学。他说,有机会,还要再考,实现当翻译的梦想。过了一些天,刘波在平凉教书的父母来到技校,和校领导见了面。因为都从事教育工作,共同语言多,似乎也有某种效果体现出来:我看到,一次校办主任对刘波说,你父母有气质。杨宁生和我在一起,叹气说,复杂啊。张小明对我说,你咋没动静? 我开玩笑说,不急,我正找机会呢。

不过,我真还遇到了一个关心我的老师。那是技校组织的一次征文比赛,我写了一篇,得了奖。负责的张镇宇老师约我到他宿舍,鼓励我,还说想看啥书就过来。他单身,桌子上有一只书架,挤满了书籍。我就经常找他,借上一本,看完了,还书时再借一本。因为有书看,许多难熬的晚上和无聊的星期天,我过得快了一些。我和张老师的交往一直持续下来,离开技校,还保持通信。技校生活单调,闲下来,我不是想吃的,就是想女人,前者具体,蒸馍,肉菜,肚子里一直欠缺;后者抽象,那时不知道电影明星,脑子里没有替代的。吃饭前,想吃的,吃完饭,想女人。还想家。家远,不是想回就能回。我还真喜欢上了水电班的一个女生,不敢表白,路上遇见偷偷看,以为真的和我有关系。后来让张老师给说说,却没有结果。体验到的只有淡淡的苦涩,以及我这个年龄段才有的在意。这么多年过去了,也该忘却了。

平日里,我也把许多时间,消耗到了驿马的周边。每天晚饭后,我都走一走。从技校外围的任意方向,都能走出一条乡间小路,走向开阔的田野。黄昏颜料般浓烈,野鸽子以半圆的阵列飞过,灰色的身体镶上了金边,似乎要投入到如染缸的夕阳里去。宽一些的土路两旁,挺立着高大的白杨,在远处收拢,变细。遇见背着一口袋刚从磨子上磨好粮食的人,步子吃力;架子车驮着大水桶到机井拉吃的水的人悠闲,晃荡着走,走得不紧不慢;骑自行车赶路的人,都弯着腰,勾着头;骑毛驴走亲戚的人,身子颠上颠下,毛驴脖子上的铃铛发出脆响。树木集中的地方,往往就是一户人家所在,过去,却不见房舍,再看,地面陷下去一个深坑,土壁上凿出窑洞,一头圈成地道形状,成为出入口。几乎一间窑洞顶上伸出一管烟囱,烧炕,做饭,烟就冒出来。我一次使坏,揪了一把蒿草堵住做饭的这一孔,然后躲一边,一会儿,下头的窑洞里咳嗽着出来一个女人,抬起头往上看。我赶紧跑了。等心跳平息下来,我觉得挺愧疚的。

也到驿马镇上去,走路也就十多分钟。逢集的日子,人挤人,侧着身子,也挤。看看热闹,就回去了。很少买东西。平时去,主要是买牙膏,寄信。还去西峰,坐班车。西峰是地区,新鲜多。那时的青年,流行穿喇叭裤,技校学生都穿,我也做了一条。还穿带鞋后跟的布鞋,以前都穿平底鞋。鞋跟就两指高,感觉不一样了,是跟上潮流的感觉。还留长发。就是长时间不理发,也是一种时髦。在校园里,看着还正常,出去,和乡下人的穿着一对比,就显得特别扎眼。有的学生,提着收录机,大声放出流行音乐,在街上招摇。行人都避让,目光或者惊疑,或者轻蔑。类似这样的情景,持续了四五年,才渐渐衰弱下去。那个年月的青年,以这种外在的方式张扬自己,表现叛逆,像驿马这里,远离城市,接触信息少,天黑了只能听见狗叫,结果使内心更加空虚。我就处在这样的状态。

驿马的当地人,常把驿马叫驿马关。我没有调查,听老人说,从字面琢磨,过去应该是一条重要的通道,由于往返辛劳,需补充脚力,这里便成为驿站。一定饲养了大量善走的马匹,随时调遣使用,粮产的丰盛,也可以进行有效供给。董志塬有陇东粮仓的别名。地理上,北边接近关中,南边挨着塞外,我猜想,百十年前,军事的对峙,冲突,也会经常发生。驿马又是一个缓冲地带,所以此地成为关隘,战略上扼守和制衡,进退都容易主动。可是,我在驿马,没有发现任何金戈铁马的遗迹,我只是看到了一个无用的木塔。它是久远的岁月传递过来的吗?

可是,驿马对我来说,的确又是一个关,我绕不过去。既然选择了这里,就不能逃避,这一关我得过。

课程在进行着,猫头、吊卡、封隔器,我认识着这些器具,和内心的苦涩,搅拌在一起,发出哐当声。以后,我接触的将是实物,是生硬的铁。我不知道,我能否承受得了。制度,告诫,似乎对矿区子弟没有约束力,课堂上,练习划拳的吼叫,大过老师的嗓门儿。桌子上的来回跳跃也经常出现。老师制止不住,有时,实在进行不下去,夹起书本,摇头离开。教室里立刻爆响欢呼声。自然,他们也不会追求进步。王庆民非常失望,没有一个人递交入团申请。张镇宇老师对我说,别学那些捣蛋学生,你们地方上的学生,和他们不是一路人。但我觉得,除了没有矿区子弟的优越,除了老实,除了不乱花钱,我们之间没有区别。但是,我这样想,矿区子弟却是另一个结论,认为这些地方上来的不合群,有想法。是有意和他们拉开距离,来显示自己是听话的乖学生。何全过生日,就有随从到我们住的房间来收贺金,一人五块。钱出了,吃饭我们都没去。晚上,何全提着红酒瓶子来,都睡下了,强叫起来,给我们一人灌了一茶缸。还有一次,我被叫到另一间房子,进去,中间一个大汉坐椅子,我认出是食堂的炊事员,两边站着打手模样的,是我们班和其他班的厉害人。这场面,似乎是威虎山上土匪审问外来者的浓缩版。盘问了一阵,问我要钱,我翻开口袋让看,没有,就放我回宿舍了。

矿区子弟也分成三五个帮派,相互之间难免发生许多争执,都是说话不合适了,见了没有打招呼了,喝酒占了上风了这些小事,但积聚的次数多了,关系到脸面和声望,激发出了仇恨,就谋划通过暴力手段征服对方。隆冬时节,天刚擦黑,一次大规模的打斗,终于在技校爆发。说起来也就十七八岁，却适宜冒险，敢于冲突。不到半个钟头，卷入学生三百多，门窗，玻璃，电灯泡被摧毁，头打烂的，胳膊摔折的，肋骨断裂的都有。讯息传来，我们几个陷入极度恐惧，当即决定逃亡。许多学生都在路上挡车，一些女学生哭哭啼啼，有的家长已经过来接自己孩子了。那时候一天只有早上有过路班车，平时没有交通。等不来车，好不容易来一辆过路的，卡车司机看到这种情况，怕有意外，都加速通过。商量了一下，我们决定走路，走到西峰去。

　　这一夜，有月光，冰冷的月光。走到驿马，看见木塔白色的身子，似乎感觉不到冷，也不知道发生了什么。我只是匆匆走过去，把木塔留在我的身后。脱离了险境，我们竟然兴奋起来，说着笑话和平日里的趣事，在路上蹦蹦跳跳。路上没有行人，也没有车辆。只有我们几个，身影一会儿飘到路边，一会儿飘到路中间。天上的月亮，跟着我们走。月亮很小，很高。走了两个钟头，中间有三辆汽车过来，大灯把柏油路照得雪白。我们吼叫着拦挡，汽车似乎要停，我们高兴着朝车跟前走，汽车却轰一脚油门，呼啸着开走了。我分析，汽车不会停下的。我要是司机，黑天半夜的，看到几个扎堆走路的人，心里还害怕呢。这时，我的肚子叫唤了一声，才记起下午没有吃饭。问谁有吃的，都说肚子在叫唤呢。

　　驿马到西峰，三十多里地，走到后半夜，步子明显慢下来了。都想歇歇，都不敢。周围是深不可测的夜色，间或传来农家的狗吠。我们高声说话，给自己壮胆。又过来一辆车，看着是一辆手扶拖拉机，我们又吼叫，招手，拖拉机有意思，不愿意停，我们又在靠近，为了躲开，竟然在公路上绕了一个大大的S形。看这形势，坐车没指望了。牙咬住，憋足气力走吧。我的脑子就走神了，就想到了父母，想到了哥哥和弟妹。身上一下温暖起来。本来，要回家得等到放假，那还有一个多月。由于学生打仗，可以早些回家，这得感谢打仗的学生。我多么想回家啊。

凌晨四点半，才走到西峰。活这么大，这是我走的最长的夜路。这似乎也暗示了我今后的人生，将充满艰难、意外和坎坷。但在当时，我只是着急往车站赶，买上一张早班的车票。至于将来，似乎是清晰的，分明又是模糊的。经历了技校发生的这一次事件，我选择的路，还能走下去吗？

在平凉待了三个月，我的心情发生了异样的变化。还是我熟悉的街道，楼房，桥，我却有外人的感觉。在家里我应该安定才对，我却张惶不安。几次约上刘波，到张小明家，王庆民家走动。张小明家在自由市场的偏巷子里，一家一个大院子，养了两只鹅，见生人，叫着过来驱赶，我惊慌着满院子奔跑。张小明也不制止，在一旁得意地看热闹。还一起去照相馆，照了一张合影。一天天的，都关心驿马方向传来的消息。终于，技校来电报了，通知让还校复课。这时，春节已经过了许久了，我早就急着回到驿马去，再把木塔看见，再让董志塬的风吹乱头发。

车上董志塬，山塬还高低起伏，山窝子里，柳树冒烟，杏花开了个头。一片一片油菜花，金黄的颜色，是从泥土里奔涌出来的。到了塬顶，平展的塬面上，气流般的绿色，一团一团的红晕，浮动于远近，土地也是熟透的颜色，潮湿的气息从车窗钻进来。这样的季节，容易让人昏睡，我却非常精神，连晕车的毛病也没有犯。当木塔映入眼帘，我的心跳猛烈起来了。是的，我有回到课堂的渴望。我不愿调头，我要在未知的路上，走下去。

全校学生参加了开学典礼。主席台上的领导，个个神色严峻。有的学生受表彰，王庆民就得了个优秀团干部的奖状。为了领奖，他专门理了个小分头。许多学生受到处分，开除了不少。还通报了被逮捕法办的,我们班有一个。还有一个,是那个食堂的炊事员,我这才知道他姓刘。有了这么一次变故,学习,生活似乎步入了正轨。而且,我们的宿舍,也调整到了对面校区。上课也在新盖起来的楼房里,大窗户,墙根立暖气片,头顶吊风扇。

但是,我知道,在这里我只是短暂停留,只是一个过渡,一个中转。当时间到来,吸收我的,是远处大山那掌纹一般的褶皱,每一个细小的隆起或者凹陷,都等待着我。那个领域我还陌生,但肯定会被我熟悉。不论如何,把我的一生划分阶段,在驿马,我有了一个新的起点。虽然,在这片辽远的土地,我居住的时光,不会太长。

在雄性激素作用下,我亢奋又失落,每一天的日子,是快乐的,也是难熬的。当又一个秋天到来时,我就要离开驿马了。本来,按照学业计划,我这个班还有半个学年。由于这一批学生不好管理,爱生事,学校头疼,就结束了我们的课程,让提前下厂实习。我已经知道,我要到庆阳三十里铺扎营的179队去。班里的其他学生,大多也都被分配到编号不一的井队。只有刘波被安排到矿区职工学校去当老师。王庆民白忙活一场,鼻子都哭红了。

又是多年过去,技校和我一个班的同学,各自走着不同的路,在井队挣扎,受苦,找寻机会,靠本事变换环境。我已离开井队二十多年,换了四五个岗位,平淡生活着。刘波现在是一家酒店的经理。张小明很快调动回去,在政府部门上班。王庆明从井队出来,在子弟学校担任团总支书记,这一回是真的。但他每月都回平凉,经常一个月不见人,又被处理,重新回到了井队。他接受不了,他父亲到处找关系,把他调回去了。不久,我听人说,回去后,开始还可以,后来厂子倒闭,成天和媳妇吵架,想不通,跳楼摔死了。杨宁生在矿区子弟学校教书。刘振辉英语好,真的派上用场,保送出去深造,后来在伊拉克担任矿区劳务集团翻译。同学中的矿区子弟,我几乎都没有联系。我记得外号叫黑冒烟的一个,当了一个团伙的头头,参加工作不久,被人在庆阳街头拿刀子捅死了。在学校时,倒没看出他有这本事。赵鬼子修井时被钢管夹断手指,上不成班,就一天待在队部,当留守人员,一次喝醉酒从二楼栽下,成了傻子。何全是司机,开身形庞大的压裂车,我以前老在街上碰见,后来再没见过。去年,潘万庐到西安找我,说他离职自己干,干不下去,看我有没有办法,另给他寻个事情。我自然办不到。我就知道这几个的情况。

秋末,听说矿区把驿马技校交给了当地政府,就感觉到,我和驿马的联结,也许就此便中断了。因为,五年前,驿马技校就剩下一个校园,已经没有学生,没有老师在里面了。我上学每月还发十五块生活费,后来的学生,生活费自理不说,还要给学校交钱,一年六七千。就这,随着企业不断改革,培养的学生,已无从安排,终于办不下去了。想一想,我还挺幸运的,就收费一项,当年要这样,以我们家的经济条件,绝对供不起。技校失去功用,还得维护,保留着也真没多大意义。所以,移交给当地政府,也许还能作养牛场,养鸡场。如今我要是再去,看到的只能是另一个驿马技校,也许是一个无从辨认的废墟。但是,驿马留给我的印记,是磨灭不了的,这印记,在心口子上。我就想起,我五六年没有去过驿马了。对于驿马技校,我的印象,更多停留在过去。

驿马的木塔消失了,驿马技校也快消失了。人经历过的事物、场景,打过交道的人,更多的,留存在记忆里。木塔无用,却出现在驿马。难道一定要有理由吗?出现就是理由。也许正因为无用,木塔才能长久地存在。也许,木塔是过去的瞭望哨,但终于没有瞭望下去。如果不是修高速路,木塔还能在土台子上。可是,世上就没有

在 场 主 义 散 文 丛 书

这样的如果。我和木塔比，有什么共同之处吗。或者，木塔给我暗示了什么吗？我说不清楚。

:

底 角 沟

　　西兰公路上走长途,过了亭口,再往前,必定经过底角沟。三十多年了,早些年,我一路爬高钻深,去西安,去咸阳,或者先到西安,再转车去更远处,肯定的,又从这些地方折返陇东,底角沟熟人似的等着我。近几年,由于居住地的变化,又常常从西安往陇东走,底角沟还是绕不过去。路上走,来来回回,一个接一个的站点,我看见得多了,不都怎么去留意,为啥深刻地记下了这个连村镇都算不上的底角沟呢?

　　底角沟在彬县地界,往北,是一道开口,山势紧收,逼窄了路面,然后才渐渐松开,两边有了延伸的坡度。南头的路则曲折盘旋,却陡然升高,急弯处车子打方向,一次转不过去。在南北中间,锅底一般,有一片略微平整的谷地,在路的两边,点缀着十多间破败的土房子,分别是三家修补轮胎的摊点,两家饭馆,一家百货铺子。对了,还有一家旅社。旅社我住过一次,知道总共有三间房,一间有三张炕,再两间是大炕,一间放了五个枕头,一间放了八个枕头。我住的是五个枕头的,一晚上一块五毛钱。房子边的空地,长年堆积着煤灰,垃圾,压住了野草,但每年春天,野草还是一丛丛胡乱出来。垃圾的内容,多是烂菜叶、空瘪的烟盒子、袋装食品的包装。总有一两只花色鸡在垃圾堆里翻刨,再翻刨。一只细瘦的黑狗,偶尔也会过来嗅上一阵。我说的这些,是1986年到1995年间的景象。每一次过底角沟,有时停留,有时摇晃着离开,都看得见。

每一次，我都盼望路过底角沟，只是路过，可是，一年五六次，总有三两次，就过不去了，被困住了。原因很简单：堵车。北边，会车时，稍稍离得近了，就别住了，越聚越多，越挤越乱，车子横竖在一堆，打了死结。南头，上坡慢，下坡急。下坡，刹不住，一头撞上土崖，是经常的，甚至，是平常的。上坡，走不动，离车后不远搁置大石头，树枝，提醒过来的车小心，车轮下头垫砖，防止失控下滑，一两个人，污手脏脸，油袖子，黑领子，钻到车下头拆挡板，上螺丝，这也是正常的，甚至，是平常的。

这条路上跑运输的，全是些大车。回新疆的，装满棉布；江苏过来的，固定了三层子蹦蹦车；上兰州的，尽是电器。还有拉煤的，拉钢筋的，拉活牛的，拉洋芋的。车身长，宽，槽子高，像是火车皮上了公路。路上跑着的，少不了拉人的班车，破烂，锈迹斑斑。班车是五十年代传下来的老样式，窗玻璃开合都艰难，座位靠背的高点刚顶到半腰上，似乎就是为了让你不舒服而设计的。总有晕车的人，车跑着，把头伸出去呕吐。就这样的班车，买票要提前买，如果没座位，得站上一路，我就站过。有人抱一只公鸡，通常半路下车。有人背着铺盖卷，一定到终点才起身。一家子坐车的，多是年轻人，随身东西多。长胡子老汉，黑上衣，突然会喊一声停车，要尿尿。快到底角沟，班车停车吃饭，车上的人下来，多数不进路边独独的饭馆，掏出自带的饼子吃，或者，就吃上一个苹果。自然的，司机和售票员被安排到包间里吃，有菜有饭，自然，是不花钱的。总有扛不住饿的，进去，要一碗热汤面，价高，面却是凉的。人们都习惯了，就说穷家富路么，就说出门一日难么，有时跺跺脚，骂上几句，却胆怯地看司机和售票员在不在跟前。毕竟，安安全全到地方，才是最要紧的。方向盘在人家手里，不能让生气啊。

在底角沟，有的车侧翻了，大炭倾出来，橘子滚一地。这时，不知从哪里冒出来的,住在附近的人,知道似的,等着似的,胳肢窝夹着铁锨,土梁后头露出脑袋,身子,腿,积极过来帮忙。这可是要给报酬的,多少,你看着给,都不容易! 说着说着价钱就合适了。堵住的车排成长龙,一会儿,做买卖的也来了。卖汽水的,卖煮鸡蛋的,卖凉皮的,车底下来回走,不停吆喝。开始没人搭理,时间长了,就有人摸兜兜了。下来透气,走上几步,点烟吃,男人都吃烟。个别人到最前头看看,又折回来,说还早呢,车头都碰扁了。一会儿,又去看,说交警才来,慢事着呢。这是熬时间,解心慌呢。急不顶用,干急。找厕所,哪里有啊。背人处就算。土坎背后,树林子里,随便。

每一次,到这里,当车速慢下来,就说,又堵车了。肯定,绝对的。看前头,看过去全是大小不动的车辆。我算不出,得有多长时间,才能继续行走在路上。我只是明白,这得等,心口子上起老茧了,也得等。底角沟短促的街道,每一次都会被我走五六个来回。百货铺子里的烟酒牌子和价钱,我也一个一个辨认和比较。馆子里黑,桌子两张,各配板凳四只。我坐下,一个人过来招呼。我说,来一碗烩面,要素的。伙计到后面的灶火上下面,嗞啦声高低响起。我盯着桌子的一团水渍看,看成云朵,看成一张脸。又盯着墙看,一道裂缝,被我看得柳暗花明,一只苍蝇,被我看得大鹏展翅。路不开,等一个小时,算幸运;两个小时通车,挺顺当;三个小时过去,也没有怨言;堵一晚上,在车上过夜。天黑睡不着,遭罪呢。心里烦躁,身子难受。夏天,蚊子叮。冬天,脚都冻麻了。一次六月天,我在底角沟的旅舍,打了半晚上蚊子,做了半晚上噩梦。我旁边一位,倒头睡着,长短扯呼噜,嘴里哈出的是葱蒜味,身上散发着旱烟味,但他是幸福的,我嫉妒他。我也在进步,尤其是日常的忍耐力在加强,能引起强反应的刺激,我也表现得麻木。这与长期坐班车有很大关系,也与经常堵车,半路上回不去的磨砺密切。我学会了眼中无物,可以做到不言语发愣，痴呆。沉默在我的脸上，也在我的心里。

1995年之后，底角沟开始有了一些改观，往南的路取直开辟了新路，往北的路拓展开，炸掉了好几座山包。据说，为了把煤炭大量运出去，路得畅通。不远处，有一个煤矿。锅底也变大了，出现了歌厅，洗头房，也出现了川菜馆，宁夏中卫的清真餐馆。还平整出了大块的空地，能停车。这条件就算齐全了。秋天，空地上会堆满苹果，小，有疤痕，却结实，有人用铁锨铲，装土疙瘩一样，往大车的车槽子里装。这是用来造苹果醋的，城里人正流行喝这个呢。我一次次经过底角沟，没有过去那么关注了，有时瞄上几眼，有时在车上丢盹，睁开眼，底角沟已经过去了。原来，每次过底角沟，都有车在路边睡倒，现在少了。也不再怎么堵车了，十次里头遇上一次堵车，那不算啥。

我就遇上了一次。那是1998年春节前，我离开居住了快二十年的陇东，到西安谋生。房子找下了，要交一大笔钱。取出所有存款，变卖了能变卖的，又借了些，报纸包住，缝进了黄大衣的里面。一路都飘着小雪，车走得慢，走到底角沟，走不动了。前头出车祸了。我也不敢下车，把整个人都严严裹住，不动弹。心里想着新的生活，一阵阵地激动。虽然已经后半夜了，我再瞌睡，也暗暗拧大腿不让自己睡着。班车上，黑黑的，只有眼睛大睁，许久，才能看见一个个端立的或者斜歪的头的轮廓。一团一团白气，随着呼吸跑出来。树挪死，人挪活，我是多么想乘着精神足，年纪适时，换一个地界，在陌生的天空下开始自己的事业啊。

到了西安，并不意味着我就不走这条路了。人常说，世上不走的路要走三回呢。陇东有我的牵挂，往来是必然的。只是，我出发的地点，如今在另一个方向。心境不同是必然的，但却没有加入我期盼的成分。就在2004年八月间，我一天正在尤家庄路口等人，接到一个电话,说我认识的一位朋友的母亲在老家去世了。心里一紧,就打算去吊唁。这位朋友,于我有恩,他和我一个单位,我人生的要紧处,都帮我一把。我去过他的老家,在泾川长庆桥南边的半坡上。一处农家院,平房,泥地。杏树上的杏子熟透了,八十高龄的母亲喊娃娃来摘,摘不完,树高处,还密实着金黄的杏子。我坐树下,一颗脱落的杏子差点打到头上。那天,我在这院子里,吃了葫芦包子,吃了豆豆面。朋友的母亲面容安静慈祥,一直叫我多吃。想到这些好,我中午就雇了一台车,匆匆赶路。天近黄昏,到了。上了香,磕了头,和朋友说话,都平静。毕竟,已经不是起波澜的年纪了。外头,戏棚子搭起来了,秦腔班子要唱三天。高寿的人过世,在这里讲究热闹。天黑下来,雨也下来,我要回去。朋友说住一晚上再走,我不听,冒雨往回返。路上,雨声车子里也听得见,雨刮器不停刮着。我系上安全带,迷糊着睡着了。醒来,已是晚上十一点多,前面就是底角沟。路宽,视野在大灯照耀下还算清楚,和别的路段的情形一样。这时过来一辆货车,我坐的车子往右靠了靠,把货车让过去。然后,又把方向往路中间打,车速不是太快,就在这时,也就三五秒钟,透过车灯,我看见,前面是一台车的背影,就喊了一声,还下意识抬起了胳膊,就啥也不知道了。

　　我有一点意识时,眼睛睁不开,额头,脸颊都热烫,就听见有人说,小心拉! 抱腿! 把脖子扶住! 我就动弹着出来,由人给倒换到另外一部车子上。似乎还有人把手指放到我的鼻孔下面,试探有没有进出气。我伤得严重吗,会死了吗? 这是我的问题,自己给自己提问。我的血,洒到了底角沟,染红了这个我一次次来回经过的地方。不知过了多长时间,到医院后,我能说话了,问严重不严重,大夫看看伤势,说不严重,说这个医院每天都送来出车祸的人,有的路上就咽气了,我是最轻的。命大啊,真庆幸。端了个脸盆,接上凉水,被拿手电照着,洗伤口。钻心疼啊。硬是用抹布把玻璃碴子抹了出来。然后缝针,眉毛上部,上嘴唇,鼻子,都缝了针。其他部位,都是小口子,不用缝。第二天,我看见了镜子里的自己,脸肿胀起来,像是吹进去了气,还包扎了三块白纱布。我都不认识了,另外一个我一样。我活动胳膊,活动腿,都灵活。还好,还好。又转动头,一阵天旋地转。伤到头上了。会有后遗症吗?不知道。整整二十天,我没有出门,医院待了十天,家里待了十天,才又到处走动了。和以往的区别是,风景面前,我再也不照相了。如今,过去四年了,我没有在大街上脱光衣服走,也没有到馆子里吃完饭多给或者少给钱,说明我已经完全康复了。

那次车祸,的确可怕,我坐的车几乎报废,车架子全换了。当时,一辆拖挂车停在路边,没有打尾灯,我坐的这一辆迎着撞了上去。车窗玻璃全碎了,引擎盖掀了起来。遇上这么严重的事故,和车子的毁坏程度,是要出人命的。假如我死了,对于底角沟的记忆,也就画上了一个句号。如果有谁蹲在路边说起这次车祸,会说,那是一个雨天的夜晚,一辆车眼看着顶到另一辆车的屁股上去了,车里死的那个人,面目都看不完全了,惨啊。也可能没有谁知道这里发生了什么,面对好奇者的询问,也只能茫然着摇头。毕竟,他不在场,毕竟,他不是当事人。

谢谢底角沟,我还活着。半年后,我再走这条路,特意停下,走走。出车祸的路段,一如往常,看不出异常。路边,几个人正在修车,地上是卸下来的轮胎。路上不时过去过来一辆车。大车慢,小车快。不远处,堆着大堆麻袋,跟前支起数口铁锅,在炒花生,带壳的花生。炒熟了,批发。快过年了,人们要多吃掉无数花生。闻着空气里混合着的花生的味道,汽油和机油的味道,走了走,我就离开了。命运在这里,拍了我一巴掌,我疼痛了,也挺过来了。可以说这是意外,这是偶然。对于我,这更像是一个安排。我活到这个年纪,该遭遇这么一回,是躲不过去的。我因此会发生一些改变,但我不会成为一个极端的人,也不会丢掉我的平常心。我会更坦然,更超脱,更懂得珍惜。我要努力做到。公交车上谁踩疼我的脚,我可以忍住不发火;如果谁借了我的钱,那一定要归还。我还会一次次经过底角沟,既像经过我的过去,更在经过我的当下。从今以后,底角沟这个名字,会刻在我的心里。甚至,底角沟对于我,有了再生的意义。我是这么认为的。

菜　窖

一

那一天，要是不叫人到家里来帮忙就好了。不就是一个菜窖吗？没有菜窖，还不做饭了，还不过日子了。

百合一定这么想过，这么后悔过。

后面发生的事情，都是由这个菜窖引起的。后面发生的事情，都是大事情。

多大的事情？关系人命的事情，就在这个阴冷的秋天发生了。

假如不挖菜窖，天就塌不了。许多年之后，我依然下了这么一个结论。

二

百合和铁华，是一对恩爱夫妻，而且，在人们的眼里，他俩是那么般配。

年轻的男人一定会想：我要是娶上百合这样的老婆，这一辈子，就把福享了。年轻的女人一定会想：我要是跟上铁华这样的男人，就没有白到世上来一回。

看见别人的好，谁能不想想自己呢？说真话，我也羡慕得很，晚上在睡梦里，把百合梦见了好几回。

可是，当初百合就没有看上铁华，百合的心里，就没有铁华这个人。

铁华为了把百合追到手，想尽了办法。铁华活这么大，还没有这么下过工夫。失眠、掉头发、体重减轻，这都不算啥。有一天，铁华空肚子把一瓶子辣酒喝了，睡倒两天才醒过来，这也不算啥。秋天发大水，铁华站在长庆桥上，想着跳下泾河去淹死，一了百了，再也不会烦恼了。最后，铁华终于没有跳河，百合又没有被谁抢走，铁华是不会死心的。有几天，百合不搭理铁华，铁华在路上遇见百合，想说上一句话，百合给个冷眼，快步走过去。到食堂吃饭，铁华有意排在百合后面，想离得近些，百合察觉了，抽身出来，躲开铁华，连饭也不吃了，走了。铁华买了一条纱巾，当面送给百合，百合给扔回来。托人捎给百合，又原样捎了回来。铁华受着挫折，内心痛苦着，却也含着一<u>丝丝甜蜜</u>。

百合真是一朵百合呢！个子高低刚好，脸蛋圆圆的，眼睛水水的，剪发头，从哪个角度看，都让女人觉得对不起这个人世，都让男人惭愧自己的粗糙和丑陋。百里挑一，不，是千里挑一，万里挑一的百合，是完美的化身，是天女下凡。真要挑缺点，百合也有缺点，就是，百合的腰细了那么一点，有时会让人产生脆弱的感觉，还有，百合的屁股，又向上多翘了那么一点，看一眼，就不敢看第二眼了，不然，再有定力的人，也会邪念滋生，心跳加速。但这不是百合的责任啊。

陇东矿区几乎是男人的世界，这是职业决定的。山野里奔波，搬铁疙瘩，在泥坑里睡觉，注定了只能由男人担当和忍受。那是七十年代初期，女人就像菜里的油星星一样稀缺，少量的女人，都在后勤单位工作，多少双眼睛盯着，目光也像钉子一样，能钉到肉里头去。

邪门的是,百合这么好的女人,却没有人追。也不是没有人追,是不敢追,是自卑,是害怕失败。男人也是顾脸面的,即使在心如荒漠的困苦岁月,宁可干涸了情感,也不愿失去仅有的自尊。于是,生活中常常出现这种不合常理的现象,粗粮多,白面少,粗粮大碗吃着,白面在瓦罐里生了虫。谁都知道白面好吃,白面却剩下了。百合不担心自己生虫,百合还不想早早把自己交给另外一个人。

只有铁华在追百合,而且,矿区的人,都知道铁华在追百合。不论结果如何,提起百合,人都会说,铁华在追着呢。这也让许多打算加入进来的人退了回去。对此,最高兴的自然是铁华。

百合一个宿舍的女友也劝百合:铁华对你这么心诚,就答应了吧。百合依然摇头。女友又说,铁华也不错的人呢,看不上他,还有更好的?百合还是摇头。百合到底拿的啥主意呢?没有人知道。也许,男女的事,感情的事,都是这么说不清道不明的吧。

三

百合对铁华真是太好了。好到什么程度?百合生了孩子,坐月子,还自己起来,洗尿布,给火炉子里添煤。百合觉着能干,就自己干了。结婚十多年,铁华没有自己洗过袜子,喝的水,都是百合给倒好,还要端到跟前。开始,铁华还抢着干点家务,下班到开水房提开水,吃完饭洗锅,百合不让,一次两次,铁华习惯了,就不动弹了。铁华喜欢吃面条,尤其爱吃那种搓出来的棍棍面。百合不会擀面,就跟别人学,不会搓棍棍面,就在家里一遍遍试验,如今百合做的面,在矿区的女人中数一数二。铁华一次给同事吹牛,说我找媳妇,就是图她面擀得好!百合只是笑笑,似乎默认了铁华的说法。百合自己爱吃辣子,铁华却不爱吃辣子,铁华胃不好,百合就不吃辣子了,以至于多年不吃,回娘家去,饭里有辣子也不能吃了。铁华还不爱吃韭菜,吃芹菜,家里的案板上,就没有出现过韭菜和芹菜。总之,百合丫鬟般把铁华伺候着,而且心甘情愿,像是上辈子欠下铁华的。里里外外,百合张罗着,周全着,铁华甩着手,只是个享福。家庭有家庭的程序,一旦形成便会固定下来,再也改变不了。假如其中一方要把这无形的树坑挪动地方,一定会遇到巨大的难度。好在百合没有产生不平衡的心态,甚至在潜意识里,还认为这样做是天经地义的,甚至还不断维护和强化这种秩序,这就不好评价谁是谁错,谁亏谁欠了。

四

铁华追百合追了半年多,连百合的手都没拉上过一回。但铁华不是个死脑子,车路走不通,走马路,铁华可以转弯,但铁华不回头。

陇东矿区的单身,一年有一个月探亲假,可以分两次用。百合家在兰州,春节回去了一次,还剩下10天,打算8月再回去一次。百合准备着回家的东西,陇东这片地方,能带的土特产,一是花椒,一是黄花菜,回家的人,都会到集市上买这两样。百合在集市上挑选呢,铁华看见了。

在百合动身的前一天,铁华一声不响,先走一步去了兰州。

东打听,西打听,铁华在兰州市西固区一处家属院,敲开了百合父母的家门。

百合的父母看到一个高大帅气的小伙子,满目疑惑,铁华开口了,又是叫叔,又是叫姨,说是百合的对象,本来和百合一起回来,百合临时有事走不开,就让我先来了。当妈的在心里埋怨起女儿,交朋友这么大的事,也不在信里头提一下。可看着眼前懂事俊秀的铁华,脸上还是堆满了笑。

铁华把大包小包的东西放下了,陪老人说了一下午的话,还一起吃了一顿饭。进一步的交流,百合的父母更满意了,已经认下了这个未来的女婿。

第二天,百合进了家门,知道了铁华来家里的事。父母说着铁华,百合否认,却越说越说不清。百合妈说,家门都进了,别在背着家里了,你和铁华好,妈又没反对!看样子你俩相处的日子也不短了,回头准备准备,把证领了,把事办了,当妈的也就踏实了。

而铁华回到矿区后,首先到百合的宿舍去,给百合的室友一人抓了一把糖,宣布说已和百合订婚了,把百合的父母也见了,然后又宣布,结婚的日子也到跟前了,请你们搬到别的宿舍去,这房子就是我铁华和百合的新房。这也是那时候的规矩。

那时候,没有盖下几栋楼房,职工都住着单面子的两层砖房,叫"箍窑"。谁要成家,就腾出一间,当新房。听铁华这么一说,百合宿舍的同伙既为百合高兴着,又有些责怪百合把好事捂得严,连一点口风也没透。

百合回到矿区,要对铁华发火,已经发不出来了:两头都把百合堵住了。百合要说这是计谋,阴谋,别人都看成了实事,看成了你情我愿。看,家都回了,房子都腾开了,还说什么呢?

百合什么也没说,当天晚上,就和铁华睡到了一个宿舍里,成了铁华的人。

当我了解到当年铁华的这个举动时, 由衷敬佩铁华的智慧和胆量。这是我知道的爱情版本中最有创意的案例,尤其在那个遮遮掩掩的非常时代,铁华成功采取了公众所能承受的所有可能,对百合采取的灵活多样的战术,既不使百合难堪,又使百合无从选择,终于如愿以偿,枕头边有了个朝思暮想的意中人。

在过去的岁月里,没有女人,男人的日子是黑的,有个丑女人,都知足了,要是有个好女人,冬天的早上在墙根晒暖暖呢,一边晒暖暖,还一边吃白面蒸馍呢。

五

家里需要挖一个菜窖,当百合的脑子里转动这么一个念头,就想着谁能帮忙,叫谁帮忙。

最近百合刚调换了房子,还是平房,但比原来的房子多出一间伙房。搬过来后,天气一天天凉下去,百合就一直在合计挖菜窖的事情。

陇东矿区上的人,吃菜都是从外地拉回来,在自办的菜市铺给职工卖。当地集市上,夏天还能买些辣子、青菜,冬季,农民自己都没菜吃,吃腌下的咸韭菜、晒下的豆角干,而矿区也难得从外地把蔬菜调剂回来,供应的次数减少,所以入秋后,家家都要储备一些冬菜,主要是白菜、土豆、大葱、萝卜。数量多,要放住,就得挖个菜窖。

挖菜窖,是个体力活,也是个技术活。不是每一家的男人,都能挖出一个能用的菜窖。我就不会挖菜窖,我有力气,但我没掌握技术。别人门口有个菜窖,做饭时,钻进去取菜,脊背弯曲着,但神情多么舒展啊。我买下的土豆,一袋袋在墙角堆着,吃三分之一,剩下的长芽、烂疤,只能扔掉,葱放着放着就软了,出怪味了。一到冬天,我家里主要以腐乳、辣酱佐餐。菜窖还有一个功能,就是储藏苹果和冬梨,啥时候取出来吃,都生脆生脆的,水大。我在冬天,就吃不上苹果和冬梨。

百合要让铁华在冬天有菜吃,有水果吃,百合要挖一个菜窖。

阴天过去,天晴了。陇东的秋天,树木灿烂,蓝天高远,山的高低处斑斓着黄的叶子,红的叶子,浑圆着乳房一般的果子。秋天的风,略带一点凉意,吹进头发里,甚至吹进衣领里,也是清爽而舒畅的。陇东四季分明,各有特色,我最喜爱的便是陇东的秋天。在这个季节,我出门次数多,只要有空闲,我就像发情的公狗一样,游走在河畔,游走在田野间,树下面站一会儿,土塄上坐半晌,天黑了才慢慢回去。

这天下午,百合叫了3个人,都是一个车间的工友,其中一个叫王月,是大伙公认的挖菜窖的行家。百合人漂亮,人缘又好,叫帮忙,就都应下了。

挖菜窖的人都开始选位置了,铁锨都踩进地皮了,铁华也是个大男人,却坐在椅子上,端着茶杯喝茶。这怎么行呢,百合想到这一点了,她拉起男人,让到矿区俱乐部看电影去,等看完电影回来,菜窖也就挖好了。

六

后面的细节,我在铁华看电影的俱乐部礼堂反复旁听不同的人说过,这已是菜窖事件演变出的最后的悲剧了。当事人已换成了王月,站在公开审判的被告席上,一遍遍回答着是和不是。

这时候,王月也一定在后悔,后悔不该去给百合家挖菜窖,要是不去挖菜窖,就啥也不会发生了,就不会站在这里了。

那天,铁华坐在俱乐部的礼堂里,电影看了一多半,不想看了,就想菜窖也该挖完了,还是回吧,回去喝茶去。

铁华踏进家门,就看见,地上,站着百合,百合被王月搂着。铁华一下子愣住了,大脑出现了2到3秒钟的空白。等铁华大脑的空白又还原了内容,王月已经一个大步,从铁华身边闪了过去。出了门了,铁华下意识伸了一下手,没抓住,骂了一句狗日的,又回过神,在瞬间里犹豫着是去追王月还是不追王月。还是没有去追王月。而是走过去,扇了百合重重的一个耳光,百合立即便跌到在了地上,又挣扎了一下站起来,脸上清晰着红红的掌印,眼眶里眼泪装满了。铁华第二次举起手,看着百合,却没有落下去,停了停,软软落下去,快落下去时,集中了力气,打在了自己的胯骨上,闷闷响了一声。

铁华和百合结婚十多年,虽说有些磕磕绊绊,家里的事情,有时铁华的想法和百合不一样,争说两句,但最后都是按百合的意思办。平时不论花小钱还是花大钱,都是百合说了算,铁华还觉得省心。这打百合一巴掌,从未发生过,骂都没骂过,更不能打了,这么可心的老婆,疼都疼不够呢,要疼到老,疼到死呢。

按百合的说法,挖完菜窖,请来帮忙的工友洗了手,喝了水,两个先走了,王月最后一个走,已经起身出门走到门口了,王月突然转过身,走前几步,把送他出门的百合抱了一下,百合也没想到王月会这样告别,百合正吃惊呢正心慌呢,铁华进了家门,看见了这一幕。

但铁华不相信。铁华把百合盘问了一晚上,要百合交代和王月分别的事情。铁华说,多亏我早早回来了,要是看完电影回来,你和王月还不睡到炕上去了。

百合全身长满嘴,都说不清了。看着面前这个面孔涨红,不停怒吼的男人,百合陌生了,他是铁华吗,是那个夫妻十多年的铁华吗,是那个一个孩子的父亲的铁华吗?想到孩子,百合的心里柔软了一下,半年都没见孩子了,前些天还和铁华说要回一趟兰州,看看孩子。也不知孩子听不听外公外婆的话,学校布置的作业能按时完成吗?百合的眼泪一串一串涌出来,从脸颊流过,痒痒的,百合也不擦一把。铁华又开始咒骂王月,铁华用一个词来指称王月:嫖客。这个词,像钢针一样扎着百合。王月是嫖客,那百合不就是娼子了?百合要辩解,却觉得不占理,要解释,又感到越解释越糊涂。铁华有力的武器只有一件:既然啥都没有,你两个抱到一起干啥?你能否定吗?这可是我铁华亲眼看见的。

受不了打击,百合病倒了。第二天,百合发高烧,额头滚烫滚烫。铁华慌了神,急忙抱起百合往出跑,拦了一辆车,把百合送到了矿区医院。大夫给百合量了心跳、脉搏,就说得住院观察。跑出跑进,把百合安顿到病房里,看着输液瓶挂上,铁华想和百合说几句话,百合却一声不吭,眼睛一直闭着。

过了一夜,铁华头脑清醒了许多,想问题也理智了许多。他一遍遍在脑海里再现前一天傍晚的情景,也觉得百合没有说谎。铁华坚信,百合不会做对不起自己的事情,百合不是那种人,铁华的心里,隐隐起悔意:昨晚打了百合一巴掌,还说了那么重的话,百合一定特别伤心。

我记住了王月的一句话:就抱了一下。王月在法庭上,把这句话说了不下10次。我也记住了法官问的一句话:为啥要抱人家?是啊,中国人没有这么个传统,陇东这地方更没有这样的习俗,为啥要抱人家?

王月当时还交代,在抱百合之前,他还说了一句话,他说:给你们家挖菜窖,把我挣坏了,让我抱一下你,就等于感谢了。再干别的啥了没有?王月回答,没有。王月说,百合长得漂亮,说话声音好听,心里的确喜欢。但百合是成了家的人,是不能碰的,我王月也不是个花花肠子。那一天虽然抱了百合,也就是轻轻抱了一下,当时也想的是轻轻抱一下就松开,就出门了,没料到这时铁华进来,还看见了,就慌了,就赶紧跑了,想着第二天给铁华再解释,要是铁华还放不过,挨上一顿打也算活该。

我相信王月的说法,我估计,铁华也相信。

都中午了,百合还没吃东西呢,问了几遍,问想吃些啥,百合还是不言语,还是闭着眼睛。铁华在百合的病床前站了一会儿,想起该从家里拿洗脸毛巾、脸盆,还要拿一个暖瓶、水杯,看百合还安静着,就悄悄拉上门,出去走了。

就在铁华走后不久,百合用输液的管子,悬在病房内高处的暖气管上,上吊自杀了。

世上的事情,都不能由着人的心思来,常态之下的开端与结局,似乎是恒定不变的,但仅仅扬进去了一粒沙子,进程便可能被彻底改变。假如没有这粒沙子,会不会有意外发生?通常不会,于是,绝大多数人都平静地生活着,即使起一点波澜,也会很快平息下去,又回到原来的轨道上。

百合的家里,便被扬进去了一粒沙子。对百合来说,这是一粒致命的沙子。对于铁华呢,对于王月呢?

七

王月还在辩解,到了这一步,王月觉得,他做下的事情,都能占住理,所以,王月在法庭上,把头扬高,说话的声音越来越响亮。

连我都开始厌恶王月了,我听着王月的表述,感觉到,王月似乎认为他做得正确,他是没有责任的。听众席上,和我一样想法的人应该也不少,王月说完一阵子,下面就起一阵子骚动,法官不时说:肃静!肃静!

这时,法官问到一个问题:你把铁华捅了几刀?

王月说:记不清楚了。

观众席上又是一片喧哗。

铁华已经死了,在百合上吊一个月后,铁华也死了,而且,是王月捅死的。

由一个菜窖引出一个拥抱,由一个拥抱引出一个人上吊,又由一个人上吊引出一个人被捅刀,生活在简单的推拿中,选中了这么个机会,显示了残酷的一面。

实际上,铁华也不想活了,没有百合,活着还有什么意思。百合死,也就是铁华死。

只是,铁华的死,借助了王月的手。

也只能是王月的手。

百合死后,铁华把所有的仇恨,都集中到了王月身上。要是百合活着,铁华也会仇恨王月,但可能只在心里头仇恨,因为,一片阴影,在今后的生活中,会一直笼罩在铁华的头顶,这阴影,有时候会淡一些,淡的像是没有阴影一样,有时候会浓一些,浓得会有雨滴落下来。百合死了,情况就发生了质的改变,铁华对王月的仇恨,就表现出来了。

王月抱百合这件事,开始只有百合、王月、铁华三个人知道。本来可能永远只有这三个人知道,烂到肚子里,也不愿意说出来,不论是王月,百合还是铁华,都会这样做的。百合一死,这件事便包不住了,是铁华说出来的。铁华说,是王月害死了百合,他要给百合报仇,他要杀了王月,让王月给百合偿命。

这话,也传到了王月的耳朵里。

王月挺害怕的。百合死了,铁华采取过激行动的可能性太大了。王月晚上做噩梦梦见铁华龇牙咧嘴,眼睛都充血了,叫魂一般叫他的名字。王月觉得要提防铁华。于是,上班下班,王月都快步走,脊背上都长着眼睛。王月还觉得不踏实,给关系好的几个老乡通气,让他们帮着留神铁华的动静。这样心惊肉跳地过了一个礼拜,王月想,光提防不是办法,万一铁华上来就拿刀砍,伤胳膊断腿是肯定的,得有个家伙藏到身上,紧急了能自卫。出于这个心理,王月在车间干活时,偷偷用钢条打了一把刀子,刀子一尺长,两边都是刀刃,亮闪闪的,透出一股子杀气。王月把刀子揣进怀里,走到外面,神色镇定了许多。

当铁华在那个下午从后面突然把王月拦腰抱住时,王月做出的第一反应,就是掏出刀子,用力向后捅去。

这个场景,最少有10个人目睹。当时,大家都看到,王月手里的刀子红了,鲜血往下滴着,铁华捂着肚子,痛苦地弯下了腰,而铁华的手里,啥也没有拿,只是惊恐地看着王月。

如果把现场定格到这一幕,也许又会把菜窖事件推导到另一面山坡上去,但在这个特定的场合,特殊的背景下,谁也无法左右下一步树枝摆动的幅度。

于是,大家又都看到,王月再次举起了刀子,铁华斜着身子躲避,并慌张了双腿向另一侧奔跑。情绪失控的王月狂喊着追逐上去,一把抓住铁华,另一只拿刀子的手,对着头部连捅了两刀,直到铁华脑门汩汩冒着血泡栽倒下去,才把有些弯曲的刀子扔到了地上。

铁华到另一个世界去找百合去了。

八

最关键的症结,在于王月是正当防卫,还是故意杀人。

王月认为是正当防卫,也提供了有力的证据。

法院为什么要把案件的审理放到矿区来呢? 据说,当年上级有类似的要求,这是一;放到矿区审理,对旁听者也是一次活生生的法制教育,这是二。

法院的法官,也根据这个案子的具体情节,认为王月有罪,但罪不致死,但要说王月属于正当防卫,根据当时的情境,这不能完全给予认定。

王月说,铁华要杀我,铁华到处说要杀我,我这是正当防卫。就像这之前说就是抱了一下一样。

抱了一下也许不重要了,但拿刀子把人捅死了,把人命失了,还理长的不行,矿区旁听的人就有看法了。

这看法,是在公开审理的现场得到强化的,开始,人们的情绪里还有些同情王月,虽然对王月抱了一下百合依然认为是丑事,但对王月拿刀捅铁华,却认为铁华也有责任,铁华扬言要杀了王月,听到的不止一个人。但是,不论咋说,百合死了,铁华死了,他们的死,一个与你王月有关,一个是你王月动的手,而你王月还好好活着,身上连个轻伤红印也没有,都把这么大的孽造下了,既没有后悔的流露,也没有忏悔的表示,光强调自己的理由,光说就是抱了一下,光说铁华要杀了你,人们就不同情王月了,把对王月的那一点点同情抹去了,人们在心里为死去的百合和铁华难受着,都说一了百了,看这个嘴上不饶人的王月,还难以了,还不能了。

就有人往上递条子,一张条子,又一张条子,都写着:强烈要求严惩凶手! 杀人必须偿命! 凶手不伏法,亡灵不闭眼!

法官被惊动了,这可是民意啊。

审判结束,法庭合议,然后,宣布了判决结果,最后四个字,每个人都听得真真的:判处死刑。

天又塌了一次,阴间的路上,又多了一个赶路的人。

我几次想去看看百合家那个菜窖,几次都是想想,没有去看。从我住的地方走到百合家的菜窖跟前,也就十多分钟,但我终于没有去,直到我离开陇东矿区,也没有去看看。

仅仅是好奇,没有别的。

九

王月被枪决后半年,王月的老婆,又找了个男人,还是没有结过婚的。

又过了一些日子,我在矿区的路上,看见她挺着大肚子在走。

百合和铁华的儿子,留在了兰州,把户口都转过去了。

老马和他的两个儿子

我的朋友老马有两个儿子,一个叫大虎,一个叫二虎,是他前妻和后妻分别给生的。

二十年前,我认识了老马。他那时已离婚,住矿区单身宿舍。老马是个热闹人,又都爱写写画画,我和老马的关系一天天紧密起来。熟悉了,啥都说,我便知道老马前妻脾气古怪,稍有言语不合,就动手,老马不能还手,只能躲,激烈了就跑,从房子里跑到了房子外,老马在前面狼狈逃窜,前妻抡着笤帚边追边骂,左邻右舍看着摇头。有时没有原因,刚熬熟的一锅稀饭,端起朝地上泼。这样闹腾,日子过不下去。状子递给法院,调解了几次,就判离了,大虎归了女方。隔上十天半个月,老马回镇上看儿子,放些钱。前丈母娘倒不记恨,还留下吃一碗面。有一回正端着碗,前妻进门,说你还好意思,老马红了脸,把碗放下走了。这以后,再去看儿子,一口水也不喝。

老马早先当过炊事员,后来又在锅炉房上班。老马说,当炊事员时,轮他值早班,人多,锅大,熬稀饭要拿铁锨搅动,他跳上锅台,一用力,一只拖鞋掉进锅里,捞鱼般捞出来,重新熬吧,已来不及,继续搅动,熬好了,自己先舀一碗,吹着喝了,没尝出啥怪味道,反正没人看见,一锅稀饭全进了大伙儿的肚子。但有老乡或者朋友来,老马的职业优势便体现出来了,不管在不在时间,工夫不大,他会端来个大碗给你,是刚从锅里铲出来的炒米饭,油汪汪的,大米

128

晶晶亮,是用块子肉炒的。那时都缺油水,这一碗下去,几天不想肉了。老马在锅炉房时,曾送我一蛇皮袋工业块盐,说腌菜极好,我担心中毒,没敢用。那时工资低,一月下来,几乎剩不下几个,日子都过得清苦。我印象中只有极少数人家有电视机,单位上专门到外头旅游一回的人几乎没有。我那时连火车都没见过,认识的就是脚下面这疙瘩土,而老马却去过峨眉山,让我羡慕又佩服。老马这一趟,总共带了一百块钱,是他当时的全部财产,上路时,背了一口袋馒头充当一日三餐,晚上在候车厅的长椅子上睡,一起睡觉的还有要饭的,无家可归的,离家出走的。这一趟出门,除了必须的开支,回来还节约了二十块。老马说,写文章得有大胸怀,出去看看壮丽河山,感受确实不一样了。依我的感觉,老马的谈吐像他的抬头纹似的,确实深刻了不少。老马给我透露,在峨眉山,他见到了佛光,脸上被照耀,像是抹了一层金粉。我就说,我的脸上只有土粉。再后来,老马被调到厂子里的矿史办公室,一天打几个照面,有时还相约喝几杯小酒。厂史办是个临时机构,总共三个人。凑巧的是,三个人都离婚不久,都是老实疙瘩,闲时间多,不分心,不生事,有好人缘。没几天,媒婆子上了门,有时单给一个介绍,另两个也支起耳朵,干脆拿一把小照片,放桌上,让三个光棍挑。有意思的是,老马的前妻也托付了什么人,来说和复婚,老马毅然回绝了。

老马再婚,没怎么声张,悄悄把事办了。这第二个老婆,人好,稳当,老马从心底喜欢。有人挂牵的生活,让老马脸上红光光的。一年多后,有了个胖儿子,家里一下子热闹了,忙里忙外,手脚不闲。但老马依然好客,朋友上了门,少不了招待。二虎长到一岁多,爱蹦爱跳,老马老婆要下厨,每次都把二虎放进洗衣机的水箱里,就不闹了,安静了,用黑豆一样两只眼睛看人。老马再婚后的又一个举动也是很让我震惊的,那时正兴起经商潮,个体户是流行语,辞职我们谁都不敢，而老马竟然做了一回边境贸易。他一个人跑到西安买了几百双旅游鞋，运送到东北一个口岸，加价卖给俄罗斯人，但好像没赚到钱，我见老马有一段时间拿个笨拙的带手动发条的剃须刀刮胡子，这是他下海经历的唯一纪念。从老马的一些事上能看出，他是一个敢冒险的人，这一点比我强。有时想想，老百姓一生是很平淡的，糊里糊涂就过去了，能跳出生活一成不变的框框尝试几次预测不了结果的事，也许会多一些体验，也许没啥坏处。我做不到，老马做到了，我只能从老马新鲜刺激的言谈里品味那份不一样的感觉。老马成了我心目中的英雄，这个英雄我熟悉，但有时又有陌生感，也就更愿意保持交往，这其中可能有人的精神互补因素吧。

有娃不愁长，还没亲够疼够呢，就不在怀里待了，满地胡跑，牙牙学语，又是另一种叫人爱不够，疼不够。这当口，前妻放弃了争着抢着要去的大虎，老马难受着领回到身边，毕竟是亲生骨肉啊！这个儿子五岁多，长得黑瘦小，看人不用正眼，有野气，鬼大，这是几天后发现的。老马现任老婆心善，给额头上点上个红点点，送到矿区幼儿园，一天接送两次，晚上家里住。不到一个月，先后打骂小朋友二十多次，打伤八名，还通过猜空手游戏哄吃了多位小朋友小包包里的果冻和薯条，有三位家长上门讨说法。我在那段时间常听到老马的叹气声，他自责他难过他认为对大虎有愧。我劝慰老马，虽然都说自小看大，但大虎正在定型，多关爱，少埋怨，不会成为你的头疼粉，说不定还有大出息呢。眼看着大虎该念书了，新衣裳，新书包，欢欢喜喜进了学校门。老马对大虎的学习抓得紧，几乎每天都要问老师讲了些啥，翻看检查作业本，这一下好，几乎每天都要生一肚子气。问，要么勾着头不出声，要么声音小得跟蚊子似的，费力听清一句，是"不知道"。本子上倒是写着字，用老马的话，跟鬼画符似的,像狗爬下的。大虎的屁股上,隔几天就留下红的青的印印。有一次下手重,大虎失踪了,十几天后才打听到在他亲妈跟前。去领人,前妻骂得难听。老马脸上虽然有些挂不住,但还是忍着不发火,还不断陪着好话,儿子咋说也跟自己连骨头连肉,又是他给打跑的,自己感到理上不硬撑。大虎回来了,学校不愿去,老马的巴掌却是举不起来了。思谋再三,干脆送回宁县乡下,让老娘给经管。村子里的学校讲究少,识几个字算几个字吧。这一下大虎得了自由,老娘捎话过来,说大虎大清早就张着声势上学,日头都快到头顶上了,还在杏树上爬着,麦草垛后面钻着,鸡飞狗跳闹得四邻不安。老娘年岁大了,腰弯得弓一样,一点办法都没有。老马的老家叫郎李家村,外村人笑话也是自嘲,嘴边常说一句顺口溜:郎李家拐子放大趱,一天走了二里半。"趱"是大步走的意思,是讽刺有的人先天条件不行,还扎势要走到人前头去,结果反而落到了人后头。老马就说,大虎便是个"二里半",不指望啥了。我还知道一个缘由,便是老马的父亲在部队当过团长,老了回乡,经常被周边学校请去作报告,老少都认识,目光过来都是热的。老马虽然在乡下长大,但靠父亲的身份,从小吃商品粮。最奇特的是,那时的农村,自行车是稀罕物,老马家却有一辆,而且,是苏联的!这是在东北打仗时认识的一位高加索的排长送的。这自行车没护瓦,结实,土路泥坑都能骑,总也骑不坏。村里的年轻人都借骑过,并早早掌握了骑自行车的技术。一家人一直受村里人敬重,心里的想法就有不一样的地方,老马虽然出来了,自己成就一番事业眼看要落空,就盼着儿子有出息。儿子是这么个样子,老马自然伤心。

几年后,矿区总部迁往西安,要沾光离开山沟沟,去大城市生活了,我们都高兴,盘算着今后的好日子。老马也是携家带口,大虎二虎一个不少。到西安后,大虎主动和老马交流思想,说自己天生不爱学习，还是别让他到学校受罪了，他要挣钱养活自己。这一年，大虎刚十二岁。老马同意了，书念不进去，到社会上摔打摔打，也为以后立身蹚蹚路，反正该尽的心都尽了，外面也是大学校啊。大虎的第一份工作是在写字楼扫地，只干了五天，就让回家了。倒不是嫌大虎不勤快，是用人单位了解到他的年龄，怕被追究非法使用童工责任。没过几天，大虎头戴遮阳帽，斜挎个布袋子，又出现在火车站，卖起了旅游图和报纸，并很快便进入角色，每天有十到二十块进账。

　　环境改变人，我们几个文学爱好者进了城，当年激扬文字的狂热不复存在，闲暇没干个正经事，心再也静不下来了，日子被消耗着，无聊当有趣，瞎混成习惯，有时候自己恨自己的堕落。老马也开玩笑说，自己都成"马三摊"了：不是在酒摊摊上，便是在肉摊摊上，再是在牌摊摊上。说到"肉摊摊"，声音还捏得细细的。我们都感叹，这后半辈子，怕是要荒废了。我对老马说，你完蛋了，还有两个儿呢，没有圆的梦，让你两个儿给续上。老马歪着脖子说，这不是哪壶不开提哪壶吗？定了定神，又说，不过老大不争气，老二还安慰人。我就说，老天公平着呢，倒霉不会一直叫一个人倒霉，走运不会一直叫一个人走运，你有两个儿，总能靠上一个，保险系数比我们大啊。老马的眉梢挑了挑，自满地说，可以这么说吧。原来，大虎前脚出了学校门，二虎后脚进了学校门，情况却是大不相同。每次考试，二虎都在班上得第一，而且还被委以班长重任。老马有一次给我说，日怪的很，二虎的学习他从来都没管过，老婆也是光知道叫娃把肚子吃饱，可一拿一个一百分，一拿一个一百分。老马说，大虎二虎都是我老马的种，为啥就不一样呢。我本来想说是地不一样，又想到这有贬低老马前妻的不敬，就说，大虎心上有伤，你老马的离异肯定对大虎有影响。老马沉默了一会儿，大声说，吃烟吃烟！给我发了一根,他也点着一根,用力地抽,脸面都罩到烟雾里了。

老马操心最多的是大虎。让大虎能自食其力是老马最挂牵的,为此,专门送大虎到驾校学开车,又听了几天西安交通广播,找了个开出租车的活。由于大虎驾龄短,跑的是夜班,老马陪了一个礼拜,眼窝都熬红了,上班不停打哈欠。两个月后,刨过份子,倒贴了一千多。老马没怪大虎。老马说,西安城这么大,路线不熟,又不敢挤不敢抢,叫大虎开出租,目的是锻炼不是挣钱。大虎就说,技术学下了,丢得时间长了就手生了,西安城开不成,可以到老家去开。老马也觉得在理,咬着牙,东借西凑,瞒着老婆把没到期的国库券都倒腾了,买回来一辆半新不旧的奥拓,让大虎开回了陇东西峰。这是老马除了买房子外最大的一个动作,对于大虎开始新生活寄予了厚望。但几个月后传回来的消息让老马伤透了心:大虎自作主张,卖掉了奥拓,又跟人合伙开了家电器店,由于经营不善,电器店倒闭,自觉没脸见老马,现在正给一家夜总会当门迎呢!老马气哄哄的,打算回去教训大虎,却又传来大虎的新动向,他一个人到上海打工去了!开始老马还咒,死外面去,死了叫人省心!等心上的疙瘩消了,又忍不住打电话,还给寄了几次钱。一次喝了点酒,老马舌头大大地对我说,我这一辈子,该大虎的,我给大虎当儿呢。跟我屈指算了算,大虎十六出头,已从事过报童、保洁员、巡线工、出租车司机、电器店老板、门迎诸多职业,而且越往后越没成色。老马问我:咋办呢?我说,儿孙自有儿孙福,大虎不会一条道走到黑的!老马说,你是给我宽心呢,我大虎是下山篮,垫脸肉,已经没救了!说着说着,老马醉了,大虎大虎地叫着。

还是二虎争气。小学没毕业,就让西安有名的重点中学挖了去,学费全免,还有奖学金。拿回来的奖状,家里的一面墙都贴不下了。早上五点半就出门,晚上回来,哪都不去,抱着书看得丢不下。

老马两口子心疼，强制让睡觉，二虎学习上了瘾，等他们睡着了，又偷偷爬起来看书。二虎还把几句话用毛笔写到大白纸上，我见过一回，有两句是"欢迎打击，热爱丢脸"。老马说，二虎最大的爱好就是打乒乓球，他有时很晚回去，就陪着二虎打一会儿。打法是把球打到墙上，一人接一次，接不住算输。打得头上出了汗，二虎就不打了，就又学习去了。我就说，多少人希望娃娃有出息，花多大的心思，也难得结个果子，二虎还没工作，就给你挣钱了。老马说哪里挣钱了？胡说呢！我说，咋没挣？别人走后门花几万进不去的学校，二虎不花你一分钱进去了，这不等于给你挣了几万？以后好大学随便挑，好工作、好媳妇都在后面排着队在等着呢。老马听得头抬起来了，眼睛眯成一条缝了。就在前几天，天快黑了，我在尤家庄公交车站接一个人，看见二虎骑一辆自行车往学校去上晚自习，我叫了一声，二虎扭头看看我，咧嘴一笑，算是打招呼。我看着二虎的背影，喊了一句"欢迎打击！"二虎没理我，我旁边几个人奇怪地看我，我也无所谓，只是装着看站牌上的站名。我知道再过一年，二虎就要考大学了，二虎出人头地的日子，是可以预见的。

老马和我是几十年的关系，从未红过脸，几天不见面，就像缺了啥。相互之间，有时还会对文学界的事情议论一番，但已经不是主要话题了。朋友都喜欢老马，有啥事，爱和老马说，要招呼人，也约上老马，像是加入了药引子，气氛就融洽起来，都会很开心。老马对人心诚，办事可靠，天性幽默，这样的人如今难找。几年前还在陇东山沟里时，一个老马熟悉的人，大个子，长相也俊朗，为人却懦弱，一次上班迟到，被车间开了会，主任让下跪，他真就跪了。事后又觉得委屈，说给老马听，老马当时就写了一封投诉信寄给报社。结果让对方单位知道，扬言要派保卫科的人抓老马，还有人找老马谈话，语气里含着威胁。而这个人不但不感谢老马的相助，还对其单位的领导说他在当消防队员,劝老马别把事闹大。即使这样,老马也不计较,后来我几次还见这人坐在老马家的沙发上。我了解的老马并不是一个好事的人,而且还挺怕事。他有一年去北京,过地下通道时被人在脚上踩了一下,赶紧说道歉的话,几个人却围着他不让走,说老马要买他们的发票,不能反悔,身边的人来来回回走着,老马也不喊上一声,给人家掏了二百块钱才脱身。我骂他肉头,老马说现在社会瞎了,万一喊起来没人管,被伤了筋骨不是吃亏更大。但老马为朋友却不计后果,能帮一把的绝不袖手旁观。我觉得这是因为老马的内心有着一份不变的善良,这是天然的,本性的,甚至是不由自主的。我有一年过得不顺,也多亏老马给我鼓劲打气,才使我渡过难关。俗话说人倒霉了喝凉水都硌牙,我就偏遇上一个背后给我捅刀子的人。这人平时像个菩萨,讲道理一套一套的,我也给帮过不少忙,什么联系调动,承揽工程,我都硬着头皮张罗。我有一幅名家字画,这人见到后说喜欢,问我索要,我也割爱满足。因为一件事情我确实办不了,解释再三,对方认为我有意不出力,就跟我翻了脸,到处坏我的名声,还给我发了几个极为恶毒的电子邮件,指使人到单位告我的黑状。老马知道后,也没跟我商量,找上门把那个人重重说了一顿,并揭了其在别处行骗诈财的老底,这才镇住了这个人,让我得以安生。也就在这一年的初秋,我在西兰公路上遭遇车祸,车窗被撞击后飞散的碎玻璃划伤了脸,头肿大如南瓜,昏迷了三天三夜。苏醒过来,看到的是老马。我才知道他闻讯赶到医院,一直在病房陪着我,给我接屎接尿,给我擦洗身上。我出院不久,又受惨痛打击,我母亲不幸病故,我连夜奔丧回老家。正在外地出差的老马也赶远路来吊孝。那天正是埋葬了母亲的第三天,按当地习俗要给老人上坟点灯。这本是家里人的事,老马非要跟着,我点纸老马点纸,我磕头老马磕头,把我的母亲当自己的母亲。那天山上黑黑的，风也大，但我的心里软软的，湿湿的。我交往了许多朋友，老马这样的朋友，是拿心交的，是一辈子的朋友。在现在的社会里，人和人都隔着铁，听到一句真话都比掏一口井难，能交上老马这样的朋友，是我的福气。我对老马的感情，在许多方面，都超过了对亲人的感情。

　　大虎没有给老马丢脸。随着年龄增长，又在外闯荡多年，经得多了，识得多了，在上海立住了，成了一个小老板，生意还在扩大。这是老马和我都没完全预料到的。前些日子，大虎回来了一趟，还带着一个女朋友。大虎的婚事是在陇东西峰张罗的，听说很热闹，老马把大虎的亲妈也叫去了，都高兴地擦眼泪。回到西安，老马叫上我们几个要好的朋友坐一坐。大虎得体语言，礼貌左右，赢得了我们的一片夸赞声。杏木能做案板，柳木能做门框，用不对地方，要么费材，要么毁材。大虎有今天，靠的是自己，也多亏老马的不强求。话语不多的二虎拿了台数码相机，不停转换着角度给大家照相，捕捉到了不少精彩镜头。那天都喝了不少酒，大虎端来几杯，我喝下去几杯，肠胃烧烧的，像是生了一炉子火。我们几个也像老马一样，被拿红印油画上了大红脸。这通常是在婚礼上，由大家都熟悉的热闹人给新人双方的父母脸上画，还会有躲闪的情景，但通常都被画得像猴屁股，就是图个喜庆。给我画的时候，我非常配合，一张脸都让红印油画满了，我也是把大虎当成我的儿子看待的呀。

史 三 原

　　上世纪八十年代初,我还是个单身汉,有空闲爱四处跑动。史三原的住处去的最多。那时我俩都在陇东矿区,但不在同一个单位,不过,马岭川上的两个单位之间相隔不远,走路也就十多分钟,我经常去。史三原虽然成了家,老婆娃娃却还在老家农村,和我一样,也是个吃食堂饭的。我去了,到吃饭时间,史三原端回来两碗素菜,上面架着馒头。我俩蹲到地上,一口馒头一口菜,吃完了,给碗里倒进去些开水,端着倾斜几下,碗也洗了,喝的汤也有了。

　　我和史三原认识,是在矿区的一次文学创作学习班上。开始一两天,相互说话少。慢慢熟悉了,问史三原哪里人?史三原说我说个谜语:一个和尚抱两个西瓜。我猜不出来。史三原就启发我:和尚是不是光头?我说是。西瓜是不是圆的?我说是圆的。史三原说这下知道谜底了吧?我说不知道。史三原就笑,边说边笑:多明白的,不用脑子。就是三原啊!你想,一个圆加上两个圆,不就是三圆——三原,陕西三原县嘛。

　　史三原是个热闹人,我虽然性格内向,但我喜欢和热闹人在一起。哪里有史三原,哪里的热度就起来了。我听别人说,在七十年代初,史三原在矿区的报纸上发表过不少诗歌,是有名的文化骨干,登上万人大会的台子念过诗呢。但不论是过去还是现在,我都没有记住他的哪怕一句诗。史三原的诗,似乎过于平淡了,似乎和起伏的生活不相称。印象中开始还在一起交流,学习班办了一个月,结束后,心里还热着,再过上一段日子,我们的话语中便很少涉及文学了。最多就是交换杂志看一看,再就是互相通报信息,掏钱参加诗歌大奖赛。那时候这类大赛特别多,只要参加,最差也能得个纪念奖的证书,章子比茶杯盖盖还大,比猪血还红。文学在我们的交往中还是留下了印记。我1981年在一个叫《崆峒》的刊物上发表了一首诗歌,得到了十四元稿费,这在当时算是很高的回报了。我用这笔钱买了一条的确良的裤子,穿了有半年吧,送给史三原穿,在其后的三年多,我总是看见史三原穿着它。

史三原给我带来的喜悦更长久。一天下午,我去找史三原,他说你照相吗,彩色的,俱乐部门口正照着呢。这之前,我只知道有黑白照片,见过彩色的,是照相馆的人拿颜色描下的。我就挺好奇,就跟上去了。印象中花了八块钱,但我拥有了自己的第一张彩色照片。前几天,我翻看影集,还把这张照片看了看,照片上的我,穿一件劳动布上衣,站在一株苹果树前,脸上带着生硬的微笑。我不由心生感慨:那时候,自己多年轻啊。

在矿区上班的人,日月都过活的艰难。出多少力,流多少汗,能把嘴糊住,把钱挣不下。大概在1983年夏天,史三原给我说,他和另外三个人,把单位上的农场承包了,工资不少,种下的粮食,还给折价提成。看史三原兴奋的样子,我也不好说啥。那些年,矿区有农场,下属单位,也有各自农场。办工业的办农业,走的是"自力更生,丰衣足食"的路子。

史三原他们承包的农场,说起来也不算远。秋天,我约了两个都熟知的,挡了一辆班车,坐了半个多小时,在一个叫曲子的镇子下车步行。镇子南边的塬上,就是史三原他们承包的农场。

我们从一条土路往塬顶上走。正是半早上,太阳在模糊的天际挣扎,空气潮湿,阴冷。走山路,心不能急,当地人都是背着手,慢慢慢悠悠,跨出一步,落稳当了,再跨出一步。这样走,人不累。我仗着年轻,几乎是跑着攀爬,把一股股尘土都惊起来了。可这样小跑了不到五分钟,气喘得厉害,嘴干,喉咙眼咽一下,也干。就弯着腰,两手扶着膝盖走不动了。歇了一阵子,我吸取教训,也背着手走。这样走走停停,眼前不再是土崖遮挡,一个巨大的平展展的土塬呈现在面前。走进去,风刮得猛烈,乡路两边的白杨树叶子已经枯黄,哗里哗啦像泼水一样响。一路看到的,全是平整过的田地,农家的院子在远处,像结了冰给冻住了一样。塬顶上的风,直往脖项里钻,我收缩身子,拿手臂交织着把自己抱紧,吃力地迎风走路。

在一处土房前的空地上,停了一台农用机器,可能是播种机吧。冬小麦通常在这个季节播种。有两个人蹲在地上,猫着头拾翻着。农家院里不会有这么大的铁家伙。看其中一个,估摸就是史三原。我喊了一声,果然抬起一个头,哎了一声,身子半站起来了,两只手还吊着,手上沾满了油污。真是史三原,当年在农村把地还没种够,把工人皮剥了,把农民皮又贴上了。

史三原一边拿一团棉纱擦手,一边把我们让进房。一进去,立时热腾腾的。地中间生着铁炉子,这也是农家不会有的。农家是土炕,农家的热气都在炕上呢。史三原的房子里,也有炕,能睡一个人的土炕。靠窗还摆了一张旧桌子,带两个抽屉的那种。上面乱放着一只红塑料壳的暖瓶,一大一小两只碗,两个似乎包着中药的纸包,因为我闻见了一股甘草、苦杏仁的味道。有桌子,却不见个凳子,史三原就说,看乱的,这些天忙着种麦子了,看乱的。我们就坐到了炕沿上。三个人坐上去,把炕沿都占满了。史三原就站在地上跟我们说话,我硬拉他,几个人都挤着坐下了,身子和身子紧挨着。史三原说,把炕压塌了,晚上我就得睡地上了。看他手粗脸糙,头发乱着,手指甲黑的,脸小了。我感到,史三原人变了,人又没变,还是一个心大的人。在史三原的眉目间,我就没看见个苦。

中午,史三原留我们吃饭。先把凉馒头放到炉盘上烤热,又拿一个碗,朝里头撕进去了几片麻布一般的黑颜色的薄片,倒上开水,泡涨了,就是汤。我们捏着馒头,谁要喝汤了,端起碗喝上一口。我喝时,看着泡涨的一团,到嘴里好像没啥味道,就问是啥?史三原说,紫菜么,你连紫菜都不认得。这样,我在史三原他们的承包农场第一次见识了紫菜,喝了紫菜汤。

史三原他们的承包农场,我就去了这一回。再想去的时候,史三原又回单位上班了,原当钳工,和机床、和铁疙瘩打交道,不和土疙瘩打交道了。当时订的是三年的承包期,但第二年有了变化,主要是矿区把一些农场移交给了当地,承包不下去了。史三原说,这一年多也没白辛苦。我问落下了啥,说落下了两麻袋麦子,吃一年都吃不完呢。

这中间我随野外队搬迁,一次次深入大山,和史三原见面,也就是矿区组织的文学活动。这样的活动,通常每两年会有一次。平时,见面就减少了。我所在的野外队在元城时,一天,突然说有人找我,一看,竟然是史三原。这让我十分吃惊,就像当年我去农场让史三原吃惊一样。因为,从他所在的马岭川过来,得走整整一天。那天,我陪着史三原到元城乡赶集,一边说话,一边在街上走来回。一百米长的街道,挤满了人,路边全是卖货的,卖吃食的。饿了,吃清汤羊肉。好像还吃了一种小吃,叫油糕,是黏黄米做的,心心里裹进去了红糖,用油炸了,搁在油锅上的架子上。五毛钱一个。捏在麻纸里咬着吃,边吃边吹气,要不烫嘴。

史三原是专门来看我的,我没有啥好招待,不觉得过意不去,史三原也不介意。条件就这样,改善不了啊。晚上,野外队找不下空铺,就错着身子,我头这边,他头那边,在一张单人床上睡。天亮了,史三原就回单位了。

又过了近二年，我换了个单位，又回到了马岭川。就听说，史三原的老婆从农村来了。而且，要长期在矿区住下去了。史三原这种情况，叫半边户，意思就是一方吃商品粮，一方是农村户口，这种家庭在矿区特别多。家里人来到矿区，享受不上福利，分房、看病、吃饭，都沾不上公家的光。但人是活的，办法是想出来的，是逼出来的。这类人家，就在单位外围，或者一片洼地，或者半山坡，用破砖烂瓦盖起临时房子，一栋一栋的，一排一排的，形成一个又一个半边户村落。日子长了，这些人也找单位诉苦，单位也觉得可怜，就给补助些烧的煤炭，也把房子给维修维修。史三原的临时房，就在他单位后面的半山坡上，两间，一间大，住人，外头一间小，作伙房。记得我第一回去是春节，特意买了鞭炮，在门口炸了一阵子。史三原两个娃，大的是女子，小的是儿子。都还小，我一人给了一个红包。

史三原的老婆人高马大，说话有动静，性子杠直。对不满的人和事，哪怕是自己的娃，也用"瞎种""死鬼""狗日的"来指责。我把史三原的老婆尊称嫂子，我觉得，嫂子是个好人。吃了嫂子做的麻食，手擀面，我更觉得嫂子是个好人。嫂子骂人的时候，史三原只是嘿嘿笑。是一种习惯，接受，认可乃至喜爱的嘿嘿笑。史三原常年在外，老婆一个人拉扯娃娃，如今在一起生活，史三原是幸福的。这幸福，也包括老婆的唠叨和暴躁。

但也遇到了新难怅。原来史三原一个人生活，省吃俭用，每月给家里寄一回钱，加上地里打下的，两头都凑合。现在老婆娃娃来了，农村老家的地撂下了，要吃要喝，开支加大，靠一份死工资，就补不齐日子的长短了。一个星期天，我到单位的门口买烟，看到史三原推个自行车，后座固定了一口白色的木箱子，正吆喝着卖冰棍。见了我，热情招呼，硬给我塞了一根。还说好吃着呢，吃吧，豆沙的！史三原说，你们单位人多，娃娃也多，星期天过来卖冰棍，一阵子就卖完了。卖一根冰棍挣一分钱，一天挣好几块呢。夏天天热，卖冰棍。天凉了，史三原又摆开了地摊，卖袜子、帽子、娃娃衣裳，都是从县城批发来的，属于廉价的消费品。一块塑料布铺地上，把这些东西摆满。剩下的留到蛇皮袋里，被人挑选走一些，就掏补上一些。马岭川一线有五六个乡镇，逢集的日子不同，这些乡镇旁，又都有一个矿区单位，增加了人口和购买力，集日还是很热闹的。史三原就骑着自行车，或者坐班车赶集。看神情，看模样，他也就是个快乐的商贩。一次在我们单位门口集市上，我陪着史三原坐了半下午。五点以后，人渐渐散去，我俩抽着烟，闲扯着说了就过的话题。史三原说，干这营生，对日子是个修补，翻不了身，但有一个总比没一个强。冷清的街面上，史三原和我蹲在路牙子上，身影一点一点暗淡下去。

　　断断续续，我和史三原交往了快十年光阴。其间我成了家，有了孩子。史三原也来过几次，见我老婆，叠音叫名字最后一个字，叫得亲切。1990年，我又一次更换了单位，到了庆阳县城，住上了四十多平方米的楼房。这之前，我住在一间土房子里，春秋两季，房梁上下落一种黑色尖尾虫，咬一口，起五分硬币大的肿块，痛痒钻心，使劲抓挠，破了皮，逾月不愈。住房对面，有一间自己修的伙房，里头老鼠泛滥，连菜刀把都给咬烂了。于是我把毒鼠强抹到切成片的土豆上置于案板下，一夜杀鼠二十八只。如今睡到砖房里，连着几天，我半夜醒来，心里高兴，不由哼唱流行歌曲。这在以前是从未有过的。我是多么容易满足啊。史三原也说，你这下把人活成了。

　　我到庆阳城工作半年后，一天下午，我想写一首表现落叶的诗，还想写出新意，但不知如何下手，便抱着头发呆。突然有人拿脚踢门，思路打断了，我气呼呼开开门，却是史三原。比以前瘦了，脸膛黑红黑红的,进来就嚷,快给我倒水,渴坏了。咕噜咕噜灌了两杯子,抹抹嘴,出一口长气,这才和我说话。我才知道,他也换了个地方,到新疆塔里木去了。是矿区组织劳务输出,他报名参加了。三年时间,一年有两个假期,一个月工资能多出三百块。史三原说,去好着呢,不是啥力气活,主要是看护料场,比那一年种麦子强多了,也比卖冰棍、摆小摊强多了。我听了,为他感到高兴。毕竟是顾家顾生活,只要老婆娃娃别饿着冻着,出去闯荡一番,身上缺不了啥。这天,史三原跟我扯了半下午,我留他吃饭,他说还要去一个老乡家去,说吃老乡家的长面去,就急急走了。走时,给我留下一瓶子酒,是新疆伊犁出的白酒。我平时不喝酒,也没有酒瘾,有一天烧鱼,需要些料酒压一压腥,就拿出这瓶子酒倒了些。我随意尝了一口,感到一种绵软的醇香。这以后,晚上看电视,无聊了,就倒一杯,慢慢品着喝。一个来月后,我竟然干喝着把这瓶子酒喝光了。

人这一辈子,苦难的日子,一秒钟一秒钟过,别的日子,大都平常,吹一阵子风,十年,二十年就没有了,就过去了。人这一辈子,总会交结一些人,对胃口的,有相同爱好的,来往得长久,但能维持二十年关系的,不会太多。这是磨出来的,这是等出来的。史三原就是这样一个朋友。有忍受,有不甘,有挣扎,和我一样,一步步熬着日月,朋友的温暖,冬天的热炕一样伴随着。

在我的印象中,史三原最大的一个举动,便是给两个娃娃买户口了。半边户要想翻身,得有个户口,这就跟重新选人家出生了一次一样。史三原的老婆娃娃这些年一直在矿区生活,娃娃在矿区学校上学,但把书念出来靠啥谋生看不见路。转机出现在1995年前后。当时,矿区所在地的两个县,为了增加财政收入,便以给矿区半边户办实事好事的名义,有针对性地卖户口,一个户口一万块。许多人都去排队,银行的存款都被提空了。史三原听到消息,也来找我商量。我说，机会难得，赶快行动，连老婆娃娃的户口，一起给买下，把心口子上的疤给剜了。史三原存了些钱，跟性命在一起放着，自然不敢全拿出来。他找我商量，是想确定买一个户口还是买两个，首先考虑的是儿子，根本就没有考虑老婆。我听了就说他，怎么能把嫂子落下呢，别让嫂子认为你有二心。史三原说，是你嫂子自己说不管她，说只要娃娃好了，大人没有户口，无非就是不给分配正式住房，这么多年都过来了，临时房还不是照样住人。当时，社会上企业停产的、倒闭的不少，有工作也常常保不住，保住了工资还拿不全。而原来农民都摇头的矿区工作，倒热门起来。主要是稳定，而且还在往前头发展。但是，矿区年年招工，半边户子女轮不上，顶替政策出来了，半边户子女不让顶替。所以这一开始卖户口，史三原首先想的是自己年龄大了，办个早退手续，让初中毕业的儿子有户口，就可以把他的班一接，也算了一个心思。至于女儿，就再去农村，找个人家出嫁了，也算个交代。听到这，我记得我发了火，把史三原收拾了一阵子。我的理由是，女儿、儿子都是你史三原的骨肉，不给嫂子买户口，你两口子商量着定，但要给儿子买，就必须给女儿买，不然以后后悔不说，女儿一辈子埋怨父母，你史三原背着罪啊。

后来，史三原买了两个户口。后来，女儿上矿区技校，学了两年，分配了工作。后来，儿子顶替，在史三原站了半辈子的车床旁当上了学徒。

史三原成了闲人，我倒很少见到他了。再后来，我沉浮于人世，又一次换了单位，到矿区最远的一个工区谋生。距离远了，见一次面不易，挺想的。前些日子，听说史三原在城里买了房子，钱还是女儿和儿子拿的。我就惦记着抽时间去看他，看嫂子。史三原的女儿和儿子，差不多也快到婚嫁的年龄了。

附记：

2007年12月10日，我在渭河边一个布局奇大的小区见人就打听，还按居民楼的门铃询问，终于在6区16栋1单元502号找到了史三原。我和他已经快10年没见过了。但是，我还是一眼就认出了他，他也一眼认出了我。史三原的相貌几乎没有明显变化，都61岁的人了，腰挺直着，走路稳当。我吃惊的是，史三原于2003年开始信仰基督教，并说这是他目前生活的主要内容。而且，他没有中断写诗，拿出一个本子，手抄的，整整齐齐三十多首，全是赞美上帝和耶稣的。嫂子依然说话大声，心里不存事，受史三原影响，也一起读《圣经》。史三原劝我也进教堂，说死后可以复生，可以到天堂待着。我顺着史三原的话，说了一阵子一知半解的宗教。一个四岁多的小女孩一会儿在房子里跑，一会儿安静在桌子边看图画书，一问，是史三原儿子的孩子。这我也没想到，我还以为史三原的女儿儿子还小着呢，原来两个娃娃都结婚成家了。儿子在陕北野外巡线，没回来。儿媳妇在咸阳工作，下了班，坐一个钟头班车才能回来。女儿把家安在银川了，回来少。不论咋说，史三原人精神，心情平静，娃娃有出息，总算过上了冬天有暖和，夏天有凉快的平常日子，我由衷高兴。在史三原家里坐了一会儿，嫂子要擀面，我没让擀，我说，我要请老哥在外面吃一回饭，面条留到下一回！嫂子要看孙女，没一起出去。我们出去，在外头吃了一顿火锅。出门时，史三原给头上戴了一顶黑呢子的礼帽，我就想起原先在冬天，他喜欢戴鸭舌帽，怕把头让风吹了。馆子里热气弥漫，人声嘈杂，吃着喝着，我在想，这以后，我和史三原又能来往了。这真好。

老 盖

　　那天早上,老盖把水杯里的茶叶渣倒进花盆里,把桌子上的本子,钢笔、油笔和铅笔,还有读过的报纸,往一起归整归整,然后对我打了声招呼,就走了。老盖到东北出差去,他下楼到车站,坐班车离开矿区,先到西安,再转坐火车到北京,然后,再转车到吉林,去开一个报纸方面的会。

　　老盖经常出差,这不是啥稀奇,但是,这一次出去,老盖没回来。回来时,老盖变成了一只骨灰盒——会议组织活动,往长白山去的路上,出了车祸,死了五个人,其中就有老盖。

　　一个大活人,就这样从这个世界上消失了,矿区的路上,再也不会有他的身影出现,老盖的家里少了一个人,我上班时,也见不到老盖了。老盖的咳嗽声,我听不见了,老盖拿一只小梳子梳头的样子,我看不见了……

　　我是在老盖出门第三天接到电话,获得老盖出事的消息的。那天下午,我坐在办公室,下班了也想不起离开,望着对面空空的老盖的桌子,一根根抽烟。我的情绪,一时间调整不过来,对于老盖已经不在人世这个事实,我茫然、失落、伤感,不知如何面对。窗外的白杨树,刚好能看到下半部树冠,在暗下去的日光中,轻轻晃动,叶片上像是覆了一层水,反射出细微的光线。

　　我和老盖在一间房子里上班,相处了整整六年。和一只猫,一条狗待久了,都不愿割舍,何况一个人。老盖的影子,气味,声音,都停留在这间办公室的角角落落，并时常再现出来。我有时克制自己，不去想老盖，但脑子里总会浮现老盖的形象。

老盖原来在玉门油田的一个厂子里当工人，没念下多少书，但老盖人刻苦，闲暇便就着电灯读名著，平时经常在小本本上写写画画，在矿区的报纸上登载了许多豆腐块文章，终于变换身份，由一位通讯员，成了一位记者，也算自学成才。陇东会战，老盖报名参加，是创办矿区报纸的元老，但干到科长这一级，再没有起来。好在老盖想得开，不在意，倒也省心自在。我也是在油坑坑里来回滚过爬过的，也是屁股下面坐个脸盆，伏在床沿沿边构思一篇又一篇野外队的好人好事，才好不容易熬出了名堂，说起来和老盖的经历还有些相似，到了报社，分配在老盖手下，感情上亲近，老盖人又随和，我对老盖，也十分敬重，关系平淡，相互安静，让我度过了一段难得的好时光。

老盖老家在四川乡下，出来工作，要和人交流，口音不那么重了，但发音一直四、十不分。当记者，打交道的人更多，日子久了，形成习惯，说到四时，会接着补充一句：二三四的四，有时伸出四根手指清楚表达；说到十时，会马上添上一句：八九十的十，有时两只手分别出一根手指，横竖到一起，让意思明白。我刚和老盖在一起共事，就发现了老盖的这个特点。我就觉得，老盖是一个容易相处的人。

我没有经过大世面，老盖走南闯北的，也和我一起闹过一次笑话。这说明，老盖和我一样爱冲动，用陇东话说，就是拿不住点点。那是1990年前后，一次逛商店，我头脑发热，买了一瓶子咖啡。这之前，我听说过，没喝过。我拿到办公室，给自己冲了一杯，给老盖冲了一杯。老盖喝了一口，说咋像锅巴焦煳了的味道，我喝了一口，也是这个感觉。我和老盖就拿去找营业员，要求退货，啥理由呢，老盖说，这咖啡是假的，颜色黑不黑，黄不黄，喝着就像喝中药，真的咖啡不会这么难喝。老盖还加了一句，不相信，你自己冲上喝一口试试！营业员也被问住了，不知道咋办，就说包装打开了，不能退。正说着呢，过来一个经理模样的，看了看，说，咖啡绝对是原装的正经货，味道呢，也是这么个味道，外国人专门要这么个味道，如果喝不惯，可以加些白糖喝。末了，那个经理模样的说了一句广告词：可是上佳饮品啊！我联想起第一次喝啤酒，也是喝不惯，喝出一股子马尿味，后来接受了，就觉不来马尿味了，就想咖啡可能也有这种情况，就拉着老盖走人了。回到办公室，老盖拿出他的白糖，我们一人加了些，再喝，味道真的好多了。喝着高兴，我和老盖一人喝了三大杯。第二天见面，都说一晚上没有睡成觉。

我有时觉得，老盖挺有意思的。在沉稳的外表下，老盖是一个懂得生活情趣，带着几分童稚，并会流露出来的人。老盖做人不死板，没有城府，也不对别人设防。不论遇见什么事情，老盖总是怀着美好的想法。一次矿区举办商品展销会，摆卖的都是为了解决就业开办的小厂子生产出来的，样样还挺全乎。有一种和劳保鞋近似，但比劳保鞋样式好看的皮鞋，经不住推销员的煽动，许多人抢着买。老盖和我也不落后，一人胳肢窝里夹了一双回家。有好的，老盖不亏待自己，皮鞋第二天就穿脚上了。可是，只过了一天，我发现老盖脚上的皮鞋变化较大，一问，还是那双，只是给改造了一番——原来的皮鞋是翻毛的，浅黄色，老盖拿砂纸把粗糙的表面打磨成光滑的表面，又给涂上了黄色的鞋油。老盖似乎满意地对我说，看，怎么样？我看着别扭，就说了句咋有些古怪。出乎我的意料，老盖虚心接受意见，当晚回去，又把皮鞋改造了一次。这次动作幅度小，皮鞋上涂上了红色的鞋油，和没有清理干净的黄色鞋油混合，呈现斑驳的色调。我不由摇了摇头。更让我佩服的是老盖要做就要做好的姿态,他再次改造皮鞋,第三天,脚上的皮鞋,又变成了黑色的表面,看着像是在哪个烂泥塘里踩了一通才出来。一双好好的皮鞋,就这样被老盖再三试验,失去了原来的面目。这以后,这双皮鞋再也没有在老盖的脚上出现过。虽然买下了不合意的皮鞋,我没有听到老盖表示不满,老盖想得开。

我和老盖一起出过两次远门。一次去陕西合阳,早上走,天黑才到。这一趟,是朋友约上去的,我和老盖都很兴奋,因为,我们见识了拍电影,还和一位当时走红的女演员合影。那是第二天,我们跟剧组来到一户农家院,是典型的渭北高原上的土窑洞,被玉米棒子串和辣椒串装饰,演员就在窑洞门口表演拉家长。季节已进入深秋,演员穿着单薄,但他们不怕冷,尤其是那位女主角,还是半截袖,神态自若,说说笑笑,还扇扇子! 老盖入迷地看着,连连赞叹她作风过硬,演技高超。也就三两分钟的戏,竟然拍了一个上午,一次次重来。能发电的电影车山坡下停着,反光板高处支着,烟火师点着了硫磺还是磁硝,制造雾气升腾的效果。老盖给我安顿:一会儿记着按快门! 在拍戏休息的间隙,老盖上去了,说要采访,要给西部矿区的千万工人展示女主角的风采,女主角应付着说了几句,我上下左右把一个胶卷都拍光了。完了,老盖一遍遍问我:把我拍上了吗? 把我拍上了吗? 我一遍遍回答:拍上了! 拍上了! 更让我们难忘的是,中午送饭车来了,导演给朋友面子,我和老盖沾光一起和剧组吃饭,不是桌子饭,是一人领一只碗,打一份土豆炒肉,拿两个馒头,随便蹲到地上吃。我吃了几口,就忙着给老盖照相。老盖一会儿在这个演员跟前蹲一会儿,一会儿又到那个演员跟前蹲一会儿,脸上笑眯眯的,身子尽量靠近一点。演员见的多经的多了,在我拍照时,还会友好的用表情和动作配合一下。每跟一个人合影完,老盖都看看我,等我点头,表示成功了,才把做出来的姿势调整回来——照相的老盖和不照相的老盖，似乎不是同一个老盖。

如果说前一次有玩耍的成分，那么，另一次，我和老盖去西安，可就关乎自身的将来了。是这么回事：矿区总部一直在陇东的一座山城里，上世纪九十年代后期，根据发展需要，决定往西安搬迁，但不是全部都走，矿区报社在走与不走之间，还没有完全确定。老盖对此大有信心，说，百分之百走，我敢打赌！战争年代，八路军的总部走到哪里，《新华日报》都要跟到哪里，如今也一样，矿区的报纸，就得围着总部转！我俩去西安，虽说是别的事，但打听到矿区总部的基地在北郊已经开始前期探测了，下午，便抽时间，坐十八路公共车，从兴庆路往一个叫尤家庄的村子赶去。想看看，未来我们生活的地方，是个什么样子？那时的北郊，空阔，冷清，人少。去了一看，一片玉米地，棒子扳走了，叶子正在残败，我就没有兴趣看了。老盖激动着，一个人，钻进玉米地里，待了半天才出来。出来，老盖的手里捏了个小塑料袋，里头还有响动，原来，老盖捉了一只大蚂蚱。老盖说，快了快了，动起来就快了。蚂蚱呢，老盖要拿回去给孙子玩儿。这可是西安的蚂蚱！

就在来尤家庄的路上，我和老盖还闹了点不愉快。在兴庆路上等公共车时，远处隐约一片楼房，老盖说，你看，今天天气多好，钟楼都能看见！我说，肯定不是钟楼，再好的天气，站这里也看不见钟楼。老盖不高兴，说你还犟得很，咋能不是钟楼呢？我也不让，说除非西安人把钟楼搬家搬到你跟前了。老盖不和我说了，气呼呼的，去问一个过路的人，那人停下，看了老盖一眼，没搭理，走了。又过来一个人，老盖又问，那人停下，白了老盖一眼，说，咋可能呢?！老盖再不问了。公共车快到尤家庄时，老盖已经开始和我说话了，老盖看着公共车走着的路说，西安多好，看这高速公路，都修到城跟前了。我接了一句：不是高速公路，是一级公路。大概老盖还记着刚才的事,听我这么说,一下像是抓住报仇的机会了,就去问售票员,问是不是高速公路?售票员说,就是。老盖得意地看着我,我也无话说了。下车,走在路上,头顶出现一块蓝色的大牌子,上头写着一行字:陕西省一级公路,我和老盖都看见了,老盖假装没看见,我也假装没看见。这块牌子,我以前来西安时,见过,留下了印象。

老盖有福,在家里,油壶倒了都不扶。老盖的妻子,贤惠能干,一样一样,都料理的周全。老盖曾经写过一篇短文,赞美妻子,我读过几遍。其中写妻子一年四季,炮制各种腌菜、酱菜、泡菜,加工熏肉、卤肉的情节,我看的直流口水。老盖的肚子,尽装好吃的。我在老盖家里,见过成串的红肠,坛坛罐罐里的辣酱,蒜头,还见过小板凳大的压面机。老盖爱吃汤面条,妻子晚上给老盖要单做一碗。但老盖不能喝酒,喝一杯甜酒,脸就上色了。平时聊天,老盖一句句应付着,突然觉得不接话茬了,老盖坐沙发上,眼睛合住,开一半,合住,开一半,开始丢盹了。开一半时看老盖的眼睛,是带点青的眼白,俗称死羊眼,怪吓人的。

老盖两个儿子,都结婚成家了。有了孙子后,老盖的瞌睡一下子减少了。孙子学走路学说话时,我几次下午上班,发现老盖把孙子搂上,在办公室的值班床上哄睡觉。老盖说,这叫隔代感情,比对亲儿子的感情还深呢。记得一次我们出去采访,在山里跑了半个多月,老盖想孙子,到一处有电话的井区,便忙着拨号,接通后大声要孙子接电话,也不顾旁边有人,就地眼泪哗哗的,把我都给感动了。

有一段时间,老盖神神秘秘的,一本子一本子抄写什么,还给玉门的熟人打电话,写信,还把自己的旧作收集到一起,在上面改动,画满了红道道,蓝圈圈。直到消停下来,老盖才对我说,准备出一本个人专著,把这几十年总结总结。老盖说,出书是大事情,没有个眉眼,轻易不敢透露风声啊。我也出过书,自费出的,出来了,高兴一阵子,然后推销,难度特别大,就不怎么高兴了。但我还是为老盖高兴,和文字打交道,一辈子能留下一本书,也是个安慰。

老盖的书出来了,人却没有了,似乎应和了某种宿命的意味。老盖不喝酒,不抽烟,早上早早起来跑步,晚上早早睡下,生活习惯良好,身体健康,老天爷却把他叫走了。老盖出事的消息,报社的领导让我去通知家属,担心老盖的妻子受不住打击,让先给他儿子通知,还不能直接说,这可把我难住了。老盖的大儿子和老盖生活在一起,二儿子有个小家。通知大儿子,难免让老盖妻子知道,我就去老盖的二儿子家。正是早晨,老盖的二儿子刚起床,老盖的小孙子胖乎乎的心疼。我编了个谎,就说我要买冰箱,给参谋参谋。老盖的二儿子学校学的是电器专业。出了门,正巧遇见老盖的大儿子往外走,说是去理发,我就说正好,一块给我帮忙去,就这样把老盖的两个儿子全引到了报社的会议室,我的任务就完成了。

几年后,矿区总部搬迁西安,报社随后也进了大城市。西兰公路上,尽奔跑着矿区搬家的车队,大家一个个欢天喜地。分配的住房,我在二楼,老盖的妻子在一楼,一个人住。过年的时候,老盖的儿子带着孩子过来,孩子长大了,又是跳,又是闹,咯咯咯笑。这些,老盖都看不到了。一天下午,老盖的妻子,还给我拿上来一块熏牛肉,说是自己做的,让我尝尝。

春天穿越终南山

　　每个人都有大山情结,登高望远,对生命的境界,是一种提升。我到西安定居后,秦岭就在身边,对于我,一个巨大的存在,已经变得实在而具体了。我甚至能够感受到秦岭的呼吸,那绵延不息的形体,就横亘在大雁塔的视野里,也被我一次次瞭望,我浮躁的心性,似乎也默化成了一种从容。几年间,我有了多次攀缘秦岭几座大山的经历,但秦岭的背面,还从没涉足,心里便一直盼望着一次这样的机会。

　　秦岭终南山隧道被打通了。我获得消息,就计划着要穿越一次。比起一步步接近大山的高点,会有什么感觉呢?正是阳春三月,空气日渐潮湿和温暖,我约了朋友,大清早走上了朝南的312国道高速公路。

　　新开凿的秦岭终南山隧道,的确是一项浩瀚工程,光是掏挖出来的土石,都能堆起一座高山。终南山隧道南北两个口子,一边开在西安长安区的青岔镇,一边开在柞水县的营盘镇。我今天,就要从北头钻进去,再从南头钻出来,体验一番在终南山的肚子里穿行的滋味。

　　当车子抵达秦岭跟前,山体自身的气象,不用声张,已让我感觉到了压迫,这是磁场,这是源头,这是万物归宗的宗。力量并没有迸发,只是蕴涵着,谦虚着,就让我弱小了,但却愿意依靠上去,加入进去,这就是大山的魅力,这魅力是无言的,也是不可抗拒的。我

153

也想拥有大山的襟怀，成为秦岭的一份子，哪怕只是一粒微尘，一块树木的盘根，对于天地的体味，也会有别一种浩然。我以我的卑微，向往着大山的高尚。对于秦岭，对于天下的大山，我都敬重有加。

我先记下了进入终南山隧道前的第一个名字：北九沟。这条隧道短，车子一闪就过去了。刚钻出来，刚看到山脉的起伏，又是一眼又一眼隧道，叫道沟峪，叫清沟，叫熊沟，叫石砭峪……有的隧道长，但三五分钟也就钻出去了，有的隧道短，这头刚进去，那头就亮堂了。当终南山隧道终于出现时，我有些紧张，甚至还有些恐惧，这可是建设规模排列世界第一的隧道啊。

这是我第一次乘车穿越终南山。深入到终南山隧道里头，望不到尽头，只是洞子的延伸，不断延伸。这是从秦岭的底部蛇打洞般，掘进去的一条洞子啊。速度带来的快感，缩短了经历的沉淀过程，在长长的隧道里行进，我感觉不到重量，却有无形的压力，万钧压顶的重量，就在我的头顶，整整一座终南山，就在我的头顶，我的确又感觉到了。人工开挖的隧道，也许就是终南山的气管，隧道所在的部位，也许就是终南山的丹田。幽深的隧道，在呼吸吗在运气吗？车子和人，似乎成了填塞进来的异物，也可能给终南山带来了不适，引起了排异反应，要把我们排泄出去。这么长的隧道，要是在地面上，早都从一个县跑到另一个县了，但在地下，依然看不见出口。这全是秦岭腹地的宽阔，这全是终南山身躯的浑厚，才造成了隧道的漫长啊。春天，气候变暖，地气也在回升，我现在经过的地方，该是地气的源头吧，我努力想要探测出冷热来，把胳膊伸出车窗外只觉得肉皮紧了一下，是车轮带起来的风，吹凉了我的手。耳膜里却一下子灌满了轰鸣声，这是大山的震颤，这是大山的回声。

我记起刚到西安，一时难适应水土，钟楼边一个算卦的老汉又我说，人挪动一个地方，身体的感应会发生变化，要接上一段时间的地气，才能把五脏六腑治理到位，吃药打针都不顶用，自己慢慢就好了。我现在要是能接上终南山的地气，还有哪里去不了呢？可是，这毕竟是隧道，四下都涂抹了水泥，一滴水也滴不下来。树木的根，在石头的肉里也能行走，我的头顶上，树木的根来过吗？我看不到，也许这里已是树木的根到达不了的地方。如果不是亮着灯光，这里应该最黑暗，应该是黑暗的最深，黑暗中的终南山，隐藏着重重秘密，即使我来到了其中心，我也无法知晓。一座大山的秘密，是不会轻易让人了解的。

　　我在地下长久穿行，渐渐失去了好奇，而盼望着见到天日。春天的气息，在裸露的山脊上，在风中，但我在地下穿行，我只有穿越过去，我才能把南北的景色分辨。这是矛盾的组合，没有隧道，我可能不会翻过秦岭，也就没有这样的体验，速度给予了我快速穿越秦岭的可能，我可以在极短的时间内，从这头到那头，而省略了诸多艰辛。我没有用双脚的跋涉丈量秦岭，车轮代替了我的脚步，车轮辗过水泥的路面，我的心情不一样，体验不一样，我没有理由奢求更多，我的选择决定了我走的是另一座终南山。

　　现代意义的终南山，是浩大的秦岭山系的一部分，但却具有核心地位。自古而今，秦岭便被赋予了神秘色彩，终南山更是具有象征意义，已经成为一个历史符号、文化代名词。秦始皇统一六国，秦岭就被山脚下的人们称呼着了。也就在那时，秦岭的神圣地位便不可动摇的被永久确立。对于我来说，秦岭的划界作用，也构成了我北方人的微妙心理。从认下一个字开始，就知道秦岭是一条界线，北边是北方，南边是南方，由此有了气候和不同，河流也划入了两个不同的水系，也有了山两边人口语言和习俗的差异。南方人和北方人，说起来相互之间是多么遥远。终南山则属于述而不作的老子,属于仁者乐山的商山四皓,属于下笔如有神的王维、李白、白居易,属于那些绵延数千年,迄今依然难觅踪迹的隐者。"行到水穷处,坐看云起时",王维在终南山吟咏出了何等超然的句子。

但是,秦岭也同样属于我,属于每一个凡人。进入秦岭,我也有我的喜悦,哪怕多么微小,多么不足道,我也不能因此而疏远秦岭。我不会归隐于秦岭,更绝无终南捷径的可能,我到秦岭,就是贪图凉爽,爱恋树木,短暂地放松一回,任性一回,都是些平常人的平常念想。进入秦岭,我有我的激动,我有我的拿起与放下。

我忘记不了登攀秦岭几座山峰的经历。翠华山我是2004年的夏天去的。一起三个人,走了一条山民走的山路。山壁间的石阶路,窄,狭长,如一架梯子,过山涧时,堆砌了块石供踩踏,石下流水清澈,弯曲着朝山下逶迤。一路上看到一间间土房,却不是山民居住的,墙上多写了"佛"字,土房外的石头上,也用红笔写了一个个"佛"字。贸然进去了一间,陈设简单,墙上供菩萨像,极清静,散发淡淡的炉香。这显然是修行人的居所,唯恐有不敬,在菩萨像前点了一炷香,放了十元钱就出来了。路上,遇到一位山民,背着手,慢悠悠上山,交谈中知道他每天要下山一次,腿脚习惯了,不走山路倒困乏。他指着路边的一种树木给我介绍说叫铁扁担,能治疗腰疾。他说到山里修行的女尼时用了一个我头一次听到的词:二僧。那次翠华山之行,我体力极好,下山时走了一条更加险僻的小路,穿针叶松林,在巴掌宽的山脊上跳跃,很是刺激,停歇时,我们失控般号叫,声如野狼。

我去楼观台是2005年的秋天,群山在翠绿中夹层般补充了一抹抹金黄,苍凉而辽远。我去楼观台,是为了个人的一件私事。这一年,我不是本命年,却连续遇到诸多不顺,情绪一时极为低落。最让我意外的是一次夜里行车,发生车祸,险些丧命,当时昏迷不醒,脸上缝了七针,脑腔晕眩,脸面肿大如瓜。在家静养了一个月,我心里有结又不能解,便求于神灵,获得安慰。楼观台是老子设坛讲五千言的圣地,我到的时候,天色正在暗淡下去,我在大堂上,烧了最粗的高香,点了最粗的红烛,我以内心的虔诚,祈愿天神保佑我平安。在楼观台门外,长有一株千年银杏,树身粗壮,树冠宏伟,我在银杏树下逗留到天黑,才慢慢离开。据说楼观台的一位道长,擅长推算命运,预测将来,我却没有去找。

从秦岭的任何一个方向进去,都是一个不同的世界。我还去过太白山、王屋山、红河谷这些地方。丰峪口差不多离西安最近,我已去过几次。从长安的郭杜进山,山谷横呈,拐进一条,都曲折变化着,都能随山势的高低深入。杂花生树,大小的石头堆垒着冲突,流水突然就闪了一下,鸟鸣声声,在看不见的远近处。树木的名字,大多我叫不上来,鸟的名字,大多我叫不上来,但丝毫不影响我的心情,我的快乐也没有名字,但我依然快乐着。山谷的空地上搭建了一栋栋木头的房子,我曾在炎夏住了一晚,出奇得寒冷,我衣裳单薄,早早钻进了被窝,听了一夜的溪水潺潺。这样的山谷,名字都起得好,都是合适的,给这样的山谷预备的,都尽含了天地的灵气。西安城里的人,周末过来,静一静精神,拍打拍打身上的尘土,也算对城市病状的一种自然调理。西安人抬脚就可以出入秦岭,也真是好福气。这种好福气,现在也与我有了关系了。我为我的幸运,而对秦岭怀着一片感恩之心。我估计把这一辈子用光,也不可能把秦岭值得去的地方都走遍。但我既然有机会来一次,我就要珍惜秦岭给予我的每一寸感受。

终于钻出了终南山隧道,南方就是在这里终止的啊。要不是地下通途,我怎么能轻易便把时空转换,只用一个小时,便从北方来到南方。柞水的景象果然一变,天朗气清,空气里的水分明显增多了,植物的形态也有了变化,无所顾忌地放纵者,极为茂盛繁荣,把山体严密覆盖。虽然通向县城的公路正在修筑,便道上坑坑坎坎,尘土飞扬,但我的精神一下子振作了起来。柞水就在秦岭的山势间选择了一条峡谷,建筑了石头的房子和街道,几乎全部都拥挤在峡谷的一边。听口音和关中大不同,人却质朴,还带一些羞涩。过去交通不便,闭塞了来往,天性中的善良,得以完好保留。通常,这样的善良是容易被利用和侵蚀的。我在一户民居的墙上,看到了一行字:一定要解放台湾。可能是上世纪六十年代的遗存。

在柞水稍稍停留,车子便向着离柞水两个钟头车程的凤凰古镇而去。一路上,看到的屋舍,皆大开间,屋顶宽长,土木构造,里面肯定宽敞,墙体是用夯锤法打击成块状,一层层堆积起来的。外墙的阳面都白粉刷白,屋瓦却是一律黑色,对比鲜明。屋檐下都两头系铁丝横着悬一根木杆,木杆上挂着一串串玉米。春节过去不久,门上的对联还新鲜着。对联用大红纸,裁宽了纸面,毛笔写了极大的字,普通人家的对联,和公家一些单位大门上贴的对联一样耀眼。我最为奇怪的是,每户人家的门上,都是贴两副对联,因为木门框凹进去了一拳深,所以在木门的门框上贴一副对联,挨着木门的土墙边也贴一副对联,就连横批也是两副。贴两副对联,能有啥讲究? 是期盼着日子能双倍的富足,是要让过年的好心情,再增加一份。柞水的房屋外观和修筑方式,让我想起曾经去过的福建龙岩永定土楼,只是土楼的格局更大,能多户聚居。土楼是客家人建造的,客家人是从陕西、中原一带迁徙到南方山区的汉族人。柞水的民居和龙岩的土楼之间有没有什么联系,我不得而知,只是看到了某种相似后产生的突然想法。

车子在山间行进着,山路的位置一会儿在山腰,一会儿在山底,左盘右盘,四下极其清幽,一声鸟鸣,在大山的音箱扩散,更衬托出大山的无际,山坡上的绿色间,不时穿插一团又一团满开着白的黄的花朵的树冠,离得近的灌木都守着石头生长。在秦岭,树木不受干扰地生长,就是树木最大的幸福,哪怕就在石头里扎根,都不会辜负一年四季,都会让年轮,再扩大一圈。云朵飘移,和风软软,视野是清晰的,是可以一直看到大山的尽头的,知道目光被一面葱茏的陡坡遮挡住。

凤凰古镇保留下来的,就是过去的老房子,也多为土木结构,据说是明朝就有的,现在还被居住着。少有大宅院,也不建制繁复,含意风水,寄寓富贵的照壁呀,图案呀我也没发现。白色的墙体,已斑驳发黄,墙皮脱落,露出里子的土色,黑漆大门,也在岁月里渐渐还原了木质的原色。不像有些地方,要么成就于大户人家的几代营造;要么赖于新贵衣锦还乡,大兴土木;要么得益商贸繁荣,票号银仓。没有,这里没有,这里只有真正本色的民居,只有真正常态的生活场景。这里原是山货的集散地,卖出买进随着季节出现不同物产,相互见面,都是熟识的。这里原来就颇热闹。而现在的热闹,却是人多的热闹,是城里人看山里人山里人看城里人的热闹。山里人的生活也许受到了干扰,也许还是老样子。年纪大的山里人,还和平日里一样,坐门口说话,吃水烟。也有一个婆婆,正择着下午饭的菜蔬。也有几个媳妇,纳着厚实的鞋底。从西安城里来的游人拥挤着走过,却一个个在后悔,说没啥看头。窄窄的街巷两边,充斥着以下物产:豆腐干、腊猪肉、包谷酒,主要就这三种。

到吃饭时间了,走进一家,灶火是平日过日子的灶火,进门的空地却摆着三张桌子,坐下才发现,桌子是用缝纫机改造的。男主人就说原来在西安城开了一间做衣服的铺子,生意不景气,看到镇子来人多了,就搬运回来,利用上当桌子,开饭馆。我要了肉冻、炒腊肉、木耳炒鸡蛋,还喝了几口包谷酒。有几拨人进来吃饭,女主人忙不过来，男主人也帮着。菜味道一般，盐重。腊肉是上了年头的，有嚼劲，能嚼烂，香。包谷酒略甜，没有劲。我本来打算喝个半醉，头晕着返回，可能会有对于秦岭的另外一种感受，结果喝了一阵没有反应，就不再喝了。朋友驾车，自然没有喝酒。这个春天，我还没有醉过呢，我多想在秦岭深处醉上一回啊。

水泉子村的古树

听说水泉子村有四株古树，两株是六百年左右的桅角树，两株是一千三百年的木瓜树，就想看看。近来西安水旺，连阴雨已经下了三天，五月初六这天，雨似乎停了，但天空阴沉，云层如煤灰一般，我还是出了门，专门去看古树。

我喜欢树，一棵树给我带来的愉悦，是持久而又能下沉到心底的。何况还是古树呢，在古树吐纳的地方，体会时光的久远，气息是连通的。

水泉子村在骊山的东部，过了灞河，沿着山路上行，一路盘旋，就深入到了大山的腔子里。眼看山势低缓下去了，前方却向上翘起一片舒展的台地，风水高低聚集，树木深浅变化，景象就出来了。沿一条石板路，屋舍交错分布，檐口低矮，脊柱细窄，墙基疙里疙瘩，突兀着生姜色的石头。两条细腰土狗，一黄一黑，在村口来回奔跑。一户人家院子外，一群杂色的鸡在土堆上刨食，刨开的土颜色深，湿气重。透过半掩的门扉，一个纳鞋底的女人，不声不响，一下一下抽拉着针线。整个村子格局小，看着朴素，安静，是那种不紧不慢过日子的安静。

一道坡坎下头，就看见了一株桅角树。树冠就像一把打开的扇面，疏漏稀薄，不是很茂密。树身有一人半高，然后分权；伸出四根戳向天空的枝丫，枝丫上的细枝，生发了叶子。叶子新鲜，轻盈如羽毛。这就形成了反差，和庞大的树身似乎不协调，和树身那烟锅子

161

里的烟油一样的颜色也有些不搭配。假如只是看下部，不会和树身联系，会以为是一根天然形成的石柱，或者，是放大了十倍的大象的腿。最奇特的是树身上鼓出来的十几个疙瘩，大的有恐龙蛋那么大，颜色发黑，像是神秘的按钮。绕到另一侧，我发现树身已经中空，主干的顶部敞开一个缺口，就奇怪根部的营养如何向上输送。我还担心，树木的年轮，一直在树心里旋转，大圈和小圈重合，盘旋成了时光隧道，调皮的小孩子在树洞玩耍，出来会不会是另一个陌生的时空？我轻轻抚摸树皮，也是在抚摸着粗糙的山体。这棵椴角树的树身，已经成为化石了，这是有生命的铁，这是还在生长的石头。椴角树活到这个年纪，虽不是奇迹，但通常再没有谁敢于加害，是因为生命的久远，超出了肉体的体验，古树是见证，其生长历程中包含了太多未知的内容，因此意识里把它当老人一样，当神灵一样敬畏，并祈望古树能够佑护自己。也只有在古树的荫凉下，才能获得一些异样的感应和慰藉。离这株椴角树二十步远，另外一株椴角树，虽也空洞了树心，却一样抽枝展叶，顶一头绿色。椴角树在一户人家门前，再往前，是一条壕沟，齐齐的土坡上，相距一丈，伸出两根大腿粗的树干，枝繁叶茂，洋溢着虎虎生气。一个俊秀的小伙子，说那是椴角树的树根冒头发展为新的椴角树的，也有一百个年头了。小伙子说，他的八个祖先，都在椴角树下乘过凉，他小时候就爬过椴角树。我问还能结椴角吗？说这是公椴角树，不结椴角。说公椴角树长谁家门前，谁家男丁兴旺。我却在想，要是能结椴角，该有多好。我见过成熟的椴角，牛角一样，青黑色，十分结实。用六百年的椴角树结下的椴角洗头，等于拿文物洗头啊。留在头发上的淡淡的椴角香，一定很好闻。

　　要看木瓜树，得往沟底下走，有一段还是土路。这时天上又落起了零星的雨滴，便有些犹豫。想着一千三百年的木瓜树，我终于下了决心。决定了就不后悔,但走得真艰难。由于雨水把路面泡软,土质又是红胶泥,刚踩上去,就被吸住了。费力拔出脚,鞋底已经粘了一层胶泥,脚一下增加了重量。再落脚,还是窝进去,固定住了一样。又往起提,脚似乎不是自己的。只一会儿,鞋底和鞋帮都粘满了胶泥,体积比鞋本身还要大。抬脚甩,甩不掉,甩了几下,不敢太用力,怕把鞋甩到沟里去。就弯腰用手撕,胶泥在脚上呈饼状,撕下几大片,再走,又粘满了。看到一块片石,赶紧捡起来,蹲下刮鞋上的胶泥。走了一段,脚下沉,又停下,拿脚在一棵杨树的身上蹭。土路的左手高,是一面陡坡,坡上杂生灌木,靠路边,零散着腰粗的小叶杨。右手是深沟,直直地探出刺槐,全是刺槐,沟里长满了刺槐,许多树干只有手腕粗。潮湿的空气里,夹杂着槐叶的那种清凉的味道。我走走停停,发现往下的土路,路边的青草茂盛,就在青草上落脚,蓬松的感觉传递上来,当时便轻松了。正高兴呢,黄豆大的雨点子倾倒了下来,打身上,湿一个铜钱大的点,又一个,再一个,开始还有微微疼一下的感觉,片刻,身上分别不出铜钱了。衣服变化了颜色,贴到肉上,流淌出一道一道水痕。脚下是胶泥路,头顶是树荫,没地方躲雨,一些雨水,先落在树叶上,再二次落到我的身上。我冒着雨,继续往沟底走。奇怪的是,路面由于积下了雨水,反而不怎么粘脚了,但踩着有些打滑,我就不敢快走,试探着把脚落实了,再倒换步子。走着走着,出现一个岔路,因为不知道木瓜树的确切位置,便停下,瞭望了一阵,感觉不是这条路,又走。半个小时后,走到又一条岔路跟前,便拐进去。这条路窄,路边长着低矮但树冠巨大的柿子树,结下的柿子颜色发青,只有拇指蛋大。想着秋天柿子的火红,看着吃着,都好,但现在还生涩着,我嘴里竟也生生的,涩涩的,舌头下面涨溢出了水分。路边的田里,搭着架子,是西红柿架、辣椒架和豆角架,西红柿也是青蛋蛋。可是,眼前头除了涌动的刺槐林,木瓜树在哪里呢?我的眼睫毛上都挂上了水滴,目光还在刺槐林里用力搜寻,没有发现木瓜树,没有。再走就到崖边了,再走就没有路了。我又折返回来,顺着刚才走的路继续往前走。在雨中久了,皮肤适应了,倒觉得就应该走在雨中似的。我似乎不那么急切地要找到木瓜树了,索性悠闲了心境,在空寂的山沟里,一个人慢慢走。远处,传来一两声鸟鸣,分明是自在的,喜悦的,声音里含着水滴,荡漾开,天地的辽远,似乎被鸟鸣丈量出来了。一只鸟斜着从眼前飞过,全身金黄,像一件工艺品,飞向一丛摇晃的树冠,被吸收进去了一样,消失不见了。树冠是一个漩涡吗?一根枝条动弹的厉害,是这只鸟还没有稳定下来,这只鸟的心跳,在这个雨天剧烈着。走了一会儿,转过一个弯,脚下又出现了一条岔路。也许这条路通向木瓜树,这么想着,我决定走进去看看。土路曲折,越走越低,两边是土墙,等到四周看着敞亮的时候,已经来到了一片麦地。麦子收割了,地里留下一束束麦茬,泥土酥软,又吸足了雨水,我没有盲然进入,不然就和了泥了。地垄上,零星散布着井绳粗的桃树,一人高,树冠像捧到一起的手掌,掌中真捧着桃子,或两个,或三个,或五个,淡绿色,外表硬实,覆一层隐约的茸毛,感觉果肉紧密,但果核一定脆弱,骨质正在形成,果仁也是一包水。我小时候吃过这种未熟的桃子。但是,我看不见木瓜树。我是为木瓜树来的,却又一次失望了。我就想,木瓜树生长了一千三百年,已经有了灵性,我怎么能轻易就看到呢。也许,我的心还不够诚,也许,我和木瓜树的缘分还没有到。如果真是这样,我不能强求,人生本来就不完满,凡事遂愿,世间的曲折取消了,活着反而平淡。有时候,留一些遗憾,何尝不是一种得到呢?

于是,我准备离开。对木瓜树,我只能存一份念想了。

上坡的路,更难走。我脚上的鞋子,已经看不出原来的颜色,整个地糊上了胶泥。我下坡时留下的脚印,是一溜一溜滑痕,深的鞋窝里,已经积满了雨水。我几乎是跳跃着走,走几步,停顿一下,又快速向上挪动。头顶的雨,渐渐稀疏,似乎由一滴一滴的雨点,变成了一根一根细短的雨线了。雨线落到脸上,毛茸茸的,毛刷子刷一样。走到一株粗壮的核桃树跟前,我停下歇脚。吸进鼻子里的气息,有些麻,是核桃树散发出来的那种麻。刷了绿油漆一样的核桃树叶间,挂满了青色的核桃,有的枝条软弱,被核桃压弯了,下垂成半圆状。就在无意间,我看到,核桃树下,也是一条土路,不明显,顺着土路看过去,全是大大小小的核桃树。我有些心动,这条路没走过,不如进去看看核桃树吧。

我没有想到,在一片核桃林的中间,在空出来的一大块地面上,树冠膨大的两株树木,出现在面前。

这正是我千呼百唤,苦苦寻觅的木瓜树。

我没有吃惊,也没有激动。我放慢步子,一步一步,走到了木瓜树跟前。但我分明有些不自然,瞳孔上掠过去了一丝闪电的影子,两只手捏了捏衣角,我甚至还轻轻咳嗽了一声。

木瓜树站在这里,已经站了一千三百年了。一千三百年,从未挪动过地方。在一个地方站这么久,能一直站着,连站的姿势都没有变过,从一秒一分的时间累计,从每一天的早晚,从每一年的四季。一百年都够漫长了,不是一个一百年,而是十三个一百年,木瓜树就这么站着站到了今天。这得多么高深的定力,才能无我如有我啊。我差一点就错过与木瓜树见面的机会,但是,木瓜树并没有隐藏起来,木瓜树不知道什么叫离开。木瓜树在同一个地方,见识的人多了,我如果真的没有见到,只能怪我自己,只是我这一个个体,对于木瓜树的放弃,而丝毫不影响木瓜树的存在。木瓜树在我之前有了,在我之后,木瓜树还会在这里。所以,能和木瓜树相见,是我的幸运,我的造化。

两棵木瓜树,相距四五步,长相几乎一样,都枝叶繁盛,挂满了鸡蛋大的青木瓜。由于几天的阴雨,地上掉落了一些木瓜,我捡起一个,有些冰凉,有些光滑。木瓜树的树冠呈斗笠状,压得很低,差一点就伏到地面上。从远处看,看不见树干,只看到两大团张扬的绿。走跟前,树身如生铁浇铸的一般,颜色是那种从炼铁炉里取出来,又在冷水里浸泡冷却后的灰青色,有一部分则隐现着铁锈的暗红。我想,只有这样结实的树干,才能支撑起丰盈的冠顶,才能一千三百年只用一个造型,依然屹立不倒,把世上的沧桑阅尽。我在木瓜树下站着,想象每一年采摘木瓜的情景,心里甜蜜起来。人们啊,金黄的木瓜,抱在怀里,木瓜的味道没有变,人们的衣服,换了一身又一身,穿唐朝的衣服,穿宋朝的衣服,穿元朝的衣服,穿明朝的衣服,穿清朝的衣服……被秋色映亮的脸,洋溢着的,都是丰收的喜悦。一代又一代人,来了走了,对于谁,木瓜树都不拒绝,都把硕大的果实,奉献出来。

世上万物,生生不息,更替不止,几乎都是岁月的过客。这是铁定的规律。我可能会产生一天也漫长的心理感觉,但这只是我的感觉。当我对宇宙的了解以光年计算,这是一种漫长;当我对地球的了解,从上古生界开始,这还是一种漫长;当我对人类的了解,起头是史前时期,这又是一种漫长。眼前的木瓜树,也是一种漫长,给予我的感受更具体,更直接。在木瓜树生长的骊山,周幽王曾经烽火戏诸侯,秦始皇把他神秘的陵寝,设置到了地下。那时候,木瓜树还没有来到这里。大唐的长安,建造了当时世界上最宏伟的宫殿,如今还剩下了什么,只有废墟,只有遗址。而木瓜树就是在唐玄宗年间,被栽种到这里的。据说,当时宫内御医治疗太子咳嗽时,以木瓜入药,为了配药方便,特意从南方移种了木瓜树。就这样,多少被认为可以永久的事物,都灰飞烟灭了,多少想延续的生命,都化作了零落尘泥,木瓜树却不言不语,春雨秋风,生长到了今天。当年,木瓜树只是一株细弱的幼苗,一年扩大一圈年轮,一年长出一树绿叶,一点点放大着尺寸,一丝丝曲张着根须,长成了参天的大树。木瓜树是外来者,却能适应西北的水土,落地生根,接通骊山的地气,并且反过来以生命旺盛这一片天地,浑厚的山丘下面,一定密密地网着木瓜树的根。木瓜树已经成为这里真正的土著。

看了桄角树,看了木瓜树,我还有什么不知足的呢?折回村口,我吃了一顿农家饭。计野菜两碟,土豆丝一盘,锅盔一角,手工面一碗,全被我吃光了。

岗 家 寨

岗家寨在西安北郊的东头,往南是方新村,朝北是尤家庄,属于城市里头的村庄。别看就巴掌那么大,却成天过集市一样闹哄哄的。我到西安十多年了,去的最多的去处,就是岗家寨。主要是离我租住处近,每天来回经过,有时肚子饥了,也来这里寻吃喝。一天天的,我熟知了岗家寨,也喜欢上了岗家寨。

岗家寨横竖着的全是水泥的楼房,矮的两层,高的五层,楼面直接露出红砖,有的讲究些,抹一层水泥。是那种经历了拆迁,改造,圈占的反复后形成的建筑。这在许多被开发吞食的村庄,都能看到这种剩余的格局,像是用同一张图纸复制出来的。岗家寨的楼房,下面是一间一间铺面,每一栋楼的侧面,都安装一扇铁门,进去,天井狭小,楼梯伸展上去,租住着各色人等。主人家则住在一层。迎面的楼房之间,是通道,刚能过三轮车。竖的这条长,隔上一段,又横出一条通道,都短,三五步就走过去了。岗家寨总共有一竖五横的范围。超出去,四周是宽阔的市政路,是新建的门口装摄像头的小区,是未央大道,两边分布着大酒店、超市、银行和一家图书馆。大楼气派,装饰豪华,银行和大酒店的大门两边,都蹲着威武的石狮子。外面的气象,似乎与这里无关,外面似乎是另外一片天地。如果外面是城市的脸面,胸膛,那这里只能算脚指头缝。自然就脏,就乱,身子金贵的人是不来的,偶尔路过,会掩鼻紧走。这里的生活场景,和外面是不同的,有区别的。

岗家寨并不封闭,自成一体的寸方间,神经和城市是连接在一起的。毕竟,这里离繁华近,外来的人口在岗家寨安身,既是图个便宜,也为了出去谋生方便。来往的人流,也不断地涌荡在岗家寨。常常都后半夜了,还响亮着划拳的声音,脚下站着睡着一堆啤酒瓶子。也会响起受惊般朝路上泼水的声音,女人半裸的身子,闪到窗户后面去了。奇怪的是中午会出现穿睡衣的姑娘,光脚套着拖鞋,头发散乱,还没睡醒的样子,买三个软包子,手里拿一个吃,剩下两个塑料袋里提着,细碎步子折回租住房。据说,这里有不少姑娘,涂鲜艳的口红,描粗重的眼线,半夜出去上班,挣下的钱,在长筒尼龙袜子里的上边别着。

除了铺面里买卖物品的,在路口摆地摊的,架子车支起来做货架的,也一声声吆喝。我买过水杯,鞋刷,现在还在用,买过一条裤子,穿了两回,缩水,裤脚跑到膝盖部位,穿不成了。水果我经常买,夏天的西瓜,冬天的橘子,秋天的苹果,葡萄,比超市的好。横竖的街面上,还有修电器的,补鞋的,理发的,出租录像带的,还有看牙的,出售电话卡的,卖彩票的,甚至,还有算命的。听说一个陕南来的小伙子,在家具城当搬运工,一天喝醉酒,用生日数填了一张号,中了一百万,第二天人就失踪了,再没见回来。

最多的自然是饭馆,一家挨着一家,门面的样式几乎相同,里头的摆设几乎相同。火炉子就盘在门口,炒菜的锅,下面的锅黑糊糊的。说不上哪一家的特别,哪一家的能吸引人,往过走,看到都有三两个人在里头埋头吃饭。这些饭馆还有个一致的作法,就是都在门口立一块案板大的木板,漆成红色,用黄广告写着菜谱,标着价格。每一家饭馆,我都进去过,先看别人吃啥,觉得合意,我也点一样的。有的我只是看看,又出来走了。往往会有一个矮胖的服务员说一句:下次再来!但做面的饭馆我全部吃过,好吃了,我就多进去几次。不对胃口的，下次就不进去了。

饭馆小，名字起得气势。比如"大西北面馆"，比如"四川一品"。最敢叫的一家是"大陆面庄"，一家是"星球早餐铺"。看多数饭馆的菜谱，似乎南北风味，天下菜系，都能在门口的铁锅里加工出来。专心主打一类吃食的饭馆也多，像这家特色鱼店，供应如下：极品红烧划水鱼、肥肠烧鲶鱼、麻辣豆花鱼、特色塘坝鱼、黄金老碗鱼、泡椒烧鲶鱼。我挺佩服的，能把鱼做出这么多样样，确实了不起。我夏天晚上吃过一回麻辣豆花鱼，盐重，鱼烂，回去就拉肚子。我爱吃面，每天都要吃一顿面，不然睡觉不踏实。大西北面馆的面食计有炒拉条子、炒细面、炒麻食、西红柿鸡蛋面、炸酱面、拉条子拌面，我全叫得吃过。除了拉条子拌面四块钱一碗，其他都卖三块。伙计腕子上舍得使劲，面和得结实，分量也足。我有一段手紧，算着吃饭，一个礼拜，每天只吃一碗炒拉条子，能扛住。有一家面馆更简单直接，招牌上就三个大字：裤带面。下面的小字写着：一根五角，汤一元一碗。裤带面真的有裤带那么长，汤盆和洗脸盆一样大。吃裤带面，得歪着头，拿嘴叼住一头吃，像蛇吃东西一样。我最多一次吃了四根，平时两根就饱了。

卖裤带面的叫刘重，咸阳马庄人，到岗家寨三年了，一直卖裤带面，没改动过，也不添新的样式。到他这里的人，都是冲着裤带面来的。刘重给我说，这面好，秦始皇那时的人就吃，一直吃到而今。怎么不在乡下待着呢？刘重说，马庄是个穷地方，半个村子的人都出去打工了。光靠土里头刨，娃娃的学费都凑不齐。不过，马庄也红火过一阵子。一天下雨，就我一个人吃裤带面，刘重跟我聊天，说那是十年前，上面发了个红头，说在马庄进行新经济试点，以为种小麦呢，却是放开办歌舞厅。哎呀，一夜起来，世道变了，天地翻了个个，满村都是小姐，穿得新鲜，更穿得少，接着，把西安的客人吸引来了，把兰州、银川的客人也吸引来了。最阵势的时候，马庄的小姐有四五千，邮所改邮局，早晨上班就有人排队。小姐往家寄钱呢。开始，村里人意见大，等自己家的破窑洞都让外面人高价租了，光是卖矿泉水都能收入千八百，就再没人反映了，再等到村里的土路修成油路，全村人倒担心政策变了，把小姐和客人吓跑了。可是，政策没变，两年过去，却不见客人来了，客人不来了，小姐就待不住了。说到这里，刘重感叹，马庄一晚上上了天，又一晚上塌伙了，扬了灰了。我就说，那你咋说总挣了些么。刘重摇头，唉，我胆子小，开始没敢上手，来人租我的房子不给租，怕着一家伙。只是随后学别人，在村口摆了个烟摊，卖的都是外烟和卷烟，虽说一天进个十块八块的，但好光景短，大钱没落上啊。刘重说着说着叹口气，起身封火炉子去了。外面，雨水滴答，潮气迷漫，火炉子闪了一道光，快速地从刘重脸上闪了过去。

在岗家寨五横的第二横的头头上，是一家砂锅店。老板王五一是甘肃靖远人，跟我算老乡。王五一刚来西安时，因为有驾照，找了个开出租的差事，路不熟，开了一个月，罚款就交了一千多。最倒霉的是一天夜班，上来两个醉醺醺的，要到乾县，嫌远，怕不安全，不愿去。人家说，平时二百拉，今儿给三百，有紧急事呢，就心动了。还没到乾县，刀子顶到腰上，要钱，手机也抢走了，还要抢车。王五一急了，护住方向盘不下车，扯嗓子喊，对方也紧张，捅了一刀就跑了。半年间，王五一已经三次撩起衣襟让我看他的伤口，左侧肋骨真的有一道两寸长的疤。我问王五一，以前做过饭吗？王五一说没有，靖远老家的男人从来不进伙房。那做砂锅跟谁学的？没跟谁，自己摸索的，就是吃别人做的砂锅，留意里头放什么，就会了。正和我说着，进来一个人，说来一份粉带砂锅，王五一当即就把砂锅坐到火头上，一会儿水开了，拿手抓配料搁进去，再放调和面，放盐，拿勺子搅搅,就好了。王五一的砂锅种类多,都热火好吃。冬天晚上,缩着身子,伸着脖子,吹着气吃最可口。我吃过肉片砂锅、丸子砂锅、土豆粉砂锅、麻食砂锅,味道都差不多,但我的确喜欢吃。去的回数多了,王五一照顾我,总会多放些青菜和粉丝。王五一一个人在岗家寨开店,里外一个人忙。他有一句口头禅:嘴苦得说不成。但我看到他整天一副笑脸,有空就在门口吆喝:砂锅! 砂锅! 王五一说,再过半年,把老婆娃娃接过来,西安人稠,能伸展开,一起把砂锅店开下去。王五一说,老婆娃娃还没见过钟楼呢。

我吃饭认识的另两个人是小两口,四川人,店名叫好再来。女的长得白净,杏仁眼,长脖子,小肩膀,门口一站,人不由进来坐下,要个吃的,吃几口,在女的脸上看几眼。在满是灰头土脸的岗家寨,女的越发出众。男的也帅气,大个子,眼角有一颗痣。他俩姓啥,我还没问清楚,光知道男的小名叫狗娃,女的叫美娟。他们自己老叫,熟悉的吃客也叫,狗娃,再来碗米饭! 美娟,加些水! 叫美娟的多。我也喜欢美娟,一次找地方吃饭,就是冲着美娟才停下的。美娟嘴甜,一句半句,就让人舒服。介绍一种菜,你要了,她重复一遍,狗娃那边应一声,油锅就开始嗞啦起来。虽然饭菜的味道一般,但家常,干净,来吃的人比左右都多。旁边一家开玩笑说,美娟就是一道招牌菜啊。美娟和狗娃还有头脑,下午五点前客人少,就置办了合金的手推餐车,炒五种菜,有西红柿鸡蛋,土豆丝,手撕包菜,蒜薹炒肉,麻辣豆腐,由美娟推到未央路的路口叫卖,一份三元,连米饭带各样菜装进快餐盒里。就地吃行,带走也行。那里有两处建筑工地,还有一家超市,里头的人图便宜光顾,一会儿就卖完了,折回来,不耽误这边的生意。我有一天晚上在好再来要了个辣子炒鸡蛋吃着,还要了一瓶子啤酒喝着,突然停电了,黑得啥都看不见。美娟忙把蜡烛点上,连说不好意思。又说,电费按时交着,一月停电四五次,没有人管。我说没事没事。蜡烛一闪一闪,没有刮风,似乎是热气,一会儿火焰小下去,要灭了一样,我赶紧把一只手弯成弧形,护住火苗,等稳住了,再松开。再吃,再喝。停电了,四周的声音明显降低了,过往的人也减少了。有些刚进来坐下的,也起身走了。美娟就让狗娃出去催问电灯多久来?关于他俩的关系,后来我才从房东嘴里知道,美娟和狗娃,还没有领结婚证,是同居,还不是一家子。两个家境都不错,小时候没吃过苦,谈对象,美娟家里不同意,要给美娟介绍一个。一次争吵后,就约上狗娃离家出走,跑到西安来了。他俩这么打算的,过上一年半载,再和家里边联系,要认可他们,就回去,不认可,就不回去了,在西安自己过日子。对这两个年轻人的行为,我挺敬佩。

房东是个胖子,夏天天天在门口支一张桌子,和邻居打麻将。在岗家寨走一个来回,最少看见十个麻将摊子。一会儿哗啦哗啦响一阵。也有下象棋的,蹲地上,下半下午。打麻将的全是岗家寨的村民,房子租出去,吃房租不受累,闲时间打麻将打发。下象棋的是出苦力的,找下活就干,找不下找个人下棋,谁输了请客:吃旁边老李家的炝锅面,要大碗的。和胖子见得次数多了,每次点点头,打个招呼。胖子一次对我说,他楼上住着小姐,说,就是那种洗浴中心的小姐,一间房子住四个人,都是老乡,她们腿打开就来钱,还节约的不行,吃饭就吃一份面皮。胖子说,小姐白天都闲着,你要是有兴趣可以给帮帮忙,我牵线!我说,你是房东,你自己用!胖子说,不能!用了就把房租抵消了!胖子还要说,一只手拧住了耳朵,疼得嗷嗷叫。胖子老婆出来了。

岗家寨一棵树也没有,地上都铺满了水泥。过去的岗家寨啥样子?我不知道。往久远说,汉朝啥样子,唐朝啥样子,也不知道。岗家寨离大明宫很近,离龙首村也近。历史演变,地面上没有留下痕

173

迹。地下面可能埋藏着什么秘密,但还没有被揭开。这些,对于我这样为生存奔波的人来说,都不重要,我也不是太关心。能说清的是跟前的事情,老人马继学说,八十年前,岗家寨是一片荒地,晚上还有狼出没。后来就有了人家,有了村子。地气太旺了,种粮食,收成不好。成为城中村,就在这十多年。榆树、杨树、桐树,全砍了。猪也不喂了,鸡也不养了。连祖坟都挖了,尸骨都送到火葬厂化成灰了。我问是过去好还是现在好?马继学老人说,自然是现在好!

　　我了解的岗家寨,就是我每天看到的,就是现在的岗家寨,一个被流动人口填充起来的岗家寨,一个被外来人口支撑起来的岗家寨。在西安,许多像岗家寨这样的地方,穿插在城市的边缘,让底层的人,安顿下疲惫的身子,让贫苦的人,有一碗饭吃,让游走的人,有一个落脚点。我要感激岗家寨,没有拒绝我这个外来者。我要庆幸,我的身边有一个岗家寨。风里雨里,岗家寨给予我温暖,给予我生活下去的力量。

绝 唱

　　黄河横贯中土,浩浩滔滔,奔泻大海,一路上,有曲折也有平稳,有暴戾也有舒缓,但扑腾出去了,是不会再回头的。黄河的性格,何尝不是其滋养的生灵的性格呢? 黄河过宜川,却没有一扫而过,停下不走了似的,用尽水滴石穿的力气,硬是掏挖出一个壶口,似乎在暗示:这是一个盛装大有的容器, 这是黄河千秋万古的命门。

　　黄河之水天上来。未曾一睹壶口的面目之前,在我的想象里,壶口悬天,一腔大水由高处跌落,为大地灌顶,又义无反顾,浩浩东流。黄河把最大的气势,选择在壶口宣泄,在壶口,黄河作了一次最重的发力,一次最痛快淋漓的暴发。黄河,拿出从发源地一路吸收的全部流量,实现着一次果决的纵身。这样的壮举,能够做到的,只有黄河。因为,中国只有一条黄河。因为,用一个"河"字,便可以专指黄河,"河"字,千百年一直为黄河独有。因为,黄河的"河",是天下所有河流的词源,是天下河流之母。

　　二十多年来,我频繁地奔走于陕北的广大地域,无论是山塬连绵的安塞,还是漠风劲吹的靖边,我都曾长久地居留,并在和当地人的朝夕相处中,渐渐有了土著的心态。我不仅仅惊叹苦乐由心的信天游,一个劲的大红着的窗花……这些有形无形的原生态,毫无疑问会在岁月里恒久, 即使一粒生着肚脐眼的小米,一蓬完全干枯,却能因为一滴水而顶出一星绿的蒿草,也让我获得人世间不曾遗失的温暖和坚守，而更加敬重生灵更替中传承下来的隐忍和豁达。

我曾在一个冬天的夜晚，登上白云山。一路上，头顶是铁丝一般的枣树的枝，盘绕出一个清冷的天空。我脚步轻微，是为了不惊扰神灵，也是想让寂静如水的夜色，把我土尘的肩膀染湿。立身高处的道观，月光淡然，虫声不起，远处，隐约有巨物在移动。放眼山下，黄河在山塬的高低起伏间缓慢流淌。浩大和阔远是不需要映衬的，存在自身便是一切。只有黄河，才能如此自信，不在乎外在的修饰。似乎压低了声音，却依然是雷声，是天地的大音。潮湿的气息，使我的手脚更加冰冷，我知道，这气息，来自黄河。这一次佳县之行，我觉得，正是一条黄河的沉稳流过，才有了佳县之佳，才有了天地间人与自然，人与万物的通顺，并通过柴火味的炊烟表达出来，炊烟下，砖窑，灶火都是祖辈流传下来的，由于经久而深具家园意味；通过被泥土磨亮的农具表达出来，那带铁的部分，由于珍惜而非常耐用和应手。

走遍陕北，我就觉得壶口的诞生，并不是造化之手的偶然促成，的确，只有这片知冷知热的土地，才能为壶口造型，才能够安放住壶口的身体，让壶口在时光的更替中永恒。

那是一个炎热的正午，我第一次去看壶口。行走的线路，是从陇东庆阳出发，一路北行，过子午岭，山体庞然，满山葱茏，待渐渐低矮，消瘦，草木稀疏下去，视野反而开阔了，经合水，越富县，抵达甘泉县一个路口，又转向斜插进去，我向着宜川，向着壶口进发。两边都是土山，一边高挺，山头上覆盖着绿草，路在山脚下曲折，一边平坦，坡上被开垦成庄稼地，中间隔着河渠，水很低浅，石头就显得突出。柏油路上，丝丝缕缕热气在升腾，由于光照的作用，十米二十米远的路面，闪耀幻觉般的光斑，距离近的树木的树枝和叶子，看去似乎在不断虚化并部分变形。树木的生长让山塬柔软，成波浪，成潮涌，我幻觉山塬在腾挪推移，在变动着位置，似乎要湮没低处的汽车。汽车却像粘合在了热烫的路面上，轮胎的每一圈转动，都是一次艰难的剥离。当山塬纵横的形势渐次弱化下去，视野失去了遮挡，我分明来到了侵蚀区的边缘，身子由低处来到了高处，越是往前走，越能感觉到一种巨大的空，巨大的虚无。

　　果然，晋陕大峡谷，这亘古的存在，无声于我的面前，这就是我感觉到的空和虚无。这一刻，我体验到的首先是寂静。无边的寂静，原初的寂静，震慑了我的魂魄。我知道，壶口就在这寂静的大峡谷里，壶口是不寂静的，可是，我怎么听不到黄河跌入壶口发出的声音呢？那可是惊天动地的声音啊。大峡谷两侧的山体，似乎经历了剧烈的扭动和牵拉，如今虽然默默无言，但看得出，那层层叠加的石层，承受着的是不能使用计量单位表述的重量，我几乎没有看到浑然完整的巨石，石头也在地质的时间里，碎裂了庞大的身躯。如此阔大的峡谷，才是天地的久远。在这里，人是过客，草木也是过客。一时间，我心里生出一丝悲凉，为一世的短暂，为一事无成的光阴虚度，更为这再过一千年一万年也不会有多少变化的峡谷。峡谷是一个多么巨大的缺口，才有了容纳，有了不失去。风在峡谷吹着，黄河水在峡谷流淌，它们互相成就着，也互相成全着，一阵风吹远了，还会再起一阵风，黄河水流淌，黄河水在峡谷不断流，这才是永远，才是大地的证言。我来到这里，只是停留，这里有我无我，都不算啥。在这里走一趟，我留不下什么痕迹，这我知道。我知道我的渺小，我的脚印，我的影子，我的一声叹息，发生了也如没有发生，轻轻地变都成了过去，消失于时光的深处。

　　但是，我还是来了，神往，期盼，一回回谋划，要看壶口，要以壶口的胸怀，扩大我的浩然之气。要在走着走着就走到老，走到死的一辈子,活出意义也活出挣扎,活出自在也活出放开。人都有不甘心,人都想在认命平凡的过程中,追求可能的崇高,我又怎么能例外呢?但是,我依然在想,一个壶口,能让我提升起人生的境界吗?

我慢慢移动,接近着壶口的方向。峡谷的这一侧,是宜川。我就站在这一侧的高台上,俯视着峡谷的纵深。随着角度的转换,我终于看清楚了,峡谷间不光是岩石的平面和平面上的高低起伏,在灰白的颜色上,覆盖了一层浑黄,其宽度几乎占去了峡谷的一半。这浑黄,似乎是静止的,固态的,只是区别于灰白颜色的另一种颜色,但把目光集中到一处仔细看一会儿,就会感到这浑黄在移动。是的,移动!这正是黄河的身子在移动!恍然间,我似乎休悟出了一个道理,那就是只有黄河,才能和这浩然的峡谷对应和匹配,就像西天注定属于如来,就像曲阜方可诞生孔子,就像秦陵只能让嬴政安身,这峡谷和黄河,是互相造就,是互相拥有着的啊。

当我下到峡谷里,谷底这石头的河床放大了。而在河床的中间,是一条深陷下去的沟槽,走近了我才看清,黄河就在沟槽里涌动着缓慢流淌。或者,不能叫流淌,因为水流是动着的,却如同静止一般,似乎不是河流在动,只是时空在动,造成我认为河流在动的错觉。但是,的确是水流在动啊,巨大的动,竟然也如静止一般。这石头的沟槽,肯定是黄河的水流冲刷出来的,需要多么漫长的日月,黄河才能在这坚硬的石头上,把一条石槽刻凿出来啊。水是至柔之物,却以柔克刚,几乎像舌头舔铁,像微风吹山,竟然就让顽固的石头,也浅了下去,深了下去,竟然在浑然的石头的身上,只是用水的分子,拓展出深邃悠长的河道来!

我顺着河槽的边沿逆行向前,我隐隐觉得,壶口,应该就在河槽的起头处。果然,石头的河床被水流腐蚀得更为凌乱,也更为宽阔的前方,我在低处的石台上,看到黄河的水流,像打开的扇面,逐渐收拢,逐渐集中,正在石头的不规则的台阶上跌宕,而最粗壮的一脉水流,齐齐排放,倾倒,正把一腔子的吼声,窝下去,压抑着一般,实际上反而营造出更大的动静,归了下面的石头的大洞,又沸腾着鼓凸出来,顺石槽奔流而下。我的确是痴呆了,张着嘴,却什么也说不出。是的,我丧失了表达的能力,我的动作,我的语言,在这里统统失效了。在壶口面前,我只有老老实实的,像一个幼儿,像一张苍白的纸。壶口让我明白了自己的无知和无助,壶口叫我领会了没有底气就不要张扬。擎起壶口一饮,我还有这样胡乱的心态吗?置身自然,人难免联想,也对接自身的感受,我有我的卑微和弱小,但是,我也有我的自大和修为,在壶口的壮观里,我的胸襟,也要辽阔,也要舒展呀。

天下黄河一壶收,一个壶口,装得了黄河,也装得下世上万物。经过壶口沉淀和激荡的黄河水,完成的是一次再生,从此成为全新的黄河,成为一往无前的黄河。为后面的行程,为无际的海洋,黄河将更能担当,更加包容。我奇怪命名壶口,不仅仅寓意象形,一定还有更深刻的原因。壶中有乾坤,壶中天地大。大千世界的壶,独此一把,只为黄河订制,也只有黄河才能匹配。这壶的肚量,这壶的吐纳能力,这壶的坚固,是雄性的,是舍得的,是宏图的,才有了晋陕大峡谷千古春秋的绝唱。

这一次来壶口,我委身坐在一方石板上,忘记了时间,忘记了暑热,我看着壶口的飞瀑,听着壶口的声音,不愿意离开。天色渐渐暗下去,恍然间,夕阳的灿烂,又把金黄的光线,向着阔大的河床投射,竟然出现了早晨的明亮和朦胧。我眯起眼睛,观望排浪翻腾的黄河,似乎镶嵌了道道金边,似乎是成熟的麦粒,在打麦场上扬起,扬起又落下。我知道,现在的大光明,是短暂的,一会儿,壶口和大峡谷,都将没入黑暗,只有闷雷般的声音,依然不间断地在喧响。这声音,只向地心的石头传递,向峡谷顶上一朵弱小的蒲公英传递。也许,我听到的声音,不是真正的壶口的声音,只是一个迷惑,一个假象。我不敢说,来到壶口,我就有了聆听的耳朵。也许,我只有把全部俗世的感官关闭,把纠缠于心的杂音统统清除,我才能听到壶口的口唤。如果我做不到,我对于壶口的赞美,都可能是虚假的。壶口虽然没有拒绝我,排斥我,但我对于壶口的理解,实际只是进一步疏远了壶口。壶口,还如自古以来所做的那样,自有着,超然于时光的秩序之外,也超然于人们附加于它的荣辱之外。我这么想着,脸上一湿,落了一层细微的水珠。壶口,正升腾着云烟,看去,不是水的生成,似乎又是水的转化。丝丝烟缕,不断从壶口的深处飘散出来,似乎在壶口的下面,正燃烧着天火,在为壶口加热,在让壶口沸腾。但我知道,虽然水火不容,在这里却是一个意外,在壶口,出现什么样的奇迹,都不足为怪。壶口有水也有火,壶口是水火共生的,水就是火,火就是水,是水在自燃,也是火有着水的形态。有水深,才有火热,壶口的水火,是黄河的本相啊。不然,壶口的这一嗓子,又如何吼出,吼出这黄金的大音。

天黑实了,我才起身,来到塬峁间穿插着的宜川县城。灯光便高低逶迤,低处的比高处的密集,高处的却比低处的明亮。最高处,零星数盏,放射青光,不知是人家,还是变电站,仔细看,却是天上的星星。夜翻县志,我才知道,宜川的取名,也是有来历的。早在1500年前的西魏大统时期,便已经置县,初名义川,宋太平兴国元年,改名宜川。我琢磨宜川这两个字,就觉得起的恰当。黄河也是属于宜川的,壶口也是属于宜川的。宜川宜于川,就是宜于河流,宜于水,水乃涛涛大水,河是万古黄河啊。自然,宜川的河流多,汾川河、仕望河、白水川河、鹿儿川河、如意川河、猴儿川河,一共六条河,生养在宜川的地界上,性子可能不同,却都体贴人意,造福众生,而且,全部呈放射状,由西面来,向东面去,地势也是西高东低,安排好了似的,一一加入到了黄河的躯体中,成为黄河的血脉。

第二天天放亮,我走在宜川的街道上,一下子就喜欢上了。我喜欢这个城市的安静,也喜欢建筑布局的错落。山谷宽敞,视野便敞亮,坡地窄狭,屋舍多紧密,而变化就在山势的起伏间自然完成。盲目行走,一方四方摆布着青砖的箍窑式两层楼房的院落吸引了我,门口没有人拦挡,我便进入到里面,看去似乎是公家的单位,因为是礼拜天,静静的,没有一丝声音,院子中间,长着三棵大洋槐树,白云般的槐花,开放的茂盛。最可心的是槐花的清香,弥漫在空气里,我的肺腑一下子清新了。我看着楼房的样式,那种老旧和结实,是岁月的风雨里自然形成的,那种朴实和规矩,也是盖楼的人和住楼的人一起完成的,得当,韵味久长。这样的建筑,在宜川还有不少,我时间不宽展,就去了一两处。到一处地方,四处走动是我的习惯,脚走累了但心里情愿。我一定会去农贸市场,去看买卖些啥,吃的,用的,多是地里长的,生命力在其中,居家过日子的平常在其中。我可能会买上一棵萝卜,擦擦泥土,生吃,吃一份清脆。也可能坐到小吃摊子上,吃上一碗带汤带水的吃食。在宜川,我吃了荞面羊腥汤,还吃了一块黏米饼子。我的胃的确舒服了。在一个地方吃上些啥,回去想想,记忆具体,感觉没有白来,过多少年,吃的食物是个引子,忘不了,这是我的经验。我来宜川,留下的印象就深刻。

后来,我又多次到宜川,一点一点熟悉这片高原的山水,每一次,都要去看壶口。去一次壶口,虽然没有导致我内心剧烈的改变,但来的次数越多,我越是带着情感和壶口对视,我的所思所想更多的和这块粗粝的泥土契合一致,我有回家的感觉,有返到源头的感觉。我曾经迷恋宜川的胸鼓,被高高抬举的鼓面和鼓槌,抬举起来的,也是一个壶口;那抡过头顶的另一种长鼓,也是兴盛于宜川的民间,叫斗鼓,那激越的神态,不也是黄河的一个个浪头在汹涌吗?于是,我从山原间缭绕的炊烟里,闻出了黄河的味道;于是,我在饱满的苹果的光泽里,看到了黄河的颜色;于是,我在宜川人坦然的脸面上,悟出了黄河何以能够万古流长。陕北的每一处,都有其独有的风情,都蕴藏着不尽的人文力量,而宜川的风物,使我更能入定,找到活下去,活得自由,活得快意的理由。一方水土养一方人,宜川的水土,是黄河造就的,是壶口托举的,宜川让每一个来这里的人,心底都变得敞亮起来。

又有许多年没有到宜川了,壶口的消息,一直被我捕捉着,这不仅仅关联着我的经历,也关联着我的肉体和精神。我向往壶口,也一次次盼望着能再走宜川。这一次,正值高远深秋,我又走在前往壶口的路上,我的心思是急切的。山头树木杂生,野草披靡,呈现浓烈的斑斓,如豹子的皮张,但我还是安定不下来。我的心中,一个壶口,已经翻滚起来了。

毛乌素纵深

我这些年一次次进出毛乌素，我的身体在无遮无拦的疆域放纵着受活着，久远的孤荒刺激的不仅仅是我的感官。一种持久的力量贯穿了我，这是钉子的尖锐，更是清风的柔和。的确，毛乌素天大地大，可接可触的辽阔和空寂，是我内心所需，同我血脉感应，也营养了我的一腔浩然之气。我知道，我只是一个过客，甚至怀有浅薄的征服和徽章式炫耀的俗念。但是，宽容的毛乌素还是接纳了我，在我无法成为命定的土著之前，在毛乌素的天地间，已不知不觉又一次改造了自己，已和这里的草木与沙石同类，已从骨肉和精神上自觉地归属了毛乌素啊。

毛乌素沙漠是地理图册的命名，而我深切地明白，交织在心中的情结，只有双脚才能探寻出一个轮廓。在毛乌素的南缘，分布着大片白杨林带，其间穿插着沙地和农耕之田。这里是陕北以北和内蒙西部的交界，马蹄和锄头，一遍遍叩响历史的阵阵回声。丘陵上耸动着残破的土墙，磨薄了古今日月，也淡化了世代恩仇。掏深了窑洞也就安顿下一生一世炊烟的，都是不愿颠簸的身子。窗花贴上了，辫子梳长了，毛眼眼里，看到的还是信天游远去的背影。往来于甘苦，只剩下苦的那天，也会认命的咽下。我曾在这小米暖热肝肠的三边留居，粗糙的生活光景，蕴涵着细致的声色，这是原声，这是原色。我的生命体验，在重重跌落到泥土里的时候，而获得了提升，让我开天眼一般看清了人类精神的又一个版本。但是，我依然不安和躁动,我渴望再次动身,再向北,一路向北,向着毛乌素的纵深。

跨过无定河喧响的水声,穿越树冠如炬的柳林……我又一次进入了毛乌素。一路上,刚被沙丘上的一丛芨芨草吸引了目光,低下去的谷地里,成片的水稻田,在日光下,镜子一样闪耀着一块块光斑。沙地的燥烈又在相连的路程展开时,却在快要接近巴图湾水库的山坡前,嗅到了空气的潮湿……我已经不会心存疑惑,用书本和臆测的模式生搬硬套,只会让我对眼前景象的了解多一层隔膜。大自然从来都不是单一的标本,即使在一个普遍认定的地域,它的多样性和变数也可能始料未及。就拿三年前来说,由于雨水的丰沛和持久,毛乌素深处无边的沙漠里,枯死多年的野草顶开铁丝一般的干枝,用一星星嫩芽,澎湃成浩荡的春潮,连人们裂成瓷片的脊背,也都能苏醒成一片盎然的草地!干旱的沙漠里,人们从来不自我放弃希望,苍天在上,双手呼唤,一滴雨,总会来到人间。沙漠也会自我疗伤,自我修复,把握稍纵即逝的机会还原本来的面目。在心灵的版图上,早已锁定了云的图形,任何粗暴的考验,都不能把根与根的团结拆开。今年又是季节的循环,又是滴水不降的大旱。盼雨的心情,刀子一样的利,绳子一样的紧。我在黄蒿界宿住的傍晚,天上过来了几朵云,渐渐簇拥到了一起,颜色一边深一边浅,且不断浓厚着、蓬大着。空气更加闷热,四野寂静,是那种探不到边际的大寂静。突然间,从前边乡镇所在地的模糊中,传来了咚咚的炮声,有人在急切地毫不泄气地连续向天上的云朵发射着炮弹。我知道,这又是在人工催雨了。这一次,能打漏天空的水箱吗?

我半夜醒来了一回,外面下雨了。这是盼望太久的一场雨。我感觉到了一阵阵彻骨的寒冷;顿时睡意全无,跑到了外面。一根一根雨,刺到了我的脸上。漫天都是密集的雨在空中倾斜擦碰的声音……这一场雨,下了整整一夜。天亮了,我看到了怎样的景象啊!

沙地上,布满了盛开的嘴唇,那是雨水滴落到一定程度后,打出来的一个一个水窝。我认得你们, 这是知道疼和爱也知道感恩的器官,是沙地植物:针茅、冷蒿、沙鞭、牛心朴子……是滩地植物:寸草、碱草、芨芨草、马兰草……当滴滴晶莹跳进持久的干渴,吸收着雨水,沙地收紧了,爱的身子动着了,沙地就像皮肤,加深了颜色,有了健康的弹性……

我向着毛乌素的纵深,似乎也是超度着另外的灵魂,一片前世的领地,已经知道了我的到来。过了乌审旗,一路来到鄂托克。沙丘连绵,天地敞开,我有被切割的痛感。会有被弃的闪念,也生出坚守的勇敢,但更想向生命自身追问忽视了的意义。

我曾用一首诗记下我的所见:

> 这里沙丘连绵却分布着一个个丰美的草场
> 这里人烟稀少却纵横着由无数脚印汇集的道路
> 这里旱象严重却涌动着许多波光闪耀的海子
> 这里神明安息却挺立着一座座颂歌传扬的寺庙

我想到过毫无节制的抒情和恣意淋漓的描述, 但我只留下了四句。不是我偏爱简练,也并非行旅匆忙,多年的沉淀,使我知道言说的珍贵。如果任由思绪泛滥,我担心每一次的触碰,会因为随意而丧失了我要表达的本真。这里的道路是车辙的汇集,是一群群牛羊洒落的蹄印。我愿意动辄离开大道,突入沙漠的洪荒。艰难地攀爬上一座沙丘,我却看见,一丛丛沙蒿,早已在沙子里扎根。已进入五月,沙蒿干枯着,还是上年没有一丝水分的枝叶,在热气蒸腾的沙丘上摆动。我捏住干枝,轻轻提了提,像收拢一束散乱的头发那样露出根部。我感到了一种柔韧,几丝纤细的绿色芽茎,正悄无声息地萌动着。这一个春天到来得迟了,但沙蒿没有耽误生长,一场雨不能使沙漠全部得到滋润,哪怕只有零星的水滴,溅到沙地植物的脚上,它也会马上苏醒,不知劳累地追赶时令。还有更加耐旱的生命,高举着绿色的旗。在沙丘的另一边,是抽出了高枝的沙柳和柠条。沙柳枝杆鲜红,眉形的叶子,无所顾忌地绿成一团。沙子都埋了半截身子,还是那么坦然地在热风中摇晃。柠条是让我心里喜欢的植物,现在正是柠条的好时光。一根根枝条,从头到脚,全戴满了黄色的花朵。柠条挥霍着属于自己的春天,花香肆意泼洒。柠条的手指,在这个黎明,似乎正一一按住又松开太阳的光线,似乎在弹奏着沙漠里的晨曲。我知道,在这孤绝的旷野,我再也不用担心迷失,我能把我的魂灵安妥,我知道,这里有我精神的乐园。我陷入沙漠的身子,也渴望作一回柠条。我还不知道,我有了多么大的改变,我还不知道,我的生命里,吹进来了多么大的风,已贯穿了我今后多么长的路程。

毛乌素沙漠里曾经遍生着一种叫黑格兰的树木,但如今已十分稀罕了。我知道在那里能够见到。对沙漠有感情的人,都会有自己的发现。而这种感情,不是来上一两回就能产生的,在沙漠里待一辈子的人,也不一定。我常去的一处,有二十多棵黑格兰。沙漠里的树木,注定了不会高大,黑格兰也只能长到一人多高,这便用足了五十年的光阴。黑格兰不是在长木头,是在长石头,长铁。这是一种用矿石浇铸的植物。那天,我正逆光走上一片沙坡,抬头间,我一阵晕眩,一团树冠的黑色剪影,烙上了我的视网膜。而此时有一朵云彩,刚移动到黑格兰的背景上,我不由自主地停下了,我愿意长久地被这样的图像雕刻。黑格兰的枝枝杈杈布满我的身子,正是我要硬气一生地渴求啊。

我要是说,这就是毛乌素,那我过于武断。对于任何一方地域,轻易下结论都是不可取的。毛乌素的苏里格,蒙语的含义,是半生不熟的肉。马上驰骋的成吉思汗,在这里祭奠敖包,彻夜的篝火,曾经映亮带血的弓刀。一切都已灰飞烟灭,多大的功绩,也会在时间里腐烂。只有弱小的芨芨草和骆驼刺,依然蔓延无际,年年繁衍。辽远而空旷的天地间,总能看见无声飞翔的鹰。我常想,在鹰的视野里,看到了一个什么样的沙漠?苏里格的庙宇多次被毁,又多次重建。如今是一座新修的法场。我去的那天,主持外出作法了,只有一个叫洛桑的小护法,独守着寂静的法堂。洛桑十分热情,给我介绍藏传佛教的今往。他不时停下,说这个我还没有悟到,这个我正在学习……他的自谦,增加了我的敬重。他说,佛家不打诳语,有一不能说二。我觉得,在我身边的是一个孩子,也是一个智者。洛桑是我的老师。我怎么能轻易就宣称了解了毛乌素呢。洛桑说他在苏里格长到十岁,到四川藏学院学习了两年。洛桑说,寺庙的四边,是四个淖尔,北边的叫乌兰,南边的叫奥钦,西边的叫圣盐,东边的叫札尔。洛桑说,春天的晚上,青蛙的叫声响成一片,像敲鼓一样。

毛乌素沙漠点缀着上百个淖尔和海子。这些沙漠里的天赐之水,神明之水,洗净了一代代牧民的前生后世。我的一颗心,被彻底浇灌,通透心田,一直敞亮到今天。在木敦查淖尔,我有幸看见了天鹅和衰衣鹤,安详地在水面上游动。高贵的天鹅,也知道沙漠深处的宁静,知道这大旱的世界里,还有天堂。我只是远远地注视,我甚至害怕我的呼吸对这旷世的美丽和终极的主宰有一丁点惊扰。是的,沙漠里奇迹般的这个休憩疲惫的绿洲,首先属于它们,属于这些先我存在的生灵。它们是真正的拥有者,是上天给了它们这个不争的特权。如果哪一天这水面消失了,天鹅和衰衣鹤的翅膀折断,毛乌素就真的死了,就不是毛乌素了。

毛乌素的暴烈,我多次领略。我知道,这里毕竟是沙漠,这里最广大的,也还是沙漠啊。沙漠有沙漠的脾性,也会用极端的方式表达。在冬春两季,沙尘暴在西北风的作用下,啃食地表,刮卷细沙,腾挪砾石,搬动沙丘,是没有人敢于在外面走动的。刚才还万里无云,沙平草静,只是一闪念间,整个沙漠都被颠倒过来了,整个天空都被掀翻了。这时候没有方向,没有晨昏,这时候没有爱恨,没有生死。毛乌素似乎在清理门户,在自残自绝。似乎是控诉,是驱逐,是暴力,是疯狂,是毁灭,是末日……我目睹了沙尘暴走后的毛乌素,我更加明白了毛乌素的脆弱与无助的一面,得靠着多大的毅力来支撑。是的,万物又将重生,沙子埋不住沙柳的脚。即使是最嫩的一片草叶,也会在又一个晴天,把卷缩的心跳,再一次启动。但我一直在想,也许人类更卑微一些,更懂得敬重和顺应自然的机理,得到的可能比失去的反而会更多,也更长久。

漂泊的羊群,在毛乌素,从一片草场,移向又一片草场。这情景,也很少看到了。沙漠被分割成大小的条块,围上了铁丝网,归属于不同的姓名。有一个新词:舍饲圈养。牛羊也开始定居了。这是无奈之举,过度放牧和对青草的激烈啮咬,使这方沙地的承受力已接近极限。不能大范围走动,羊群在绝望中,看着一朵朵白云飘过瞳孔。久远的历史,如此轻易地被一只羊消化,被一只羊穿肠而过。这也许正是希望。沙漠是知情的,季节轮换,风吹草低,总会有绵长的回报,给这穹窿笼盖下的四野。毛乌素不仅仅属于民歌,但一定会被再一次由衷地咏唱,是蒙语的长调、是汉语的苦调……

我不久前来到毛乌素,看到了别一种风景。旷野里,突兀着几尊高大的铁塔,从来没见过的车轮像大风车的巨型汽车也开了进来。原来这是地质勘探的人马。听说已经找到了天然气的埋藏,准备规模化的开发。这是另一个看不见的毛乌素,一个沉睡的毛乌素,有一颗火焰的心脏,将喷出滚滚不息的大地的鼻息……我们都在经历深刻的改变,昨天和今天,都有一支书写的笔,记下万事万物的每一个侧面和正面。有时候,无法拒绝,也没有理由排斥。选择是艰难的,一时之间的犹豫,可能就错过了答案。只是我心中的毛乌素,和我一样固执。不是说我只想要它的原样,祝愿毛乌素,我要它永恒的美好。

中年忙健身

我现在每天都锻炼身体,早上睁开眼,首先想的是走路,是快步走。晚上临睡前,拿两只哑铃扩胸三十次,哑铃每只重九磅。

过去,我没有锻炼的习惯。倒不是我身子懒,我承认我不爱动弹,是个安静人,但起床也挺早的,天不亮就穿好衣服了,起来干坐着,抽烟,磨时间。我瞌睡少,鼻子里没有瞌睡虫。当外头显出一点亮色,我就出去,在外头慢慢走,看一看树叶子,听一听麻雀叫。对于人们热衷的体育项目,我全部陌生,也不参与。就连运动量最少的象棋、围棋,我也不会下。别人打篮球,练太极拳,我看都不看就走开了。

哦,我说漏了一条,我会游泳。这可是体育运动中带有技术难度的项目。小时候,我在家乡的河汊学会了狗刨,每年夏天,都要精身子跳进浑黄的河水里扑腾一阵。图的是个乐子,没有强身健体的想法。而且,也冒着生命的危险,每年都有几个玩水的在这里送命。大人不让娃娃耍水,只能偷偷去,被发现了,没有少挨斥骂。长大后,游泳池在眼前头,我也不动心;脱了衣服,一身囊囊肉,怕人笑话,当年的那点兴趣,早都扔一边去了。

十多年前,有单位的人,都不烧开水,上班第一件事情,是到开水房打开水。回到家里,家属区也有开水房,家里备三两个暖壶,提一大壶开水,提回来,一个个灌满。开水房早中晚三个时间开放。所以,打开水是一项重体力活,是必须完成的家务之一。还有换液化气瓶,一般一个月得换一次,要到气站去换。液化气瓶沉着呢。买面粉,都是五十斤装的,差不多也得一月买一袋。那时,我生活的城市小,但走路多,稍远,骑自行车。都耗体力。上医院,走着去,上邮局,上银行,骑自行车去。见个朋友,买家用零碎,都是走路或者骑自行车。一天到晚,人活动着,饿了就吃,瞌睡了就睡,不考虑会多长肉,不担心脂肪堆积。我那时也年轻,身体指标都正常,看见谁锻炼,认识的,我还会说,吃饱了没事干,抱块石头到河里洗去。

到西安,场面大了,坐车却多了,路太远,坐车都容易误事,走路更不现实。平时,待家里,上班,坐着,活动量急剧下降。喝开水,都在家里自己烧,单位没有开水房了。米面都是小包装,买得多,超市送货上门。夏天,到农贸市场买两个西瓜,把门牌号写到西瓜上,回去等着,就送家里来了。家里用天然气,管子连到厨房,按一下按钮,气就出来了。再也不用换液化气瓶了。这说明生活的质量和水平在提高。但人也变懒了,身子骨常年闲着,毛病自然多了起来。我查出脂肪肝,得上高血脂,都是到西安两三年后发生的。我开始头晕,睡觉起身,头晕,走路转个向,头晕。早上九点多,瞌睡就上来了。趴桌子上也能打呼噜。人也开始发胖,吹气似的,和以前比是两个人。吃饭没吃饭,肚子总是圆的。还开自己的玩笑,说:混得背啊,把别人肚子没搞大,倒把自己的肚子给搞大了。

四十岁上,我开始了锻炼。我的锻炼是逼出来的,也是自愿的。原先,我早上出去,看到年纪大的人,有的拍打手掌,我就担心把手打坏;有的倒着走路,我怕摔倒起不来;有的哈哈大笑强身,我暗暗想别笑岔气;有的肩膀一下下撞树,我猜树都疼了,人一定也疼。我奇怪,一把年纪了,又蹦又跳的,精力咋这么旺盛,真是人越老越有出息啊。自然的,有些不理解的意思在里头,但我开始锻炼后,我就理解了。

　　的确如此,人老了,生命快结尾了,都想活得精神,健康,充实。可偏偏病也来了,骨头也酥了,闲下更易产生死的恐惧,于是,就锻炼,就努力培养乐观的心境。一个早上,一个晚上,在外头锻炼的,几乎全是老年人。年轻人很少锻炼,哪有这时间,谈对象呢,吃呢,睡呢,没到时候呢。就是中年人,也在事业和儿女的双重羁绊下,耗散着精力,周全着关系,难得轻松,回到家天都黑了,睡吧;出门急如风,要迟到了,同样很少锻炼,想倒是想,顾不上啊。似乎,锻炼是老年人的专利,似乎,锻炼只属于老年人。

　　我这个中年人,没料想,现在对于锻炼,却有着极高的热情。喝酒也不敢喝醉了,尽量喝红酒,对白酒则谢绝,强不过,就说对白酒过敏;抽烟也数数抽,而且烟把把也不往完抽,一根烟抽上一半就掐灭了。生活中一项重要内容,就是锻炼。是什么诱因呢? 很简单,怕死呗。和我年纪相仿的,已经死了好几个了,都是得病死的,都不爱锻炼,还养成了不良生活习惯。这等于在敲响警钟,这是反面的而且是极端的典型。人就是这样,不见棺材不流泪,健康方面的教训,可不能亲身体验,例子摆那里了,不重视,没有后悔药可吃。我得的病,不是光靠吃药能治好,像脂肪肝,发展下去,就是肝硬化,就是肝癌,我还没活够呢。于是暗下决心,一定要和疾病做斗争。于是,我采取了简捷的办法:减肥。

　　减肥考验的是人的毅力,一般人要么做不到,要么做不好。用药物减肥的,钱花一堆,落个后悔,减出毛病的也多。节食减肥的,常常以失败告终,由于亏了肚子,松懈后狠命狂补,反而比减肥前更胖了。我选择的便是节食减肥,在这方面,我挺佩服自己的。为啥,一个爱吃的人要是把嘴管住,还把啥管不住? 我本来嘴就馋,看书,看电影,只要上头有吃的描写,吃的画面,我就嘴里潮湿,想吃东西。听说哪里小吃可口,我会不辞辛苦,寻上门品尝,好了以后再来。单位同事出去吃饭,常到我跟前咨询,吃手工面啥地方地道,吃烤肉哪一家实在,吃水盆羊肉到哪里满意,我都会给出满意答案。私底下,我自认为可以算半个美食家。所以,有人知道我在减肥,而且是节食减肥,都预言我做不到,可是,奇迹再一次在我的身上发生了。仅仅过了一个月,我就成功减去十公斤体重,肚子下去了,裤带松了,双下巴没有了,脸小了一圈。我曾经三天只吃一顿饭,而且只喝了一碗清汤。我曾为了不吃饭,在饭桌上刚落座,就起来出去散步,实际我挺想吃上几口,看不见,想吃的心思就淡了。减肥成功,贵在保持。这方面,我也有发言资格。因为,迄今已一年有余,我的体重没有反弹,原来一顿吃两碗饭,现在吃半碗,我做得到;原来一包方便面,开水汪汪的,加咸菜,加鸡蛋,我吃了还不够,现在我分三次吃,也能扛住;原来睡觉前要吃个苹果,现在喝一大缸子水就睡了。

虽然减肥成功,但并不意味着我从今往后就是一个健康的人。我只是由一个胖人变成了一个体形适中的人,也避免了肥胖带来的疾病,但付出同样巨大,我原来的衣服都穿不成了,得花钱重新置办,一些熟悉我的朋友也常吃惊地问我是不是得了啥大病,说我脸黄,说我脸色不好。我真是气恼,我胖,说我,我瘦,还猜疑。但我也用常识推断,一味节食,不是长久办法,身上缺少营养,反映到外表,自然难看。于是,今年春上,我开始走路健身。

人每天要走的路,是有定数的。没走够,就欠下了。现代的人,走的路少,走一走,不会走超。脚腿闲着,让车轮子代替,也许真要退化掉。无腿人的样子,是很可怕的。我这里不说进化,除非腿脚变成翅膀。即使真的如此,也是相当漫长的过程,我身处这个链条,但具体到本人,转换的基因可能比骨头里的微量元素还少。脚踏实地,不会有错的,所以,我得走。我为走而走,能不走也走。早上,专门出去,甩胳膊踢腿,快走,竞走,小跑,走半小时。在小区走路的人不少,多数不认识,都年龄偏大,或者病快快的。走一大圈,两大圈,身子就发热了。有时,碰见熟人,问出去了? 问才回来? 我就奇怪。看来,我还是锻炼少啊。有的竟然还盯着我的背包,充满狐疑。以为里面是出门用的东西。也许,还猜测我打了一晚上麻将,装的是赢来的票子呢。现在,我公开我的背包的秘密:里头是一块砖头。我是为了提高锻炼的效果,而增加的额外重量。多亏没有看我的腿,我的腿肚子上,分别绑了一只沙袋,分量也不轻。当我晨练结束,去掉负担,走路像《水浒传》里的神行太保戴宗。当然,这有些夸张。在外头吃完饭,有车不坐,也走着回家。最远从西高新走,一路过南二环立交,上劳动南路,到大庆路,向东,进玉祥门,过莲湖路,再拐到北大街,再出北门,一路沿着北关,北稍门,龙首村,方新村,过北二环立交,再过岗家寨,尤家庄,才回到我住的院子,耗时两个钟头。一身一身出汗。路上走兴奋了,蹦蹦跳跳,乱甩胳膊,路人看我,我也看路人,有时把城管给招来了,看我两眼,我还不理他。吃得多,就多走,成了我的原则。这一走,吃的都消化了,我再也不为难自己了,肉也吃,面也吃,体重维持着平衡,人精神了。2008年,是我的走路年。

我走路,眼睛没有闲着,东瞅西看,有意思呢。如今的西安是过去的长安,浑厚的历史,就埋没在脚下,走得多了,这条巷子,那方街面,看得具体,感受不一样。常见五短身材,罗圈腿,倭瓜脸者,推测乃胡人后裔。盛唐气象,万国来朝,诸多异族被同化了,后人留在这片土地上,血缘已经稀薄,但残存了久远的影像。绝色女子也能遇到,面容姣好,肤如凝脂,就猜想是过去宫里妃子的血统,毕竟,西安乃十三朝故都,世事沧桑,珠落风尘,总有一些基因得以流传。看着各色美女,我走得更来劲了。她们也是我走的动力。还有,在早上，匆匆行路的人群里，边走边吃东西的，多是年轻的女性，甚至，是女孩子。在路上，让陌生人看到自己的吃相，她们已经不在乎了。在乎的是踏进写字楼的大门，步履是否得体，表情又恰到好处。人都活得不容易啊。

自然的，也会在街上看到许多平时不留意的，或者不明白的。哪一块地面收旧手机的扎堆，什么路段尽是乞丐出没，我都发现了。早晚时间，同一个地方，景致不一样。像龙首村一家商场门前，早上是一帮女人跳扇子舞，晚上却有许多打扮妖艳的女子和人搭话。在街上遇到一个求助的人，我打算给他一点钱，但我担心，走不远，再遇到一个和他理由相似的复制者。这我遇到过，还不止一次。在凤城二路，在东新街，都多次遇到。人的同情心是容易磨损的，我走路再遇见这样的人，无论真假，一律不理会。

走路看世态人情，兴趣浓，后劲足，不厌倦。我越走越爱走，渐渐成为习惯。原来减肥，这也不敢吃，那也要忌口，开始锻炼后，虽然没有完全放开肚皮，但终于敢往饱的吃了。西安小吃丰富，走动到有的街巷，常会发现这样的饭馆，门面窄小，不起眼，却聚满了吃客，这是最好的证明。我岂能错过，品尝一番，中意，下回来。往往吃得我满足。人吃饭不随心，容易发脾气。我一月三五回，吃牛杂肝汤，吃酸汤水饺，吃葫芦头泡馍，吃水蘸面，人都变和气了。老婆娃娃也表扬我，说我原来老阴着的脸，如今常挂着笑，要求我一定坚持下去，这样人也显得年轻。

以前出远门，到一个城市，去一两个景点看看，基本就构成了我对于一个城市的印象。走路的热情起来后，到哪里，我一定走走。今年我去的地方多，走的路也多。十月份这一趟，主要在东北，每天天不亮，我都会起床出门，顺着街道走，走半个钟头，再往回折。对于一个城市的领略，完全不同了。在哈尔滨，我沿着松花江走，江边公园全是走的,跑的,打拳的。走到一处拐角,是一片河岸高地,围一堆人,原来有人卖鱼,我也过去看新鲜。鱼是活鱼,但都比梳头的梳子还小一半。我就知道,松花江里没有多少像样的鱼了。在大连,道路干净,走路舒服,我连走两个街区,不感觉累。大连的街道,走上一阵,就是一个广场,让我心胸开阔,肺活量也增大了。在我去过的地方,我发现,无论大城市,小乡镇,农贸市场都一样。乱,人多,拥挤,这是老百姓的地方,这是过日子少不了的地方,不论哪里,都有一样的人,一样的肠胃,所以,农贸市场就一样了。我喜欢农贸市场,走路遇见,要拐进去走走。生活是实际的,生活常常是一把韭菜,一袋盐,一个家庭的一天不是从这里结束的,但一定是从这里开始的。只是,我本来以为由于地理的差异和气候的异同,农贸市场上的蔬菜和瓜果应该各有区别,但是,我看到的东西都相似,都能找到。这大概是物流便利的结果吧。穿行于农贸市场,走得慢,却真实,有别一种感觉。走出去,走到更大的空间,望望天空,注目高低的楼群,经过一株株绿化树,我步伐更有力了。

除了走路,我还不知足,不久又增加了锻炼的内容。一个是攀登楼梯,一个是举哑铃。我曾在多年前,学别人,也登楼梯,上到二十楼,一个早上缓不过来,九点多就溜回家,补了一觉,才恢复正常。如今,我早上一趟,下午一趟,还是二十层,除了流一身汗,觉不来啥。而且,这样还不算完,到办公室,我擦擦汗,拿起哑铃,再上举,再扩胸,再甩动,又出一身汗。这样下来,早上的锻炼项目才告一段落。晚上回家里,家里备下的哑铃不能闲着,隔上一会儿,抓起来扩胸二十次,直到要睡觉了,还要再来三十下。我这样锻炼,是不是有些走火入魔?

持续多半年的锻炼,我明显感到,腿肚子(我叫猪娃子)结实了,胳膊(我叫麻秆)劲大了。就突然意识到,我不光自己健康了,还以实际行动支持了奥运,参与了全民健身运动啊。我暗下决心,不能半途而废,一定要坚持,坚持,再坚持,把锻炼进行到底。

时值深秋,今天早上,天黑着,我已出去走了。我是四点半起床的,五点刚过,我就想走走。出去,听见虫子热热叫着。感觉是大片大片的虫子,在早上,在天彻底放亮之前,使劲叫。叫声覆盖了我耳朵能收听到的区域,于是,虫子的叫声,连接起来,有虫子叫,就都是虫子的天下,到处都是虫子似的。天亮了,叫声反而会低下去。虫子喜欢黑暗,还是喜欢黑暗中的阴凉?夜里,是落了雨的。我感到,还有零星的雨滴,滴落下来。虫子也被露水和雨水滋润了发声器官,声音不那么干燥了。这样的天气;适宜走路,走远路。我多走走。走了一阵,没有像以往那样早早出汗。雨水改变着节气,实际上,秋天正调整着,属于虫子的日子,已经不多了。天会凉下去,虫子的叫声,也会凉下去的。人生如虫子,也如露水,都很短暂,把有限的生命过得健康、平安,有一份珍惜,就不遗憾。我是这么想的,也努力这么做着。

我在摇晃

一

我也需要心理干预。

地震过去这么多天了，我依然心乱，干事情专注不了。走路上，我也想，地震了咋跑，快跑还是慢跑，跑到哪个方向安全。就留意开阔的地方，这通常是树木多的地方，但这样的地方是稀少的。墙根下面不能走，高楼下面不能去，电线密布头顶的也要绕行。在家里，就更加不安了。坐着躺着站着，似乎都觉得什么在晃动，眼睛赶快盯着能摇摆的东西看，风铃、盆花的穗子，绳子上挂着的毛巾。最要关注的，自然是桌子上倒立的啤酒瓶子。这样，睡觉是睡不踏实的，刚一迷糊，就觉得床在起伏，翻一个身，起伏得更厉害了。

我变得焦虑，多疑，敏感。最怕听见声音，无论什么声音，都会让我受惊，都会产生条件反射。意识里在想：是不是又地震了？

我的记性也变差了，门锁上了，觉得没锁，又折回去看一下，结果呢，门锁得好好的。出去一截子路了，一摸口袋，手机没拿。出门前，还提醒自己，但还是忘了。

蹲在厕所里，我也安宁不了：想要是突然地震，我这个样子，来得及提裤子吗，没拉完还能拉吗，还能拉出来吗？

看到有人在外面搭起了帐篷，我动心了，打算买上一顶，可是，我行动晚了，帐篷脱销了。这进一步加剧了我的紧张。听说网上可以邮购,我赶紧预订,但迟迟不到货,焦急得我嘴唇干燥,裂开了几道口子。

睡不好,吃的又少,我竟然瘦了五斤。

的确,我惧怕地震。的确,我胆小,我怕死。

让我深刻而持续地陷入进去不能自拔的,便是对于地震信息的依赖。报纸,网络,电视,只要是地震内容,我都要仔细看,都会认真看。我收听广播的积极性之高也前所未有,一台多年未用的收音机,被我翻腾出来用上了。这次地震,电视报道及时,不间断滚动播出,我有时间就守在电视机前。四川卫视、中央一台、中央新闻频道、中央四台,凤凰卫视,我都看,担心漏掉重要事件。我把家里的两台电视都开开,耳朵听着,眼睛看着,感觉哪个更有价值,就看那个。

更多的,我在忧伤,为一个个生命的逝去,尤其为哪些废墟下哭叫的孩子。多么鲜活的生命啊,一下子没有胳膊了,没有腿了,额头上的伤口,还在滴血,还有那么多人,埋没在瓦砾中,动不了,一丝气息也没有了。我的精神,严重地抑郁着。这样的画面太多了,太惨了,我无法无动于衷,一句话,一个表情,一个动作,我都会泪水滚滚,克制不住。我不是一个爱哭的人,这一回,感情的阀门,轻易就打开了。我不忍看,又牵挂,又想看。我流泪也流成习惯性的了。

我的这些表现,是明显的,是不正常的,这是在家里。出去,又像个正常人。虽然,我上班,买菜,和朋友聚会,生活似乎在继续,但我改变了,必然的不同于以前的我。

我没有去医院,找个心理医生看看,我没有。但是,我绝不是这么随便说说,我也渴望安慰。如果进行心理干预,我可能会好一些,但我又觉得自己能够克服。我就是这么矛盾,有病,又没病。也许,我真的有病。

在这场地震中，和我经历相似的人，是否也和我一样呢？

二

地震发生在2008年5月12日下午2时28分。

这是一个会被无数心灵铭记的日子，这是一个想起来就痛的时刻。这是我的内伤。

那一刻，在四川汶川，8级地震突然到来，大地摇晃了80秒。

这一场地震，波及多半个中国。

许多东西，被地震拿走了，重要的，不重要的。又得到了许多东西，想要的，不想要的。

那一刻，我正在西安北郊一栋大楼的十层。

当时，和我的许多下午一样，平常，正常，不在意，但也不随意。我似乎刚发出一条短信，似乎还喝了一口茶，略苦，回味长。是新茶，产自商洛。就在前一天，我去了那里，是第一回去，还住了一宿。那里有一个莲湖，湖大，路围着湖，有特点。早上，我过去，一个人，连着走了三圈。我是人到中年后，才意识到健康的重要，才开始锻炼的。办法十分简单，就是走路，快步走。走得汗出来了，再慢走。这样运动，挺自在，没负担，也见到了明显效果：肚子小下去了一圈。还带回了特产，盒子盛装的绿茶。记得，当时我伸手取一张打印纸时，带起的风，把打印纸吹到地上了，我弯腰捡拾，一抬头，咋这么晕？我就说了：咋这么晕？记得办公室里还有两个人，正站在我的桌子前，却站不稳，用手扶住桌边。我就说，坐下，坐沙发上说话！可是，我的身子竟然也动弹起来了。就觉得桌子椅子在动，花盆在动，饮水机在动，墙也在动！地震了！谁这么大喊了一声。又问咋办？我反应过来了，就说跑，跑到洗手间去！

我们三个人，互相搀扶着出了门，身子东倒一下，西歪一下。又松开，各自扶着墙走。脚下，墙体，发出挤压的剧烈声音。是石头、水泥还有钢筋在强力作用下才能产生的声音。从我所在的办公室，到洗手间，大约二十米的距离，要转过一个半弧形的封闭走廊，要经过电梯间的门廊，要经过楼梯口。我深刻地记着，在经过电梯间的门廊时，我扶住石板镶嵌的门框，脑子里闪了一个念头：完了，这一辈子算交代了。然后就再没想什么，主要是顾不上。在那种情形下，只是下意识地奔逃，没有时间分神。跌跌撞撞到了洗手间，却站不住，地上本来落了水，震颤中，脚下打滑。而且，大楼摇晃不停，从内部发出的响声更激烈了。

又是谁说，往楼下跑！就都往出口挤，又顺原路，折返到了楼梯间。他们两个，从楼梯间跑下去了。我犹豫了一下，竟然走了过去，在大楼的摇晃中，又一次经过了电梯间的门廊，经过了半弧形的走廊，回到了办公室，迅速进去，抓起手机，香烟，还关上门，还把门反锁上，这才又在大楼的摇晃中，经过了半弧形的走廊，电梯间的门廊，来到了楼梯间，一级一级，快步往下跑，只是往下跑。我当时为什么没有直接跑向楼梯间呢？这连我也感到奇怪。困境中，求生是人的本能，有时，多争取一秒钟，也十分宝贵，也意味着生存的机会，意味着不死，我竟然这么冒险！但是，回想起来，我这样做，主要是，脑海里出现了以往获得的书本经验，感到从十层往下跑，如果是毁灭性的地震，是跑不脱的，往洗手间跑，也是这么一个经验下的当即决断，因为，即使大楼倒了，可能洗手间会残留下来，因为，这里的管线多，支撑度强于别处。可是，还能有时间跑出来，显然不是死神的仁慈，也许跑半道就跑不成了，万一被压住，又还活着，起码可以用手机联系，可以吃烟，临咽气了，吃几口烟，也不亏……在那阵子，我一定是这么想的，所以才会这么做。当时，我跑进楼梯间，我似乎感到一起往下跑的，有许多人，是谁，我都没有留意，可能有比我高的楼层的，也可能有比我低的楼层的，都不说话，只听见乱乱的脚步声，听见楼梯的嘎嘎声，墙上的白灰，簌簌往下脱落……我都跑到三楼了，大楼的摇晃，还没有停下。

当我终于跑到一楼，冲出大厅，冲出大门，来到阳光下面，我呼叫了一声"乌拉"。我也不明白，为什么当时会这么呼叫。是庆幸，是解嘲，还是发泄？我用我自己的完好无缺，验证了生命的存在，这就是，我还活着。虽然经历了惊恐、慌乱、颤抖，我的心突突跳着，我的腿脚还能走路，我的大脑，也思考正常或者有些不正常。但是，即使不正常，这也是一个人的正常。对了，正常。我一下子想到了家人，在这之前，我谁都没想，就想的是我自己。现在，我脱险了，我想到了在大学上学的女儿，想到了在另一处大楼上班的妻子。大楼外，集聚了许多苍白或者蜡黄的脸面，都在打手机，但都打不通。我的也打不通。还有人从大楼里往出跑着。有个女的，一出来，就瘫倒在地上了。还有抱着肚子哭泣的。还有手里提着一只鞋子的，鞋跟已经掉了。光脚的也有好几个。不论是什么样式的形态，大家都是同一种表情，这是刚才那一阵剧烈的摇晃带来的。

当时，人们都说，发生地震了，我甚至还怀疑，不是地震，只是我所在的大楼受到了什么物体的撞击。我看视野里别的大楼，都好好的，没有倒塌的，没有倾斜的，一切似乎都正常。跟前的一个建筑工地，工人照常在砌砖，塔吊照常在提升钢筋和混凝土。刚才的那个瞬间，似乎是梦幻，是虚构，是意识流，是时空的短暂扭曲。但是，的确是地震，是这最让人恐怖的灾难，大街上聚满了从不同的大楼里跑出来的人。光是西安地震吗，震级有多少？这些，还没有人知道。

我走回家，在楼下，站着一堆人，都从家里出来了，是老人，病人，还有和我一样匆匆赶回来的人，却都站在外头，不往家里去，都害怕。熟悉的家，温暖的家，这时却让人恐惧。人们担心再震一下子，人们突然感到，还是外面安全。亲切的家，花钱买的房子，一生的希望，每天的归宿，这时却不能给人以庇护。是的，沙发是舒服的，床是柔软的，但砖头、水泥、钢筋构建的房子，如果倒塌，却能夺取人的性命。这时候，房子不是房子，是魔鬼，是妖怪，是老虎的嘴，是鳄鱼的牙齿。

我还是大着胆子，上楼，开开门，回到了家里，我没有关门，随时准备往出跑。我要上网，了解一下，刚才到底是怎么回事，我得掌握情况。我估计，网上一定会有消息出来。在不安中打开电脑，我看到网上简短地说，在四川的汶川，发生了6.8级地震，也有一条说是6.6级地震。修订为8级地震，已在好多天以后了。总之，是一场大地震。但是，更多的资料，还没有出来。看了几眼，我忍不住，又打开我的博客，临屏写了一首诗歌，这是我第一次这样写作。我当时的想法，就是记录下我在地震那一刻的经历，我的感受。用的手法是平实的，不加修饰的。我只是写出了过程和我的心理活动。我在想，假如地震把我震死了，我也算留下了一篇最后的文字。但这还有意义吗？

三

恐惧是逐步加剧的，忧伤却一下子变得强烈。

这是大量的灾难场景和密集的地震信息，作用于人心的柔软，综合出来的效果。是我不可承受的轻，不可承受的重。

对于四川，我没有多么深刻的记忆。我只是过路成都，有两次短暂的停留。一次由于时间充裕，我离开机场，到市区去，去了一座极大的青龙观,里头的八百罗汉,给我留下印象,香炉里粗高的香烛,也极其壮观。

四川的其他地方,我都没有去过。

但是,我喜欢四川人。天下任何地方,都有四川人的身影。他们是多么勤劳和能干啊。他们坦荡和乐观,好摆龙门阵,好交友,好吃喝,离不开麻辣,好打麻将,讲究安逸,好耍,都是我赞赏的。我吃了多少四川火锅,都说不清了。在任何地方,吃饭吃川菜,都会可口满意的。我认识许多四川人,一直交往,很是投缘。甚至,我还会说几句四川话。"哪个?""做啥子?""要得。"这三句,我说的尤其标准,连四川人也夸奖。

川妹子,绝对是世上最美丽的女人。泼辣,热情,富有魅力,身材好,皮肤好,性格更好。我曾经梦想娶个四川老婆,给我带来一辈子的幸福。

地震,进一步拉近了我和四川的距离。这是多么残酷的结果!

我从来没有听说过的地名,被我一天天熟悉:汶川、北川、青川、茂县、平武……我认识的地名,也撞击着我的记忆:都江堰,那里有世界上独一无二的水利奇迹。去年底,一个房地产推广项目来到我所在单位,青城天下幽我是知道的,我心动了几天,终于放弃,现在想来,多亏没有签约;绵阳,被江水环绕的城市,那里,有一位诗人,叫雨田,1991年,我们一起参加青春诗会。雨田矮个子,脚上的皮鞋,在脚尖开了口,我印象深。诗会结束,他先离开,东西多,是我送他去火车站。那是大清早,天麻麻亮,分手时,他感激地对我说,有诗歌,寄来,我给你找地方发。但我后来没有寄。雨田后来名气大了,在台湾获过大奖,好像还担任了什么职务。如今,雨田在干什么,地震时,他在哪里?我突然牵挂起他来,但愿他一切安好。我还记住了映秀、汉旺、南坝这些乡村的名字。卧龙有国宝大熊猫的基地，地震中也受惊了，还跑丢了几只。我本来计划秋天去一趟卧龙，估计今年无法成行了。

一连许多天，我无法自拔，我身体里的汛期来了，眼泪止不住，不停流淌。一个画面，一张图片，都是死亡，绝望，逃亡，挣扎。我的忧伤，也泛滥成灾，为一个生命的摧毁，为一个生命的获救。我感到，我也是一个奔逃在夜路上的灾民，我也被掩埋在废墟之下，我失去了书包，失去了家园，我的头上缠着绷带……我成了这其中的一个，我是受难者，我知道难受，知道疼痛，我深深绝望。巨大的灾难，打通了一条我和汶川的通道，我的情感，连接了上去，我毫无阻碍地与汶川一起感同身受，一起哭。

就像大家说的，这一刻，我是四川人，我是汶川人。

灾难，就这样以一种散发着死亡气息的形式，把人们团结到了一起。

因为，我们都惧怕灾难。

因为，我们都产生了巨大的无助感。

是啊，假如这样的灾难降临到其他城市，假如我也成为灾民，我会怎么想，我会怎么做？人在绝境之中，渴望救助，面对绝境中的人，我们的善良，不会吝啬。救助他人，也是救助自我。

血肉的身躯，感受是一样的。大地不放过人类，人类只有承受，也更加相互依靠。

我已经流了太多的泪水。

但是，我的泪水，还没有流尽。

我的眼泪，也许没有价值，但却是真的。许久许久，我没有这么忧伤过了。

四

第三天,我才又回到上班的大楼。

办公室里,三处墙面出现了裂缝,走廊的地面,也有四块瓷砖开裂。我坐下,心不安。我已经失去了往日的安静。几乎什么也做不成,老分神,想着地震,想着远方的汶川,每一个动静,都使我一阵紧张。就觉得,墙上的裂缝,也在我的体内出现,而且,还在扩大。

我的体内,有一件瓷器,已经严重破损。

当我朝窗外看出去的时候,看到了一根空空的绳索。我恍然记起,那天下午,在发生地震之前,我也曾这么看了看窗外,看见大楼外晃荡着的一根粗壮的绳索,上头吊着一个人,是大楼清洁工,又被叫做蜘蛛人,正挥动着长把的刷子,一下一下,在铁皮桶里蘸上水,刷墙,刷玻璃,身子高一下,低一下,一会儿荡开,一会儿又贴近。可是,地震发生,我跑了,直到今天,我才想起他,那一刻,他是什么感受,有人帮助他吗?

在危急时刻,人们只顾自己,把他竟然忘了。

那么,在大楼剧烈摇晃的过程中,他体验到的恐惧,一定比我要强烈。他在死亡的边缘地带挣扎,呼喊无人理会,逃脱无从逃脱,他一定绝望了,甚至认命了。当地震的震波过去,他又回到地面上,也许,从此再也不从事高空的作业,也许,他的人生态度会发生极大的变化。

大楼里的所有人,都在谈地震。自然的,少不了描述那一天的经历和感受。

就在那一天,楼上的人恨不得生出翅膀,立即来到外面,却只得忍受煎熬,一层一层下楼,在一个个台阶上弹跳,又一个个蜂拥着从楼梯口出来,魂魄还一时不能安定。可是,在这样的混乱中,竟然有人逆行而上,到大楼上去偷东西。由于忙于逃命,许多人没有锁门,也来不急拿桌子上的钱包、手机,这正好给小偷提供了方便。据说,那天有五个小偷上去,被保安抓住了三个,腰间都别满了手机,钱卷成一卷一卷,塞在裤兜里,袜子里。

大难临头,还是有不怕死的。

西安在这次地震中,的确留下了伤痕。兵马俑受了轻伤,大雁塔倾斜了。这古老的士兵,这登高望远的建筑,在泥土里安睡,在风雨里站立,这一次,也在大地的摇晃中,刻下了一个记号。我生活的北郊,也不太平,凤城一路一处建筑工地的脚手架被震倒,砸死了人;凤城二路一带,有一栋大楼的外墙,出现了一条长长的纵向的裂缝。

我虽然腿脚完好,但是,我也受伤了。我的伤,不在肉体上,在心里,而且,我这伤,迄今还没有痊愈。我知道,从此,我是一个心里有伤的人。大地给予的伤,最永久。

西安不在主震区,这已经被明确,而且,西安的板块,和汶川的板块不是同一个板块,这也已经明确。但是,人们还是惧怕。地震向西安方向移动的说法流传着,甚至,有人还找到了专家画出来的图形。人们骂专家,又离不开专家。专家说,地震是不可预测的,专家又说,近期西安不会发生破坏性地震。就在这样的矛盾中,有人晚上不进家门,开始在外面睡了。我所在的单位也按照有关通知,三次通知不上班,大楼也关闭了。今年五一没有放长假,这一下,全补上了。

在不可捉摸的灾难面前,说会发生地震,说不会发生地震,都是正确的。下一刻会出现什么,没有人敢于保证。未来是一个黑洞,里头没有亮光。常识失效了,经验不起作用了。胡言乱语的人,也许就是神人。

　　何况,高层建筑增多,放大了地震的震感,人们在高空,随大楼的摆动而摆动,怎么能踏实呢?

　　帐篷大量出现。我所在的小区,一个平时供人休闲的广场,帐篷都堆满了。这难得一见的场面,有人戏称为帐篷博览会。我也好奇不已,拿个傻瓜相机,拍了不少照片。大帐篷,小帐篷,圆帐篷,方帐篷,颜色也各式各样,要不是因为地震,还真难看到这么多好看的帐篷。当然,也有夹一张凉席在石凳子上睡的。也有把蚊帐支到草坪上过夜的。几天后,从这片帐篷的营寨往过走,尿臊味熏鼻子,看到一张张焦躁的脸,那种表情,我不能贸然形容,因为,我比他们,并不强多少。

　　我住帐篷了吗? 没有。不是买不起,我订购的帐篷,也发送来了。但是,我天天都在家里的床上睡觉。我还开玩笑,说放着几十万的房子不住,睡几百块的帐篷,让蚊子叮,听娃娃哭闹,我不干。我睡觉又不老实,打呼噜,磨牙,还不让别人恨死我。有一天,小区通知大家离开家,到外面避震,我都没有出去,保安不停按门铃,我也没有理会。为啥?我喝酒喝醉了,叫也叫不醒。睡到凌晨四点,我醒来,老婆也没有出去,却不停骂我,说真的地震,背我背不动,真要一起死到家里。我就说,你先跑,回头在废墟里挖我嘛。但我挺后怕的,就出去看看动静,果然人们都在外头。这后半夜的,正是睡觉睡得香甜的时辰,一个个像影子一般,在路上晃来晃去。还有人凑对在路灯下打牌。还有人捏着瓶子喝啤酒。我遇见一个熟人,问我是不是在外头转了一夜,我说没有,在家里睡了一夜,刚出来。他很吃惊。我就说,我也怕得很,但是,老天要收谁的性命,随便就收走了,不在你躲不躲。不过,真要地震了,你是灾民,我可就成了被埋者,也许上遇难者名单,差别可就大了。

　　虽然这么说,但我总在想,西安号称十三朝古都,皇帝选定的地方,是一块风水宝地,怎么能说地震就地震呢。而且,古人和天地的沟通与感应,是超过现代人的,对于地下的活动,也一定是心中有数的,几千年都过来了,不信这一回过不去。

我还在想,我住的框架结构的房子都说倒就倒了,还有哪里是安全的呢。何况地震也是多种类型都有,平地待着,出现大裂缝,照样把人吸进去,山体挪移,旷野也会被扫荡一空。所以,我就听天由命吧。如果真的发生强震,房子又没倒,我能跑出去,我一定跑出去,我不会待在家里不动的。

五

我得做些什么。

我能做什么呢? 这是一场灾难,这是一场国难。如此巨大的生灵丧失,任何一个人的心灵,都会被深深触动。尤其想想自己仅仅是几次余震,就丢了魂一般,灾区的人,经受着多么大的痛苦,他们多么需要实在的帮助,需要人性的温暖。

我不是一个高尚的人,甚至还十分自私,但是,这一次,我愿意付出。我既然没有做志愿者,没有到灾区去搬运物资,救护伤员,我还有别的方式表达我的爱意和善意。

我总共为四川灾区捐款五次。第一次,通过手机短信,捐了两元钱。第二次,参加单位捐款,捐了三百元。第三次,响应西安诗人号召,捐了一百元。第四次,缴纳特殊党费,捐款一千元。第五次,把五十元投进了为灾区孩子送玩具的募捐箱。

数目不多,但我做了我力所能及的事情。我提及这些,因为出力有大小,但包含着我的责任,我的良心。

我不是佛教徒,我愿意以佛教徒的身份为灾区诵经;我不是基督徒,我愿意以基督徒的身份为灾区祈祷……让逝去的人,都有一座寺庙和教堂,安妥魂灵;让活着的人,听见仁慈的声音,听见神的召唤,而不再发抖,不再害怕……

我的心里,也有一个灾区,余震,还在发生,摇晃,还没有停止。

是的,我很压抑,我要发泄。

5月19日,全国哀悼日,下午,2点28分,我离开办公室,走到了天台上。这一刻,马路上,除了一两部出租车,所有的车都停下了。除了四五个人,所有的人都停下了。我听见了汽笛声,喇叭声,是一声声哭泣,一声声号叫……生命多么脆弱,人类多么渺小,但是,这汇聚起来的声音,分明是一种力量,我们倒下去了,我们又站起来了。虽然,我们依然脆弱和渺小。

我在哀悼我逝去的亲人。是的,他们是我的亲人,是我的父辈,是我的孩子。我的心,我的手指,都和死去的生命,有血缘关系。我们原来不认识,现在认识了。是灾难让我们在一起,让我们无法分开。

我写下了一首首诗歌,我明白,它们是短命的,一次性的,但我依然在写。我感到了一种需要,有许多东西,拥堵在我的胸口,我需要卸载,需要一个出口。我渴望把文字落在纸页上,我要安慰自己,我要表达。在所有的文学形式中,诗歌,很自然地找到了我,我,很自然地选择了诗歌。我写下《这大地》:我诅咒这大地/剧烈摇晃/使家园变瓦砾/生灵埋没//我请求这大地/安静下来/别吓哭孩子/别惊醒我的睡梦//我祈愿这大地/苦难之后/依然把生命收留/让万物安顿下身子//我热爱这大地/我的每一天/我的一切/都属于大地/黑暗,或者光明

这样的时刻,一种高于文学的大义,主导了人心。这样的时候,我愿意服从。

灾难发生在四川,但灾难是属于全人类的。人心没有例外,生死绝对公平。伸出双手,捧起一盏灯,照亮他人,也是照亮自己。谁都有走夜路的时候。在命运的悬崖下,谁都需要挽救。从四面八方出发的,无论高贵的人,还是低贱的人,都是可亲可爱的人,从天南海北发送的,无论一根草,还是一块金,都是无价的恩情。

就是写下一行祝福的文字,这时候,也弥足珍贵。

六

我看到了一份资料,其中有这样一段话:"从宁南海固一带到陇南、四川北川茂县沿线一直到云南,是环地震带,地震频繁且酷烈,时为绝灭性地震。如上世纪二十年代宁夏南部的海原地震,在当时人口散居的情况下有二十多万人丧命,震后河流走向改变,山脉消失,在另外原本平坦的地方又大山隆起。仅1900年至2000年这100年间5级以上地震在环地震带就发生14次地震,为1900年邛崃地震、1913年北川地震、1933年理县和茂县地震、1940年茂县地震、1941年康定地震、1949年康定地震、1952年康定和汶川地震、1958年北川地震、1970年大邑地震和1999年绵竹地震。"似乎,有一种宿命的气息笼罩了我的思绪。

这一区域,何其阔大,起伏山川,涌荡河流,一代又一代人,在这里筑屋,耕种,繁衍,死亡。大地时常发作,颠覆,有时,死是必须的,不容推脱的。人们不可能一直处于噩梦状态,平安很长久,也很短暂。地震有周期却不可预料,突然地动山摇,改变了一切,让死亡提前,年轻的眼睛,不甘地闭上。毁灭结束,建设开始,大地上轮回着不同的场景,转换是漫长的,发生只是瞬间。

一次地震,意味着多少肉体的僵硬。在一分钟前,还在说笑,还端着饭碗,还在和老婆亲热,一分钟后,这些都停止了,扭曲了,另一种物象出现,黑色的大袍,把大地笼罩。废墟,尸首,毁灭成为前定,腐败的气息在飘荡。有哭声,有坟堆,有飞扬的纸钱。眼泪属于幸存的亲人,家谱上只能记载缺失的姓名。他们的后人,也许知道,先祖承受了多么巨大的灾难。也许,连谁也说不出一二,只是淡淡的影子,从骨头的缝隙掠过。

还会被档案收录。但是,尘土已经把文字掩埋。不被提起,不被追索。可是,风和日丽,无辜的人们,谁还愿意记得灾难呢?只是当时的人,把这份苦难担当。他们只能担当。每一个数字,每一次发生,都和今天一样,一样的生离死别,一样地揪心。艰难过去,一切如常,仅仅过去一段不长的时光,一切又恢复了原来的面貌,婚丧嫁娶,一日三餐,生活还在应有的轨道上运行。

也多亏人有遗忘的本能。遗忘也是药,能医治创伤。心里的口子,也会有长好的一天。但也一定有记忆永久地活着,有热度,有细节,在时光的深处,在局部,在少数人的坚守中,为一孔窑洞,为一个村庄,为一座镇子,定格大地开裂时崩溃的瞬间。

下一次,注定的灾难降临,痛苦重新集中,死神再次发出笑声。下一次的人,活着的人,为死去的人悲哭,为伤残的肢体流泪。死去的人,闭上眼睛,不再发出一言。而这一次与上一次之间,相距竟然这么近,上一次的死亡还没有远去,这一次死亡的脚步,又快步走来。

能到哪里去呢?这是生息的家园。护佑着人,又把性命拿走。那么随意,那么毋庸置疑。但是,人毕竟需要大地的托举。人没有翅膀,树上不住人。人的房屋在地上建造,人的坟茔在地上掏挖。

的确,生活在继续,新鲜的阳光,又一次抹在手上,冰凉的泉水,发出了阵阵叮咚声。人们看到了远方,看到了春天。活着的人,不能永远在阴影下面感伤。活着的人,活下去,就得把头扬起。

<h1 style="text-align:center">七</h1>

关中的麦黄了。

我听见了麦粒在麦衣里摩擦的声音,听见了麦穗摇摆,互相碰撞的声音。一望无际的麦田,让我内心安宁。

也是在这个五月,汶川地震后的余震,依然不断,来之地下的,来之传言的。心里头,余震还没有停止。已经进入另一种关注形式了,关于堰塞湖的消息,开始使我沉重,淤积已久的胸腔里,也出现了一个个堰塞湖,水位,在不断升高。

自5月12日地震后,在西安,还有三次感觉明显的余震,一次是5月13日凌晨,一次是5月25日下午,一次是5月27日下午。每一次,都引起巨大的恐慌。但是,还会有大地震发生的说法,在不断刺激着人们脆弱的神经。6月3日、4日,又有许多人睡到了露天里。帐篷的数量,一下子再次增多。我回家经过的广场,走都走不过去,帐篷又填满了。我接到好几个提醒的短信,都说宁信其有,防备没错。由于对于下一刻是否地震的不确定,恐惧的惯性,加大了力度。生命宝贵,轻易失去岂不可惜。有人天天进高档酒店,有人一次买回数件上千元的衣裳,当时就穿上一身。反正要死了,死前不能亏待自己。就觉得许多看重的事情,实际没啥意思,许多拥有的物质,实际十分虚幻。我在想,生活进入正常后,这样挥霍一把的人,会不会心生后悔?

这些天,每天黄昏,我都在街上疾走。原因简单,一个,我在锻炼身体,而且,在城里走街串巷,也见识了种种风情,很是新奇。地震后,引出了另一个由头,就是躲避可能发生的地震。

　　看来似乎是正常的，该吃吃，该喝喝，走着的人，坐着的人，跟平时一样。灯火辉煌，店铺开张。买卖没有停，饮料要冰镇的。摇扇子纳凉的，说着古今。但也有不同，夹着铺盖卷找空旷地带的人多了。提着水、面包和值钱包裹走路的人多了。听收音机的人多了，听的是抗震救灾的现场直播。

　　还要持续多久呢？也许快安稳下来了，也许还得慌乱下去。我明白，喊叫声总会衰弱下去，一个声音总会还原成多个声音，原来被遮蔽的，又会重新敞开，这是迟早的事，这也是必然。我只是希望，对于灾难中的人们的那一份热力，还能持久保持。

　　想想遭受灾难的人们，就觉得，我挺幸福的。平常就是幸福，不地震就是幸福。如果我还有不安，那么，我应该再为灾区捐些钱。

一　月

谁在夜色里行走

天还麻黑着,我已经出了门,走到院子里了。快一年多了,我一直这样,每天早早起来,早早出门。在夜色里,我的身体,只能看清楚一个轮廓。树木、楼房也是看清楚轮廓。我是一个移动的轮廓。我看不见自己,但看得见别人。我是通过看别人得出判断的。如果我这时在床上睡着,也会觉得,别人也在床上睡着。我早早出门,这才发现,也有人跟我一样,也早早出门。

我还是恍惚,似乎早早走在外面的,不是我本人,而是另外一个我。我本人,似乎还在床上扯酣,睡得跟死了一样。对,我老是认为,睡得很深的人,就是一具尸首。出气的尸首。我不愿做尸首。对于死亡,我有着本能的恐惧,我早早出来,在外头走。

我在锻炼呢。

毕竟,死亡对于多数人来说,都是一件极其遥远的事情。只有年纪大的人,害下病的人,才会主动锻炼。我就是因为血脂高,还得了脂肪肝,头晕,身子虚,没办法,才硬着头皮走路。锻炼的人,总是人群里的少数。所以,早早出去,会觉得,世上的人一下子减少了,或者,世上就剩下了这么一点人。站一个地方伸胳膊踢腿的,拿身子一下一下顶树木的,倒着走的,这多是单独锻炼的。至于打太极拳的,跳扇子舞的,挥舞球拍的,则都以群体形式进行。

我想起来了,挥舞球拍这种锻炼样式,兴起不到半年,但参与的人越来越多。这个看着简单,实际挺难。就是,手里拿网球拍,球拍上搁着一只圆球,似乎是网球,人不断做动作,高一下,低一下,转动,后甩,圆球不能掉下来,这锻炼的是人的掌控能力,也对大脑的反应有要求。我对于这些锻炼的方式,都没有兴趣,我只是走路,走路。我走路走上四十分钟,出汗了,才不走。这时,天上的亮色也增多了。

今天是2009年1月1日,外头冷,刮小风。我还是出门了。我必须出门,这是坚持的效应。坚持久了,就会产生条件反射。今天和昨天有什么不一样吗?有,但我没有在意。起码在这个黎明的前夕,我脑子里不搁东西。我空白着自己,只是机械地走路。如果有人看见我走路,甚至无法区别,我是刚乘着夜色归来,还是正踏着夜色早出。真的看不出来。可是,当夜晚脱去它的衣裳,当一个白天展开在我的眼前,我再也不是一个光顾着锻炼的人,我又还原成一个社会人。这时的我,既是一个石头般麻木的普通角色,也是一只扇动翅膀的蝴蝶。是造成蝴蝶效应的那只蝴蝶。

我原来不走路锻炼,我改变了,开始走路锻炼,这连我也感到不可思议。进入新的一年,我要保持这个习惯,不愿再改回去。虽然睡觉挺好,不动弹舒服。我在这个多变的时代,改变了许多,有的我意识到了,有的我自己也没有察觉。这不可阻挡。就像日子翻过一页,就是新的一天。就像在这新的一年,我又老了一岁。

的确,我必须承认,走路,给我带来了健康。家人说,我的脸色好多了。一次体检结果是,我的甘油三脂,由高位6.9,降低到了1.83。我能不高兴吗?我挺高兴的。虽然这件事,只是对我,对我的家人重要。

我的样子和我身边的样子

冬日的阳光,也这样温暖,似乎还带有黏度,涂抹在我的身上。在西安的北郊,在这个过去叫尤家庄,如今叫凤城四路的地方,我和2009年一起,实现了一次转换。是的,转换。黑暗离去,光明升帐,这新的一天,按照不同的时段,逐渐展开,包括灰暗的褶皱。

现在,我在高处,十层楼房的高处。我看得见下面,从这个角度看下去,是宽阔的道路的路口。这是一条纵贯西安城的大道,以钟楼为中轴,向北出北门,叫未央大道。对了,我属于未央区。大唐的未央宫曾经在这里出现又在这里消失,未央区的取名,自然与此有关,但未央大道却是当代的,已经没有了那个年月的一丝痕迹。我看到,仅仅过了半个钟点,路上便填满了车辆。匆匆的车辆,大车,小车,都争相拥挤,夺取有限的空间。在路口,是一堆杂乱地等待公交车的焦急的眼神。城市的另外一个地点,是他们的目的地。也有闯红灯的,慢慢走,和过往的车辆较量,谁胆子大,谁就先过去。这是每天必然出现的场景。必然出现的还有:卖报纸的,卖早餐的,骑在摩托上等着载客的。呵呵,我打字用联想,把载客打成了宰客。一想,也就是,载客才能宰客,不然失去了对象。

我还看到了什么?我能把目光穿过时间,看到明天,看到二月,三月,看清全年吗?我绝对没有这个能耐。预测家都失灵了,大师也闭嘴了。我只能看见眼下,或者,做一个事后诸葛亮。虽然我置身高处,但我看不远。我只是在物质的高处,砖头堆垒的高处。我肉体在上,并不意味着我超越了局限。

毕竟,我不是局外人。谁也躲不开,谁也挣脱不了时光的羁绊。在场是重要的,我在场。那些留存的,全是残片,全部经过了筛选。一个人的历史,也不一定是真正的历史,却在内心保留了生活的大部分热度。这需要留住,哪怕有限,总比散发掉要强。我看到了,我亲历了,我记下了,这就是我的当下,也是每一个和我一样的凡人的当下。谁能否认,我也是见证者,甚至,也是参与其中的渺小的一分子呢。

在这个一月,2009年1月的第一天,我身临其间,看到我能够看到的,看到了西安的北郊,看到了热粥般铺满街道的人流车流。我并不激动,也没有觉得这个日子有多么特殊。是的,我这么认为,这同样是一个平常的日子,我甚至不认为这是一个开端。生活对于我来说,依然是现在进行时,依然没有停顿。即使有,也是逗号,不是句号。大街上的人,和我想的一样吗? 有一样的,肯定,也有不一样的。时间开始了——这样的话语,我说不出来。

可是,就在我的身边,变化每天都发生着,我无法回避,我不能视而不见。一块石头丢下去,不管池子多大,里头的鱼都要惊一下。

过去,有十年了吧,也就是我刚到西安那阵子,北郊是偏远的,似乎不是市区,似乎不属于这个古老的城市。只有一批批和我一样的外来者,在这里寻下一个简陋的房子,安顿下困倦的身子。这里荒凉,人少,灯光也少。白天野狗横行,天黑不敢出门。我胡乱游走,一条正道之外,全是土路,坑凹不平,土尘起伏,走着走着,就走到了果园跟前,走到了麦子地里。农家院墙高,砖薄,架铁锅收电视信号。这里的农家,已经有了半城市半乡村的形态。种地,经管果园,已经不是主要营生了。在这里居住的外来人,个个欲望强烈,却又失望伴随,为一口吃的奔走。一天天,挺了过来,每天都睁大眼睛发现着机会,捕捉着机会。发财的梦想人都有,可是,天上就是下金元宝,也落不到这些人的怀里。只有拼着力气,枯瘦了骨肉,让喉管里的气息持续下去。有时就感叹,说是在西安呢,还不如小县城热闹,舒坦日子别人帮着给过呢。喝闷酒,找个小酒馆,都找不下。有时就有意在电线杆下头尿尿，醉了也往路中间吐。见路上过去一个女的，就扯嗓子唱歌，唱很早学下的一首歌：第一阵阵疼，第二阵阵麻，第三阵阵就像蜜蜂扎，蜜蜂扎！

也就在那一年，虽然北郊还粗陋着，但动作已经开始。印象深的是到城里去，要绕道，绕西边的青龙小区，再从未央区政府门前出来。未央大道上，离我住的地方约两站路远近，正在修北立交，挖了深坑，搭满了脚手架。大概用了一年多工夫，北立交建成通车，号称西部最大立交。我现在有时走路经过下面，还能看到一方刻录此桥获得建筑鲁班奖的石碑。随后，市图书馆在岗家寨以北竣工，这里就添了个新的名字，就叫图书馆。随后，市体育馆在张家堡剪彩，我看篮球赛，进去过几次，跟电视转播的场面一样……再随后，北郊这一块，楼群一片一片立起，人口增多，贸易加密，日见繁华起来。我的心，也跟着乱起来，想法也多了。

北郊的变化，并没有停止的意思，直对着我居住的位置，叫凤城四路，两边依次是凤城二路、一路；凤城五路、六路……一直排到了十二路。都是这些年开开的。都快延伸到渭河边了。

和朋友在一起，我也不隐瞒自己的北郊人身份了。我也有虚荣心，爱面子，我不否认。人到世上来，谁不愿意生活的地方街道宽展，交通方便，吃喝都丰富呢？我希望。发展了，人稠了，能做的事情也就多了。日子过好，就有指望了。

我看见，未央大道上，就在凤城五路的对面，地铁车站似乎已经完工，正进行最后的收尾。原来地面上遮挡的围栏，拆除了，剩下的一个开口，正定型着一座建筑物。从前年开始挖掘，就一年多，地铁就在地皮下头伸展，进行土方和石方的挪移，这多么不可思议。地铁的身躯，也进入了新的一年。在地下，地铁的通道，对夏天的热有感应，对冬天的冷有感应吗？我想，也许应该是恒温吧，冬夏没有区别,也许还冬暖夏凉呢。这我是参考下到水井的感受推测的。

北郊在变,西安在变。这些变,给我带来了什么？我的眼光,我的心境,是否也跟着变了呢？如果变了,我变成什么样子了,变得还是我吗？常常的,我在这么想。

世上有没有带路的人

虽然身在2009年的1月,但是,刚刚过去的2008年,注定在我的记忆里,留下了一些印痕。我不能否认这一点。

2008年,发生了世界性的金融危机。这是由美国的次级贷款引起的,波及了整个地球。我觉得,我也不能例外。我不能说,这与我无关。我关注着股市的波动,看样子,在2009年,股市难以大涨。我奋斗了这么多年,每月拿一份工资,老老实实做人,看老板眼色行事,过得不容易。发财愿意,抢银行没有胆量,只有细着花销,慢着攒钱,也是沾光社会,手头终于活泛了一些。也开始操心一点积蓄的安全,家里装了防盗门,出去了也折回去看锁住了没有。碗里还想再多油水,除了很早被摊派过国库券,连火爆的基金也没有认购,我觉得,我吃不了这口夜草。可就在2008年,我不知哪根筋不合适了,竟然买回了一些股票,而且,只有一种股票,这首先就违背了鸡蛋不能搁在一只篮子里的投资信条。当时,人人都说这支股票能赚钱,也听说过股市有风险的告诫,但看着身边的人炒股,腰也粗了,车也买了,虽然连股票的123都不懂,还是经不住天亮就大把数票子的诱惑,排队认购,成了一个股民。未料想,似乎是专和我作对,从拥有股票的那一天开始,就干看着这支股票栽跟头。我盘算了一下,如今,我的股票缩水,一辆奥拓车已经没有了。

在2009年,我还会冲动着干出这样的傻事吗?人有时能左右自己,人却常常迷失自我。没人强迫,我是自愿的,我这算不算花钱买教训?应该算。

生于这个时代,是有幸的,也是难过的。这个时代,是跑着走,那么多路口,不知道走那一条,不知能不能走出去。这个时代,让我自信,也让我失去判断力。我知道的事情,可能比司马迁还多,但并不意味着我就博学,我可能依然白痴。我十年三十年经历的风云,李白一辈子都达不到,但这证明不了我的人生就丰富,我实际还懵懂着。

所有的事情,不论发生在何地,何处,都与我千丝万缕,因为我是这个时代的一员。对西安市市长如此,对国家主席如此,对我,也是同样。可是,感受肯定是不同的了。

2008年,国际原油期货市场大起大落。先是一路冲高,上到一百七十多美金;随后又调头下滑,跌破四十美金。天上人间,一年就完成了。油价高,我坐车出的钱多,油价低,我以后可能少开支。难道油价的起伏,仅仅让我有这么一点直观的感受吗?人身上的神经,这里疼了,那里扎针,才不疼。那里麻了,这里抓挠,才不痒。市场也有神经,穴位却不固定。

就在张家堡前的未央收费站,许多外地大车进来,多不识路,跑错了,耽误工夫不说,经常被警察逮住罚款,要是扣下车,几天不放行,一趟长途,等于给执法部门拉长工了。于是,在路边,路口,出现了这么一类人,他们看似闲人,袖着袖筒,叼着纸烟,三三两两或蹲或站,但见到大车过来,手往起一抬,暴露出一张比巴掌大不了多少的纸牌牌,上头写着两个字:带路。往往,有的大车停下,上去一个带路的,就进城了,就不担忧了。

我前天从高陵回西安,又看到这些带路的,我就想,他们真有能耐,能让不知道路咋走的车子,顺利通行,经过一个地方,抵达一个地方。有没有这样的人,能给人的命运带路,给人的未来带路,让人穿越迷雾和黑暗,总走在坦途上,总走向亮堂处? 有吗? 没有。上帝也做不到,上帝也是一个旁观者。

于是,世界癫狂着,也清醒着,混乱着,也秩序着,单一着,也多元着。于是,世界按照自有的轨迹发展,或者,世界的下一步,都是临到跟前才有眉目。

也许,这才叫世界。

往百度输入一个词,好词,坏词,都会蜂拥出无数词条。就看你愿意看好词,还是愿意看坏词。每一个好词的背后,都是无数好支撑着,每一个坏词的背后,都是无数坏支撑着。但是,谁能说,好永远是好,坏永远是坏呢。也许,好的变成坏的,只需一瞬间,坏的变成好的,只需一眨眼。也许,以前的好词,现在是坏词,现在的坏词,以后成好词。这都有可能,这都不奇怪。

在这场旷久的危机中,银行破产,企业倒闭,连冰岛这个国家都成了负数。多少人失去了饭碗,街头的流浪汉队伍在扩大。有钱人也捂紧钱袋,少买珠宝,多买面包,抵御这个气候和人候双重的寒冬。平常人家,纷纷压缩消费计划,不旅游了,不下馆子了,不换车了……生怕早上起来,就收到付不起的账单,更做了多回被公司辞退的噩梦。

没有带路人,没有超越时空的智者。注定了,当事人自己,只能做一个探路者。你,我,他,都走在未知的路上。在路上这个提法,在这里亦可以用。我们都在路上,都走着,摸索着,磕磕碰碰,跌跌撞撞,走下去。回头可以,但调过头,还得继续走。

和往年相比,西安的这个冬天,似乎算一个暖冬。东半球感冒,西半球咳嗽,似乎在这里不灵验。实际上,在中国,由于东西部差距，一场大风刮过来，可能晚，但一般都比初起时级别高，让人打摆子也不是没有可能。国家已经意识到了，四万亿的投资，要拉动经济增长。这可不单是一堆阿拉伯数字。我算了算，四万亿，平均到中国十三亿人头上，一人投3076.92307元，数目够大的了。从西安到海南四日游，双飞，住三星级宾馆，报价才2600。国家拿出这么多，可别把国库掏空啊。就在2008年底，西安的报纸登载了一条消息："11月29日下午，西安航天产业基地1000兆瓦太阳能电池项目等16个过亿元工业项目集中开工建设，项目总投资80亿元，项目建成后将形成产值过百亿，新增利税15亿元，新增就业岗位3万个。……年内我市还将陆续开工建设总投资达76.3亿元的三十多个工业项目，这对加快我市产业基地建设、促进产业结构调整有着重要影响。"我只是希望，这些措施，都能见成果，GDP提高，股市回春，然后，我先把我手里的股票出手，然后，我再也不炒股了，也不眼红别人炒股发财了，我好好过我的清淡日子。但我又焦虑，万一没有收效，我仅存的一点活命钱，体积还那么大，内容却收缩，顶不住花，抵不住用，又咋办？不要笑话我，尽考虑自己，觉悟不高，我就是这么个人。

我的朋友中，有几位，一向在沿海发展，身子和金子等值。我羡慕他们，可我没有那个本事。我到深圳，一位朋友坐大奔接我，吃饭上的菜，十有八九我都没见过，更没吃过。但最近，他把公司搬到西安来了，而且，裁减了一多半员工。朋友说，在那边实在扛不下去了。我说，你个子高，能顶住天的人，怎么会这样。朋友只是摇头。能和朋友常见面，我高兴，我却高兴不起来，反而忧虑起来了。真是，我不是老板，我没开公司，我不该忧虑才对啊。但是，我的确在忧虑着。

一起摇晃，却无法一起安静

如果让我用一个词来形容当下的社会，当下的人，我会用两个字：摇晃。

摇晃是一种不稳定的状况。和焦躁，冲动，盲目，没着没落等等意思联系。摇晃是动态的，有轻微的摇晃，有剧烈的摇晃。在地上蹲久了，猛一下站起来，人会摇晃，这是脑供血不足造成的。在转转车上快速转十圈二十圈，下来，人也会摇晃，这是由身体的不适应带来的。现代社会，人的欲望多，想法多，也会有精神的脑供血不足，意识的不适应出现，人也会摇晃。摇晃的人多了，人构成的社会便摇晃起来。

摇晃让人晕眩，让人疯狂，集体具备共同特征。摇晃让人得上抑郁症，变成自大狂，这自然是严重的结果。我所在的单位，一个人年轻轻的，得病死了，据说是喝酒喝死的，一段时间，大伙都不喝酒或者少喝酒了，都注意起保养了。但淡忘是很快的。不久，一切又回到了原来的轨道上。还有一个人，好好的，在家里跌倒，当时就咽气了。大家到三兆去，把人送了，都会说，争啥呢，再争，都得烧成一撮灰。其他人也都应和，是啊是啊，没意思，争来争去没意思。可离开火葬场，回来，还老样子。这就是人的弱点，人的本性。这也是一种摇晃。

摇晃中，人往往面临选择，选这一边还是那一边，有时就决定了善恶。这些年，给鸡喂苏丹红，下有毒的红心鸡蛋，鸡无罪，人有罪；给鱼喂激素给甲鱼喂避孕药，人吃了，要么发育异常，要么怀不上胎，鱼无过甲鱼无过，人是祸害。还有拿硫磺熏蒸银耳的，给馒头里添加增白剂的……几乎数不尽数。毒食品泛滥，一年出一个品种，还能吃，还敢吃吗。造假的人，在摇晃中跨越了所有的道德的边界,人基本的礼仪廉耻,全被抛弃,还暗自得意。这个时代,病得不轻。最不可原谅的是,给人治病救人性命的药,也被造假,还无法除根,接连不断把人治死。去年,爆出奶粉添加三聚氰胺事件,目的是为了蛋白质含量达标,让人吃化肥呢。人类的下一代,延续未来的希望,也不能幸免。涉案的厂家,多赫赫有名。我再相信谁,真的在哪里?找不回来人的真,怎么能有商品的真。国家的机器在运转,但是,分明哪里锈蚀了,失灵了,这是极其可怕的。如今,进入新的一年,受毒奶粉危害的儿童,还没有全部出院。会不会又冒出一种毒食品,让全民再次惊慌?但愿没有,但愿不会。我们都在失去安全感,我的一点幸福指数,也被这不安全感抵消了。

但是,是谁在危害我们呢?许多情形之下,找不到一个具体的人。对象似乎是抽象的,但又是具体的。我就觉得,人类有时在共罪,而不是一个担责的有名有姓的人。难道,一些人的行为,与我们的看见当看不见,不关自己就不管没有一点联系?我们一起纵容了某些行为,我们又一起谴责这种行为。想一想,不是这样吗?

陕西这地方,总会出一些意想不到的事情。过去,大人物当道,如今,小人物出场。而且都闹得天地翻滚。为什么会这样?我到西安生活也就十年,但据我观察和接触,陕西人倔,顽,冲,直,认死理,在中国数得上第一。也正是这种个性,陕西人能成就,也善毁坏,喜欢干大事,往往就干成了。失败了,不在乎,纯粹失败个彻底。这是积淀在血液里的,这是遗传,难以更改。

2008年,在中国还出现了许多群体性事件,这是值得反思的,也需要正视。而且,随着人们自主意识的觉醒,这样的事情,会增多,而不是减少,关键看政府怎么应对,方法是否对路子。前两天,我在街道上走,就看见一些人拉起横幅,我只看清白布上毛笔写着我们要吃饭的字样。白布下头聚着人,却坐凳子,喝水,抽烟,说笑着。但谁能保证下一回他们不愤怒呢。

也许，摇晃一阵子，对于人，是一种调节，一种矫正。反正，要让人重新安静下来，让社会再次安静下来，已经办不到了，已经不再可能了。人长个头，就会想问题，长着脚，就会走。很长一段时日，人却不愿想，不愿走，就像我。这与做人的低调还是张扬无关。多年压抑形成的思维定势，改变起来有多么不易。一旦改变了，再要变回去，就变不回去了，即使变回去，也和原来不一样。现在的人，不是过去的人。

我的老岳父认识奥巴马

这个世界，也不安稳。

世界向来就不安稳。回想一下，什么时候安稳过。只不过，人们都健忘。只不过，一代人有一代的生活。

也许，这一代人的生活，更值得一过。也许，这一代人，更需要这种不安稳。

我的岳父退休在家，只要泡菜坛子里有豇豆和生姜，只要每天能吃上一回卤肉，喝两盅烧酒，就很满足。但这并不意味着他生活的全部。他照样为领导不关心老工人有牢骚，并时常出去，和与他有相同背景，都热爱议论的人摆龙门阵。他关心美国大选，黑人奥巴马当选，他关注，就职演说，他也认真看了。给我说，奥巴马是黑人，也是白人，黑人白人，肤色不重要，重要的，奥巴马是美国人。我觉得说得深刻。我的岳父关心时政，每晚中央电视台的新闻联播，是一定要看的。别看他文化程度不高，只念过小学，但是，印度孟买2008年11月26日的恐怖爆炸，炸酒店，火车站，他知道，还记住一个叫泰姬玛哈的酒店名字。泰国人民力量党执政，民盟发难，2008年

底,占领素万那普国际机场,持续时间长,他也知道。还问我,泰国
国王为啥不干预。我就想起,曾去过泰国,说起国王的地位至高无
上,参观王宫,遇见泰国学生也参观,在国王画像前,要跪倒以示敬
仰。我不知如何解释,就说这也是人民的一种自由。我又说,泰国的
大米筋道柔软,哪天买些吃。2008年,世界上发生的重大事件多了
去了,我的岳父都了解。比如索马里海盗活跃,世界第二大油船遭
劫,一些国家的军舰都出动了,也不见效果。比如朝鲜的金正日出
来了,视察部队,表明还控制着这个国家。

仔细琢磨,这些似乎离我们很远的地方,实际很近,并确实对
于我们的生活产生影响,也造成我们心理的起伏。奥巴马怎么对待
中国,到泰国的中国游客是否安全,遭劫的货船上有中国船员,都
和我们连起了一条线,这是能传感的,也是有反应的。世界真的变
小了。

这个不安稳的世界,注定要继续不安稳。上一个年度的不安
稳,也注定传递到了下一个年度。我在2009年的1月,和在2008年12
月,似乎处于一种状态,似乎又进行了翻新。

我的岳父,应该关心时事政治。这个世界,也有他一份。虽然他
和我一样,是如此平常和微不足道。

生活在继续,余震在发生

我最大的摇晃,来自2008年的5.12汶川大地震。到今天,还有余
震发生。到今天,我还在晕眩。这是身体的,更是精神的余震。要消
除,得花费很长时间。起码在2009年,还做不到忘记。

那一天,我人在西安,也突然强烈摇晃。我所处的十层大楼,在
地震中要跌倒一般。我在房子里站不稳,在楼道也站不稳。短短几

分钟,对于我,是一次漫长的煎熬。我害怕,失去依靠,陷入绝望。对于生与死,从此有了不一样的理解。

地震过去后,回到办公室。地上破碎的瓷砖,墙上纵横的裂缝,都在提醒我发生了多么巨大的灾难。我猛然想起,就在我逃命前,透过大楼外的玻璃窗,看见有几个蜘蛛人在清洗楼面,当时,他们有什么反应,有人管他们吗?他们对于地震的感受,一定比我深刻,也更加惊心动魄。

那些天,多次警报,疏散,放假,我在野地里走,脑子不停,似乎成了哲学家。这次地震,兵马俑都差点摔跤,后背被装上了支架。大雁塔都倾斜了,多天不开放。人是肉身子,怎能经受天塌地陷的打击。

大自然以如此决绝的方式,给人类上了一堂课。内容是忧伤,是悲痛,是帮别人也是帮自己。是的,许多人的良知被唤醒,明白了爱的珍贵,懂得了付出,也懂得了感恩。但我认为,这并不能让坏人变成好人,这并不能改造一个民族的素质。地震威力巨大,但人的记忆是会褪色的。

地震发生了,生活继续着。

只是,我常常做出反应:是不是地震了?

知识失效,常识失灵。地震了,我还能写这样的句子吗:上午地震,下午游泳。

我的明天,我的今天,都有了巨大的改变。虽然从表面看,我和从前一样,外头和从前一样,但是,分明不一样了,在内里,在细微的部位,有了新的成分。

我不是隐者

天气晴朗,我去秦岭的翠华山。

　　秦岭我念书那阵子就知道,是中国南北地理的分界线。两边,降雨有差别,气候各异,长的树木,种的粮食,也各有主次。到西安后,我才有机会游走秦岭,人都去的去处我去过,人迹罕至的去处我也去过。去的头一处是太白山,是秦岭的最高峰,一直登上二爷海,缺氧,上不来气,再也登不动了。前些天,翻影集,翻出一张我在红桦树前的照片,脸色不好看,样子狼狈。后来,又去红河谷,去楼观台,对于秦岭的了解,只能算一点皮毛。2008年,我还夜行蓝田路,走狭窄山道,绕过一个个半个县城大的巨石,去了一趟商州。隔山隔水,商州在局限中伸张,打通山脉,连通河道,辐射远,又不舍却自我,有纯正的东西,有连带根系的底子。我喜欢商州,我还要再去。我难忘的是秦岭隧道贯通,我在2005年春上,两次穿越,到柞水去,在凤凰古镇喝玉米酒,把我都喝醉了。同样的,柞水的民俗朴实,呈现中和形态,是自足的,也是不安的。但传承的力量,在人的说话上,在屋舍的营建上,都能感觉到。印象深的是柞水的人家,过年张贴对联,全部是门框一副,门框外的墙上一副,横批也是成双的。

　　走了一阵子了,还在喧嚣的城里。到处拥堵,急不顶用。熬性子呢。哪怕是军车,是警车,是救护车,过不去还是过不去。按喇叭,扩音器吼,都白忙。西安修通了二环,又修通了三环,还是跟不上车辆的增多。城里走,时间尽花在路上了。路上人不让车,车不让人。都难走。开车的怪走路的不守交通规则,走路的嫌开车的太霸道。人不让车,不管红绿灯,还觉得,车敢撞人?是不敢,但铁疙瘩没长眼睛,失控了,人吃亏。车不让人,似乎开上车就阔起来了,高人一等了,有身份了。过去,司机一直吃香就是证明。如今,满大街,还是走路的多,骑自行车的多,好一些,也就是电动自行车,还是肉包铁。这些人一旦有了车,有脱离苦海的幸福,也忘了把脚走疼的过去,大多不会体谅行人。这样,都难换位思考问题,互相是仇视的甚至是敌视的。啥时候,大伙都买得起车了,都有车了,这种现象可能会得到改观吧。

本来走半个钟头的路,走了整整两个小时。进入秦岭,一下子,车子消失了,人也非常少见。刚才,就在接近秦岭时,还是车子挨着车子,缓缓前行。当我顺一条山道进去,突然就剩下自己了。是秦岭的许多山口,把人分散开,把人都吸收了。这就是秦岭的胸怀和博大。西安城靠近秦岭,就靠实了,有依赖感,手脚也敢放开。这是别的城市缺少的,也是西安最值得珍惜的。

到秦岭走走,只是短暂的放松。日子过得烦躁,发条上得过紧,人需要缓冲,需要释压。现代人的通病就是忙碌,成功人士忙碌,老百姓也歇息不下来。一天到晚,按照时间表过着,难得空闲,但总得随着心意自由一回吧。这几天,我又为孩子大学即将毕业,工作没有着落发愁。孩子也感到了金融危机造成的压力,回到家,笑声都没有了,回到学校,电话也不打了。我安慰孩子,说车到山前必有路,有路必有你走的路。孩子还是情绪低落。真是,当初担心考不上大学,现在又担心出来没地方要。我上学那时候,咋就没有这些问题呢。那时,社会上,想干的活路由着自己挑,好的轮不上,不好的总能给一个。而且,也没有多大的差别,机关干部,教师,工人,都是人在干着,谁比谁强不到那里去。要说吃香的行当,一个是大夫,一个是司机,再就是售货员。和如今大不一样。如今都是一个娃,计划生育把人口都降下来了,工作岗位怎么反而稀缺起来了呢。

山体横在面前,我却感到了心胸的开阔。是呼吸舒畅了,意念放下了的缘故啊。冬日的树木,衰败在高低处,也穿插了一片又一片常绿的松树,一条山路,身子宽细,扭曲着向上探索。路是石头路,一些路段,还铺着青砖。随路走着,我渐渐和山体接通了气息,有了一块石头，一棵树的感觉。

这是一条山民走的路，不是专门设计的旅游线路。一路上，只是响动着我一个人喘气的声音，山涧溪水击打石头的声音。偶尔，传来一声鸟鸣，却看不见鸟的身影。我走走停停，腿劲足，就多走一会儿，腰乏，就多缓一阵子，倒十分自在。因为没有目的，也就没有负担，走哪算哪吧。想着走不动了，再折回去。我看山下，看不清，看远处的西安城，更看不清。我真的离开西安，离开烦恼了吗？我这样问自己。答案有，似乎没有。但是，我的身子，的确在翠华山上，和这冬季的风景在一起。

半山上，突兀着几间土房子，安静，没有鸡狗移动。出来一个人，是个女的，却不是山里人。她穿素装，头发包进布帽子里，端了一只盆子，到门前的水溪边，舀上水，又回房子了。这我不奇怪。我看了一本书，是一个美国人写的，书名《空谷幽兰》，专门记述中国的隐士。大部分内容，都写秦岭深处的隐士。其中提到他接触的隐士，许多都是高学历，有经理，有教授，有大学生，自愿到山里修行，过极为简单的生活。有的在山里待上三五年，又回返尘世；有的十年二十年，不下山，一身衣服穿破了还穿，十几年不换。他们这是逃避吗？我认为，既是，又不是。人里头的一些人，在他一生的某个阶段，需要解脱出来，需要这么一种独居深山的生活。经历过了，他的人生就完整了，就看开了，也能够担当了。这些隐士，和庙里的，道观里的出家人是不一样的。他们要保持的，是一种几乎与世完全隔离的状态，守定的，是一座山和自己的内心。他们是清洁的，超脱的，他们也在用这样一种方式，使自我成全。

我问自己，会来隐居吗？不会。我紧接着就回答了。隐居的人，是少数，我一个俗人，还没有到这样的境界。我也不能夸张地表白，我是中隐隐于市，更不至于神经错乱说大隐隐于朝。我走一走，又回去,回到我弹嫌又热爱的烟火中去,面对我应该面对的。受到挫折,也只是轻轻叹息一声。

要我的肩膀,把不属于我的压力扛起来,我同样也做不到。我可以说话,可以有所行动,但是,一个平常的人,像我,没有话语权。肉体在衰老,记忆也一点一点丢失,这几乎是天定的。我对这个时代发言,哪怕说了就被风吹走,我也要说。可能说了白说,但我表明我的观点,我的看法,这不过分。在这混杂了各种声音的中国,不是一个人在发言,不是大家都跟着一个人说话。没有人能强迫,即使这个声音弱小,无力,被忽视,被省略,但是,这个声音毕竟存在着,是这个人自己的声音。仅此而已。我没有能力拖着一艘大船航行,有时候,我会出一把力,有时候,我只是在一旁看着,也许喊几声加油。我更加关心的,是今天下午下面条吃呢,还是熬一锅稀饭。我不能肚子饿着喊号子,吃得不合意,我的情绪会长时间低落。再说,常听到政府发言人答记者问时,说中国生产的粮食,够13亿中国人吃,就是对人类社会的最大贡献。还说,中国能够保持发展和拉动内需,就是对国际社会负责任的表现。那么,我吃饭不挑剔,吃饱了,不出去乱跑,还有,我发了工资,到商场买上一件过年的衣服,直接付现金,这么做,也就是建设和谐社会出了力,实现经济增长有行动。

闲书自有不闲处

这些天,我在读一本书。这本书,从2008年读起,进入2009年了,还在读,还没有读完。这一月,我打算读完。书名《匈奴史稿》,不是特意买的,逛书店,碰上了,就搬了回来。五百四十多页,是一本厚书,也是一本大书。作者陈序经,研究匈奴的专家。这本书,集大成，有见解，虽是学术著作，但读来有趣。本打算随意翻翻，不料入迷，竟然一路读了下来。

要说我不爱看书，我不承认。我爱看书，爱看闲书，离自己生活遥远，与自己毫不关联的书，我看得多。过去闲暇少，我偷空翻翻书，如今的双休日，起码有半天，靠看书打发。别人说好的书，特别流行的书，我几乎不看。以前看一部《中国木建筑》，很喜欢，搬家丢了，一次又遇见，就又买了一本。这回看《匈奴史稿》，我看得认真。匈奴曾经那么强大，让司马迁腾出位置，在《史记》里记载。汉朝的皇帝，一个个为此头疼，送布料，送酒，送女人，匈奴依然不断骚扰掠夺。后来，被武帝击败，分裂后，又穿越欧亚大陆，让罗马帝国兴叹。可是，就这么一个强大的马上国家，却在现今的世上了无痕迹，什么也没有了。由于匈奴无文字，也就无书面历史，后人要了解匈奴，只能从中国的史书和国外零星文字里看到一些零碎。

我读书，缺少学以致用的心思，读了，丢下，就过去了。这本《匈奴史稿》，却引发了我的思考。多么强大的民族，说消失就消失了，似乎不可思议，但探寻其根源，崇尚强力，靠掠夺发达，处于流动状态，摒弃文化传承，应该是重要的原因构成。如今社会，弦绷得那么紧，总说落后就要挨打，总要赶超，总想着崛起，也许，能够达到目标，却不一定取得理想的结果。现在，吸取资本运作的教训，都在提要强壮实体经济，可朝后看，看一年前，两年前，经济学家都讲的什么，就明白为什么要爆发金融风暴了。没有种下那么多粮食，在纸上画粮食，全画的粮食，哄肚子，肚子还得叫唤。严重了，人会浮肿，这中国经历过。字面后头的信息，并没有被遮蔽。如今的经济泡沫，难道和当年的卫星田没有共同处吗？

看闲书，看得思考起来了，也说明这书有价值。

古都的古与不古

西安号称十三朝古都。在这片土地上，不由自己，都会触碰到秦砖汉瓦。如今的西安是过去的长安，街上走，见五短身材，罗圈腿，倭瓜脸者，推测乃胡人后裔。盛唐气象，万国来朝，诸多异族被同化了，后人留在这片土地上，血缘已经稀薄，但残存了久远的影像。绝色女子也能遇到，面容姣好，肤如凝脂，就猜想是过去宫里妃子的血统，毕竟，世事沧桑，珠落风尘，总有一些基因得以流传。我的一位朋友，跟我在街道上走，他常常会突然说，我又没招谁惹谁，咋这么折磨我呢。我开始以为他受了什么大难，正准备安慰安慰，却发现他的眼睛盯着刚从身边过去的一位美女看。就骂他好色，说既然这么难受，追去，说不定人家愿意呢。他却说，人家一声叔叔叫的让你啥想法都没有了。这样的美女，也许就和杨贵妃是亲戚。

古都多故迹，兵马俑，华清池，大雁塔，我都去过。秦陵上去了三回，乾陵远一些，我多次去，一回回看无字碑，都快看出字来了。自然，这是老祖宗留下来的，是宝贝，要守住，要保护。遗产是现成的，搬不走。谁能搬走，也不让搬。影响到人，既生发自豪，也默化懒惰，就有副作用了。守着坟疙瘩过日子，总归别扭。这些年，大家都这么说，不光说，的确有行动。西安的变化，看得见，摸得着。城里城外走一圈，答案在地上呢。

看变化，不光是原来有的，更得看原来没有的。大唐芙蓉园，就让我看到了一个活着的长安。这里有呼吸，有知觉，有体温，把古今的意思体现出来了。现代的声光电，和远古连线，是在为今人着想。大雁塔还是大雁塔，但北边的广场，西边的园林，却是新的，铺陈而宏伟的，我常常流连忘返。这是今天人的创造，这样的气象，让人不再梦回大唐，而珍惜往前走的日子。曲江池遗址公园、唐城墙遗址公园、慈恩寺遗址公园,都是在2008年建成开园的,我都去了。园子很大,开放式的,景观丰富,尊重了也准确了历史,但却是以现代人的思路,来设计,来布局,来装点。我觉得,这是眼界宽阔了以后,才具备的见识,这是胸襟大了以后,才具有的吞吐能力,这和大地演变的进程是一致的,和当下人的需要是一致的。这样的创造,承接着远古,也指向了未来。

大明宫离我住的地方近,我装修房子时,跑的次数多。这里是西安最大的建材批发市场。路两边,尽是板材,地板,五金,灯具,洗浴产品的商店。大货车在这里装卸,三轮车在这里转运,从早到晚,这里的路,就像装满了没有消化完食物的肠胃,走这里,我总会产生积食的感觉。平时能不走,尽量不走。但我还是要感谢这里,我晚上拧亮的台灯,来自这里;我卧室的竹木地板,来自这里;我晾晒衣服的衣架,来自这里。这里是俗世的窗口。

这里之所以被划定为建材市场,当年,一定是空旷的,偏僻的,成为城市的边缘地带。但是,在千年前,这里却是唐朝的大明宫所在地,是皇家的中心。宫廷的争斗在这里展开,龙椅谁坐上去谁就是天子;达官贵族出没于这里,或荣或辱的命运被定夺;如云的美女,在这里欢笑和伤感……老百姓是不能走近这里的。这里是禁地,是权力的有机体。世事更迭,时光无情,曾经的繁华富贵,统统灰飞烟灭,只留下废墟让后人兴叹。在哪里去找寻大明宫呢? 只有一个名字,被现在的人叫着。如今的大明宫,和建材联系着。这是建设,不是破坏。倒塌了的,总会再立起来,只是形制、风格、材料,都不一样了。这也是必然,这也是规律。

我吃惊的是,西安这些年快速发展,又出大手笔,在大明宫的遗址上,要建设一个公园。这里不再是城市的边缘,这里也积累起了足够的优势。尤其是大明宫遗址的地利,得以挖掘,价值被肯定,被放大了。2008年底，已经举行了剪彩仪式，听说投资一千多亿，每天要花一个亿，用三年建成。我这天冒着寒风，又去看建设的进展。沿街的铺面，有一半被拆除了，减价的横幅，悬挂在破损的门楣上。这里的公园建成后，我肯定来得多。早上锻炼，我改变线路，不走西边了，走路就走东边，走到这里来。

也许是我多虑，我在想，当年的大明宫，那么气派，都没有留存下来，如今的公园，建成了，又能保存多久呢？以后的人，会不会像今天的人，也改变一番，使这里重新还原成废墟，或者又建一个建材市场？周末我去唐都医院探望一个病人，走到伞塔路一带走不动了，前面在拆房子，堵住了路。新新的房子，已被拆掉了一半，一台挖掘车，长长的臂膀，伸出一根尖头铁棍，捣一下，一堵墙碎裂着便倒塌下来，灰尘立刻弥漫开来。啥时候，都是破坏容易建设难啊。往机场方向走，得经过汉阳陵，是汉文帝的坟墓。我去看过，汉朝的陪葬坑里，尽是小陶俑，衣服在岁月里腐蚀掉了，都光身子，逼真的是汉族血统还不杂乱的那个时代的形象。龙脊背般的高速路，通达四方的飞机场，周边，是农田，麦苗油绿，生机盎然；是千古王陵，土堆隆起，荒草萋萋。这之间似乎互不搭界，或者冲突着才对，但却极其自然地统一在一起。我喜欢这样的形态。时代要进步，但不能每次都底朝天，从头来。农田被占，恢复起来是很漫长的；帝王陵消失了，就永不再有了。说西安历史久远，帝王陵可是实物证明啊。西安曾是大唐的国都，世界的中心。可大唐之后，又经历了宋元明清和民国。也是一代又一代人，注入了多少元素，生与死的演绎，建筑的兴与毁，是无法忽略的。总提起大唐，无非盛世能给予后人更大的荣耀。我不在其中，置身当下，我几年里感受到了周边强烈的变化，何况大唐以后的一千多年，该发生多少事情，又被无情湮没于黄土之中。怎么能光记住大唐，唯有大唐呢。历史是不能中断的，任何一段,也取消不了。我的意思是,房子还新着,能不拆,尽量留下。为拆迁,闹出多少纠纷,苦了多少人家啊。家里添嘴,才买碗,来客人,就借邻居的用。咋想不远,看不远呢。思路不超前导致的刚建了就拆,或者进行重复建设,我认为都是对人民包括我的一种犯罪。再不能用交学费这个词开脱了。

有钱没钱,理发过年

　　春节在这一月。元旦过后,火车站每天都挤满了回家的人。多少外来者,人在西安,根在远方,忙碌了一年,这时候把钱缝进裤裆,背着蛇皮袋,提着大提兜,急着踏上归程。西安对他们来说,是谋生的地方,也是另一个家。他们对西安有爱,也有怨恨。许多人,充满希望来了,又带着失望离开。还有一些人,长久地漂泊在西安,成为"西漂",对于西安的感情,则更加复杂。

　　我已经回不去了,我原来生活过的土地,没有了我的位置,我只能留在西安,冷着也热着,一天天熟悉西安,也让西安熟悉我。在西安,多少和我一样不甘心的人,还在挣扎,还在呼号,还在努力,却不是关于命运,关于人生,关于未来这些大命题。只是很小的,不起眼的,过去就忘却的一句话,一碗饭,一次见面。但是,正是这一句话,一碗饭,一次见面,却一回回,一天天,一次次地,实实在在地构成了人们的命运、人生和未来。我走在西安的巷子里,吃羊肉泡馍,喝水盆羊肉的汤汁,我是多么容易满足啊。东十四道巷的水盆羊肉,汤鲜,饼子脆香,吃得头顶冒热气,吃得过瘾。吃饭最能安慰人了。

　　新的一年,都会打算一番。有可能的话,我把钱省下,端午或者中秋去台湾,也来个七日游。日月潭一定要看,还要到圆山饭店坐

237

坐。我看一个节目，却是另一种氛围。一个女主持，细声慢语，以柔和的表情，在介绍这里的牛肉面。说汤的好，说面的筋道。历史有时似乎就是这样，一些场景，再也不被关注，回过头，人们记住的，只是一碗这样的牛肉面。

年好过，月难过，日子在月的后面，那种难，更难。我能过好吗？中国再怎么发展，人们看重的，还是农历的春节，2009年的1月，快要过去了，但我心目中的一月，又要开始，这个一月，叫正月，和节气，和人心是对应的。有开始就有希望，虽然那么多的未知等着我，我不泄气。春节的气息在发散，大地复苏，生命依然兴旺。走在凤城四路，路上，已经有调皮的孩子，一枚一枚，零星鸣放鞭炮。鞭炮炸一声，又炸一声。我躲闪着，却不生气。我理发去。

理个发，过年。